相公換人做 1

麥大悟 著

風文創 314

目錄

自序

麥大悟

某日一時興起，麥子揀出塞在書架最深處的一本古舊唐詩集，詩集封頁斑駁，內裡泛黃薄脆，已是經了多年歲月。擔心碎了歲月的印跡，麥子小心翼翼地翻看，詩集裡的每一首詩皆蘊藏了濃厚的唐代氣息，「春風得意馬蹄疾，一日看盡長安花」、「莫愁前路無知己，天下誰人不識君」、「年年今日誰相問，獨臥長安泣歲華」……詩句或豪放、或婉約、或肆意、或哀怨，詩中有風流少年鮮衣怒馬，有傾城佳人絕代風華。

麥子沈浸在唐風中，不捨得出來，就在一念之間，麥子生出借唐風寫一個故事的想法。再者，麥子思及現實生活中時常發出的「我真後悔某事」、「早知如此，我就該怎樣」的感慨，現實是單行線，前進了不能回頭，走過了不能重來，故麥子將念想寄託在故事中女主的身上，以補遺憾。於是就有了一個虛構的、關於愛情、關於重生的故事。女主溫柔善良，男主正直勇敢。

大概是因麥子自身性格溫和緣故，故事裡雖陰謀重重，女主周圍自私貪婪的極品親戚也不少，但文中鮮少出現殘忍、令人髮指或是尖酸刻薄的描寫。故事少了尖銳偏激，多了溫馨幸福和甜蜜，麥子真心希望親愛的讀者們能喜歡。

原著書名起作《榮歸》，並非衣錦榮歸的意思，只是一名喚作溫榮的美麗女子，在風華正茂之年，帶著滿心的不甘和痛苦離開了人世。這一世不圓滿，但她幸運地重生回到十二歲。十二歲那年，溫榮剛乘上離開杭州郡的商船，商船於運河之上搖搖晃晃前行，駛往繁盛迷人的盛京。重生後的溫榮明白，前世的富貴榮華是絢爛泡沫，她若仍舊躲藏在脆弱的五光十色下，便會如同前世，走向舉家傾覆的悲慘結局。這一世她必須看清鏡花水月中的人和事，她的重新歸來，定要改寫一段歷史篇章。

前世溫榮嫁給聖主的第三子、將來的聖主李奕，現世溫榮知李奕非良人，對李奕敬而遠之。溫榮本打算遠離帝王家，嫁狀元郎過安穩日子，卻不料早早遇見李氏兄弟，情事一波三折。

李奕雖愛溫榮，也算情根深種，但作為帝王，李奕不可能弱水三千獨取一瓢，不可能為溫榮廢後宮，在江山面前，愛情佳人不值一提。李奕只能在夜深人靜時，於曲水流觴中對月獨飲，悲嘆佳人不在懷，空虛難耐。

李晟則為溫榮遠赴邊疆，用累累傷痕、赫赫軍功換一份賜婚詔書。李晟言「待那日功成名就還鄉，醉笑三千場，從此與妳，不必訴離傷」。李晟放棄江山，放下仇恨心結，所做一切就為紅袍加身，娶溫榮為妻。

溫榮亦在不知不覺中傾心李晟，縱是前世記憶完全恢復，溫榮心裡對李奕也只有愧疚，無一絲愛意。溫榮一心陪在李晟身邊，哪怕李晟傷臥床榻，也不離不棄，只待李晟重新站起，再執其手，做令人豔羨的逍遙眷侶，從此徜徉山水間，不問世事無常……

第一章

紫宸殿自暗渠引了灃河之水，築山環繞，竹林明翠，搭建梯橋水榭，泊停紅綠青龍木畫舫，風景同大明宮別處多有不同，不知者還道誤入了江南。

水榭中斜倚了一位玉面娘子，著月青透明團花大袖衫，只簡單紮了側鬟髻，簪一支鑲玉花蝶金步搖，纖手胡亂彈撥鳳首箜篌，蹙眉嗔色，顯出亂心煩神之相。

「娘子、娘子……」著赭色襦裙的婢子自水廊匆匆而來。

「又沒規矩了，叫聖人聽得，看不罰妳！」水榭中的娘子聽見聲音，回神笑斥了年輕婢子一句。自乾德十七年溫榮入太子府做良娣，到如今永慶四年入主紫宸宮封一品貴妃，已有五個年頭，可打小隨她的貼身侍婢綠佩卻一直改不了稱呼。

「有娘子在，婢子是怎麼也不怕的！」綠佩望著腰肢若柳、眉眼卻比那兒郎還清明的自家娘子便歡喜。

「叫妳貧！碧荷回來了嗎？可是有消息了？」溫榮起身，手絞著錦帕，勒得玉指青白兩色都未曾發覺。

「碧荷從內侍監回來了，婢子正是來尋娘子一道回殿的。」

「快走吧！」溫榮提著裙裾，步子邁得比綠佩來時還要急促。

聖人已有五日未駕臨紫宸殿了，前些時日溫榮隱隱聽聞朝中有事，可照往常，縱是朝務繁忙，三郎亦會命高侍監告知一二的。溫榮就恐那傳聞屬實，倘若黎國公府……

「碧荷，消息如何說的？」溫榮氣息微喘，扶住正要向自己見禮的碧荷。

「娘娘恕罪，婢子也是道途聽得，或許不能作數的。」碧荷怯怯地看了溫榮一眼，低頭不敢言語。

「直說無妨。」

「婢子在內侍監聽聞黎國公府已被查抄，府中男丁明日將被送往西市市坊口處決，女眷皆沒入賤籍……」碧荷猛然跪拜在地，聲音中夾雜了低低啜泣。

溫榮大驚，扶著身側的紫檀曲香書案才勉強站立，正待詳細詢問時，殿外傳來尖銳通傳——

「皇后殿下駕臨——」

話音剛落，皇后已蓮步緩行至殿中，十二流蘇寶鈿簪於高髻，著絳色金鳳廣袖衫裙，她這身打扮著實令溫榮不安，再見到皇后身後常侍奉於太后跟前的盧內侍，更是幾乎暈去。

溫榮強行穩住心神，微微一拜。「皇后殿下安好。」

「溫貴妃何須與我多禮？」皇后雖出此話，身子卻一動也不動，眼眸冷冷盯著這位正值妙齡的美好女子。「盧內侍來傳太后慈諭，我跟來看看。」

溫榮無奈，只能跪拜聽諭，待盧內侍宣讀完畢，溫榮跌坐在地。加恩賜令自盡……

果。

盧內侍尖細的嗓音在溫榮腦中嗡嗡作響，這一切來得太過突然，是她怎麼也想不到的結

雖然出閣後溫榮便鮮少過問或干涉黎國公府內事務，但她是不相信黎國公府會犯下抄家滅族之罪的。阿爺為人正直，行事坦蕩，乾德十六年黎國公府更是助當今聖人得了太子之位，黎國公府內縱然二房不得力，為徇私利少不得做了些上不了檯面的事，但罪不至如此。

溫榮更不相信聖人會如此絕情，棄她於不顧。乾德十五年農曆三月的牡丹宴，三郎便對自己掛了心，而溫榮亦喜俊朗多情的臨江王李三郎，自此兩人情絲牽掛，互訂終身，雖不能一生一世一雙人，但三郎亦承諾心上只會有她。自三郎繼承大統，除了之前納的正妃以及幾名姬妾外，未再充實後宮，一年中大部分的時間都是在紫宸殿陪自己。

這五年來，溫榮唯一遺憾的是沒能護住她和三郎的孩子——醫官查後，說是因體質虛寒導致的自然滑胎。可縱然無子嗣，三郎對自己的情意也未減一分一毫。

「不，我要見聖人！」溫榮心下思定，縱然是死，也得死得明白，故面色一凜，意欲起身。

皇后見狀，快步走到還跪坐在地的溫榮面前，伸手按住溫榮的肩膀，俯身貼耳道：「溫榮娘，妳以為沒有聖人首肯，太后會下這道慈諭嗎？妳以為在聖人心目中，妳比江山更重要嗎？溫榮娘，九年前我見到妳就恨妳了，妳最好安分遵了旨意，黎國公府女眷一百一十三口，這其中還有妳那未出閣的溫六娘和溫七娘，或許我心情好留了良籍做官婢，否則便沒入

賤奴，再揀著些年輕貌俊的送到平康坊做尋常市妓。溫榮娘，妳可想明白了？」

皇后回身到盧內侍旁。「盧內侍，倒是快些，太后不是還等著回話嗎？」

「是，皇后殿下。」盧內侍向兩邊打了個眼色。

幾名侍監走上前，臉上盡是冰涼之色，丟下三尺白綾，未說一句話。

溫榮只見那白花花的軟布飄忽而下，已經沒了太多的想法。三郎都要自己死了，還有什麼活著的意思？府裡未出閣的兩位妹妹，從此便沒了依靠，七娘性子剛烈，斷斷不能去做那市妓的，若是入官婢，好歹是良籍，不會被太欺負了去……溫榮瞪大了一對美目，卻沒了神魂，白綾飄落在地，覆在溫榮的手上，寒涼的絲織冷到心裡，周圍嘈雜哭喊聲已經渾然不覺。不知何時，溫榮已站在那降香黃檀小圈椅上，直到臨近了死亡，溫榮才恢復片刻清明，只見綠佩正苦苦掙扎著哭喊自己的名字，紫宸殿內的其他侍婢則跪坐一地，低聲悲泣。

溫榮回憶起乾德十三年，阿爺由杭州郡少伊調任京中中書中司侍郎，舉家於當年五月自杭州遷往盛京。那時除了自己留戀江南的山水風韻、亭台樓閣，顧自的感懷悲傷外，舉家都是歡喜的。阿爺為聖人賞識，得以升遷；阿娘能同親人團聚，以盡孝道；軒郎聞盛京文人墨客甚多，素喜風雅的他對盛京很是嚮往；而茹娘年紀尚幼，只道是哪兒繁華，哪兒便是好去處。

就在溫榮蹬了圈椅的那一刻，綠佩掙脫了押著她的侍監，淒厲地喊一聲「娘子」後，便觸了那紅漆大抱柱。溫榮緩緩閉上眼睛，兩行清淚滑下……

而在同時，太華池同紫宸殿相對的另一水榭裡，立著一位著明黃團龍錦袍、束金冠玉帶的年輕俊朗男子。他直愣愣地看著紫宸殿的方向，手握飽蘸濃墨的白玉通管雕花銀毫，雙絲路單宣上只有一滲開的團墨，襯得四周越發蒼白。他不是旁人，正是溫榮認了一輩子的良人，當今聖人李奕李三郎。李奕只覺心下一痛，握著銀毫的大手泛起青筋，最後也只得閉上雙眼，將銀毫拋入那太華池中。筆尖的濃墨於池中散漾，映出心中人兒的模樣，灃河之水，依然緩緩流向太華池，那承諾不過如墨汁一般，入水而淡……

永慶四年，民間小兒在街頭巷尾傳唱著上口民謠——

「武孝帝，果伐勇，睿智明，保盛京。國公府，一朝榮，滿地金，一朝損，滿覆滅……」

國公府已然傾覆，這榮華謝後，有情人也不過相看兩望長安路……

溫榮只覺得渾身痠軟，胸口一陣一陣地泛酸，心像是針扎一般。自己不是已經死了嗎？怎麼靈魂還在遭受著凡俗的苦痛？眼皮沈重得很，溫榮眉間皺作一團，努力地睜開眼，她倒是想看看這地府是如何模樣？

「娘子，可算醒了，妳這都睡了有七個時辰了！」

溫榮聽到熟悉的聲音，心下一暖，綠佩也跟著自己一道下來了。可不想倒罷，想了眼眶一熱，那淚珠兒便順著眼角滑落。

綠佩見狀，很是驚慌，怕是娘子身子又不舒服了。娘子打小喜水，不承想也會暈船，不過這數十日不停歇的行船趕路，綠佩也覺得腳下虛得慌。

「娘子，可是哪裡難過？」綠佩撩起輕煙羅幔帳，扶著溫榮起身，將鑲玉紋案窯瓷絞胎枕移到床內側，換上天青牡丹緞面絲絮芯軟墊。

待看清正細心照料自己的綠佩時，溫榮怔了怔，模樣兒是沒錯，可形容怎麼小了一圈？她越看越發狐疑。這廂房的佈置也是熟悉，清雅素潔，只一下想不起，難不成地府也如盛京家宅院落一般？

綠佩見溫榮眼神怪異，顧自四處地打量，好似陌生得很。

「娘子？娘子……」綠佩喚了幾聲，又拿手在溫榮眼前擺了擺。

「綠佩，現今是哪一年？」溫榮心下一驚，這哪是什麼地府？分明就是乾德十三年，舉家遷往盛京走水路時乘用的鬥拱鴟吻雲松商船！

「乾德十三年啊！娘子，妳怎麼了？要不要我去請了夫人過來？」綠佩有些慌亂，娘子昨日因為暈船厲害，晚膳也未用便早早歇息了，醒來怎感覺如此奇怪？

溫榮確定後心跳加快，可見綠佩面生狐疑之色，便將表情淡了去，畢竟是經歷過生死，再活一回的人了，只淺淺一笑。「這一覺睡得好不踏實，夢回了杭州西林水畔的曲風亭榭，正戲那錦鯉呢，瞅著一簇簇吐著水泡兒爭食得有趣，不想就醒了，怕是睡昏了。」

見溫榮這麼說，綠佩才放下心來。「娘子定是想念咱們杭州了！娘子不用憂心，不是那什麼裡有說，誰什麼廣，什麼杭之嗎？」

溫榮捂嘴一笑。「是《詩經》的『誰謂河廣，一葦杭之』。」

《詩經》中寫的是大氣容易，河廣路遠又能如何？若是想，一小舟便渡過了。可復醒後的溫榮知道，他們這一進京，便再未回過杭州了，因為盛京才是他們的故鄉，杭州不過是阿爺在外做官時的短暫停留罷了。只是自己在杭州出生，又無憂無慮地活過了十二年，因此心底錯將杭州作故鄉。

溫榮想到前世，心又痛得厲害，靠在軟墊上努力忍著淚。臨死前的一幕幕還清晰地烙在腦海中，舉家傾覆的噩耗、皇后閃得刺目的寶石金鈿子、綠佩倒在血泊中卻未閉的雙目……還有那狠心的李三郎，前幾日能什麼事都沒發生一般，同自己在枕邊耳鬢廝磨，可最後卻連一面都不肯來見。說不恨怕是假的，溫榮很想阿爺、阿娘……如今能再活一遭，她不會聽天由命，再向著前世不得善終的結局走去。可自入宮後，溫榮同國公府、阿爺、軒郎的來往都極少，最後那幾年到底發生了什麼事，溫榮一概不知。微微嘆口氣，走一步是一步吧！只是李三郎，這一世她是不想再和他有交集了，哀莫過於心死。

綠佩見溫榮胸口起伏得厲害，額角沁出薄薄一層汗，便執了一把紈綢繡垂柳漾水古青拱橋樣面團扇，輕輕打著，直到溫榮的表情好過了些。

溫榮感激地望一眼綠佩，前世只將綠佩視為貼身婢子，只道婢子待自己的好都是理所當然的，直到最後綠佩跟著走得決絕，溫榮心下才生出難過和遺憾。這一世，若是可以，她要為綠佩謀個好人家，安然地度過一生。

溫榮揭開銀色絲薄蔓枝錦衾，搭著綠佩的手欲起身。「什麼時辰了？」

「剛過巳時。娘子可是有感覺餓了？婢子去廚裡吩咐備點清淡小粥，再沒胃口也好歹吃點兒。」綠佩想到溫榮這幾日暈船得厲害，臉色發青，幾乎只喝些湯水，都瘦了一大圈，阿郎和夫人為此沒少擔心，已在商議是否先擇個能泊船的大碼頭，休息幾日。

「清淡小粥哪能果腹？眼下端陽月上旬，暑氣正重，也不知給添個蓮荷香齏粉糕？」溫榮醒後，除因前世記憶，短時內難以釋懷而略感憂心外，其他並無不妥，暈船之症也慢慢消褪，大概是靈魂經歷了前世那一遭，心性更強了吧。精神好了，溫榮便覺得餓了。

前世行船這段日子，因為太過難熬，溫榮印象深刻，日日食不下嚥，阿爺和阿娘本想停船上岸休息，可又擔心耽擱時日會碰上端陽中下旬發水。如此一來，只能硬撐著走了近半月，到了陪都洛陽，換了陸路後，溫榮才慢慢恢復。

綠佩見溫榮能進食，眼都亮出了光。「娘子，再加個雙絲甘菊冷淘(注)可好？」

「妳定了便是。」溫榮笑了笑，綠佩自是瞭解自己的。

綠佩得了準令，出門交代廚娘後便回到屋裡，替溫榮簡單綰了雙向百合髻。

「娘子，可是著碧青色胡服？」綠佩打開山水紋紫香楠木箱籠，正準備照娘子往日喜好挑衣服。

溫榮眉頭皺了皺。「襦裙便可。」

前世溫榮出閣前甚喜胡服和男裝，倒不是說騎馬或是打馬毬方便，只是性情如此，好出頭，巴不得事事勝他人一籌。故除了自家姊妹，她再沒有關係親近的女伴，而死前皇后那句九年前就恨她的話，多少與此有關。

綠佩驚訝地看了一眼溫榮，並不質疑多言，只在箱籠中翻找。因為溫榮不喜襦裙緣故，箱籠中多是胡服，翻揀後取出一套新做還未穿過的藕荷輕紗半臂襦裳翠霞貼金裙。換了衣裳後，綠佩為溫榮簪上一對寶珠佛手小金冠，看著素了些，便再簪一支嵌玉鎏金釵。

收拾妥當後，溫榮望著瑞花纏枝浮雕銅鏡中剛滿十二歲的自己，一陣恍惚。

林氏聽聞溫榮醒了，帶著侍婢自船房內廊匆匆而來。

林氏進了屋子，綠佩見禮後便退讓到一旁。

溫榮兩眼一紅，撲到林氏懷裡。「阿娘……」

「傻孩子，這是怎麼了？怎麼哭了？」林氏摟著溫榮，這幾日溫榮因精神不好，總懶懶的不大理人，話也不說，飯也不吃，她這當娘的，是看在眼裡，急在心裡，若不是為了趕路，她斷然捨不得榮娘受這罪。先前林氏的貼身侍婢從廚裡聽聞榮娘醒了，已讓綠佩傳食，林氏便趕了過來。

注：冷淘，類似涼麵一類的麵食。

林氏林慕嫻之父乃當今聖人身邊近臣——中書令林正德，散官至正三品金紫光祿大夫，而顯武十一年，林氏嫁進黎國公府，成為國公府嫡出三子溫世珩之妻時，林正德還只是正四品文散官正議大夫。出生於書香世家的林氏溫婉柔美、性子和順，入國公府第二年，便爭氣地有了溫榮長兄溫景軒，同溫世珩的夫妻關係也極為和睦，十多年了從未紅過臉。而不論溫世珩是在京安心上學，抑或主動向聖人請官外放，她都無怨地跟著，在杭州郡的十三年裡，陸續又為溫世珩添了兩個聰慧可人的女兒。

說來也有趣，溫軒郎的樣貌隨了阿爺，鬢若刀裁、五官俊朗；但性子卻隨了阿娘，溫文儒雅、脾氣和順，遇事總講個禮讓三分的理，頗有些大肚能容天下事的氣度。因此雖眉眼冷峻卻自有一股舒朗之氣，年紀輕輕能有此淡然心性，周遭人都道是不易。而榮娘卻正正相反，樣貌隨阿娘，雖還年幼，五官未長開，但雙目已然顧盼神飛，笑起來兩靨生花，活脫脫一齊整美人兒；性子卻像阿爺，凡事好爭個頭，心性兒又高。在杭州那兒，她老纏著軒郎鬥詩賽畫的，都是自家人，軒郎知曉榮娘不服輸的脾性，都讓著她，而榮娘也確實天資聰穎，自小喜舞文弄墨，小小年紀便能畫出千嬌萬態的八寶牡丹，掛於牆上，誘來彩蝶尋香。其實溫榮初始閨名並非榮華的榮，而是芙蓉的蓉，可溫榮略懂事後就說這花花草草的字太小家子氣了，偏生溫榮的阿爺又寵她，便將蓉字換做榮，這才合了溫榮心意。

溫榮偎在林氏懷裡，這溫暖的感覺多久沒有過了？前世溫榮嫁入太子府後不到半年，林氏便得了急症，沒幾日便沒了，溫榮為這事哭昏了好幾次，更埋怨了阿爺很久，認定若不是阿爺寵那通房侍婢，阿娘怎會去得那麼早？

「來，我們不哭了，看把這小臉哭的喲，跟個花貓兒似的！」林氏執起絹帕，輕輕拭去溫榮眼角的淚珠。

「娘子先前醒了就在哭，奴婢都嚇壞了。這些年就沒見娘子哭過，不過這一流淚倒真真像個娘子了，先前奴婢總以為自己照顧的是榮郎君呢！」綠佩見溫榮好了些，打趣兒說了這話。

「盡胡亂扯些什麼？還是綠佩自己想哪個郎君，倒是說開了，我求阿娘放了妳去！」溫榮捂嘴促狹一笑。

就見綠佩紅臉低著頭道：「娘子又笑話奴婢！」

「妳這孩子！」林氏寵溺地刮了下溫榮的鼻子，也不再追究溫榮好端端流淚的事，卻注意到溫榮今日竟是著了襦裙的。在林氏記憶中，溫榮著裙的次數可謂屈指可數，若非正規宴席或是去貴家做客，溫榮必然是胡服或男裝，就如綠佩說的那樣，天生郎君心性又好扮作郎君模樣。

溫榮見到林氏詫異的目光，只淺淺笑退一步，捻起翠霞貼金裙，輕輕打了個旋。「阿娘說榮娘如此可好看？」

「誰都沒我們家榮娘漂亮！」林氏很是欣慰，她一直擔心榮娘的性子，如今看來比先前要好得多。

不多時，廚娘將雞茸花撒綠粥和兩道色澤誘人的小食端上來，林氏看著溫榮將粥吃了，粉糕和冷淘也食了大半才滿意，又同溫榮說了會子話。

巳時三刻，溫榮隨林氏去尋阿爺和軒郎，聽侍婢探言，爺兒倆正在商船三柱尖亭那兒弈棋。

出了內廊，榮娘遠遠便瞧見著天青錦緞圓領蟒袍衫的阿爺，及坐於對面一襲精白平金紋雲海袍衫、此時正皺眉思考猶豫如何下子的軒郎，他們都只紮了個家常暗色頭巾，聽聞腳步聲，兩人抬起頭見是林氏和溫榮，臉上不自禁地露出溫和的笑來。

「掀棋盤的主兒來了，可是得把這珍貴的玉石棋子藏好！」

爺兒倆見溫榮的氣色和精神都好了許多，這才放下心來，溫景軒更笑逗了溫榮一句。

溫榮的棋藝在同齡人中算是拔尖的，遇上真正的高手也能對上幾步，可同阿爺和軒郎比，還是遜了一籌。照她之前兒時的性子，贏了才可，輸了推棋、掀棋盤這些耍賴的事兒沒少做。

「盡嘲笑我！」溫榮嘟著嘴，向溫世珩見了禮，轉頭也不搭理軒郎，好似真生氣了一般。溫榮仔細看了看軒郎說的珍貴玉石棋子，每一枚都用陽紋密密刻了字，技藝極其精湛。

溫榮一時來了興趣，從青蔓亂枝紋三彩瓷甕中執了黑白子各一枚細看，白子是用崑崙白玉磨製，周身瑩潤剔透，無一瑕疵，黑子則為半透墨青雲子，很是好看，光論棋子材質就知是極其貴重的，棋面上的字如門巧用的針眼大小，仔細看可辨認出刻的是《禮記》中的〈大學篇〉。

「這是阿爺離開杭州郡時，姚刺史贈的餞別禮，阿爺作寶的藏品，今兒還是第一次見。」軒郎溫聲說道。

溫榮對這副棋並無印象，看來入盛京後，阿爺便將棋子收起，未再拿出來了。

「哈哈，這副棋子出自前朝匠工司馬良之手，他的篆刻技藝至今無人能企及，是真真的罕物，幾為孤品了。」溫世珩望著這副棋子，眼裡是滿滿的得意。

溫榮聽到「幾為孤品」四字時，腦中有根弦被撥動了下。在上一世的記憶中，聖人同自己聊天時有提到過一副棋子——

「榮娘，某聞南賢王得了一套稀世棋品，棋面細字如麻，為前朝孤品，榮娘棋藝甚佳，哪日某令南賢王將棋送入宮中，與榮娘把玩一番。」

後聖人因朝務繁重，便將這事忘了，而溫榮也未在意。會是同一副棋子嗎？印象中，阿爺同南賢王往來並不多，既然關係一般，阿爺又怎會將如此珍愛的棋子轉贈與南賢王？溫榮笑了笑，或許是自己想多了。搖了搖頭，將黑子放回棋甕，而白子落在棋盤一處。軒郎執的是白子，到這輪白子已被困成死局，溫榮這一招，將白子盤活了。姚刺史贈送如此貴重的禮，溫榮是能明白的，畢竟阿爺此次回盛京是去做京官，而家中還是堂堂黎國公府……

若只是十二歲，溫榮的棋藝自然不如軒郎，可畢竟多活了近十年，尤其是入宮的那段日子，因為聖人好棋，她沒少琢磨棋路棋法，也虧得溫榮天生玲瓏心，不但棋藝大進，甚至破了舊時的一道珍瓏棋局。

「好棋！」

「好棋！」

溫世珩和溫景軒同時讚道，向溫榮投以讚譽的目光。

「榮娘可是好些了？」見溫榮臉色還有些青白，溫世珩關切地問道。

「榮娘已無事，看來是習慣了水上的日子，這幾日讓阿爺和阿娘掛心了。」溫榮一邊說，一邊瞅了眼因被自己忽略而拉著臉的軒郎。「還有，謝謝軒郎送給榮娘的小玩意兒，那九連環榮娘還沒解開呢，軒郎得空了教教榮娘。」

「哈哈，我們榮娘什麼時候也肯服軟了？」溫世珩大笑著輕拍溫榮肩膀，他對這女兒是十萬分的滿意，只可惜了是女兒身。

陽光投在水面上，泛著粼粼波光，明晃醉人。溫榮望著關心自己的、如清風般和煦的家人，心裡暖暖的……

午時大家各自回房休息，未時三刻，茹娘聽聞溫榮醒後便由婢子領著來尋溫榮。茹娘是有些怕溫榮的，總覺得溫榮不似阿娘那般好親近。茹娘不過只是八歲的孩童，可溫榮常拉著她習字讀詩，偏偏茹娘不同於溫榮的性子，不喜這些，她倒是更願意跟著鶯如她們學女紅的。

「阿姊可起了？」海棠垂格門扇外傳來稚嫩的童音。

溫榮心一動，忙將門扇打開，牽著溫茹的手進了屋。溫茹一身粉色盤金細花襦裙，綰了單向百合髻，簪幾支細巧宮花，戴著綴縠穗子印陽文「歲歲平安」的祥雲刻花小金鎖，粉嘟嘟的小臉看得溫榮心下甚喜，眉眼笑意漸濃。

溫茹怯生生地望著榮娘，只覺得阿姊今日似乎有些不一樣，對自己親密了許多，也不會老板著臉了。

溫榮拉著茹娘坐到小紅木圈椅上，將廚裡剛送的水晶棗米藕荷糕端到茹娘面前，茹娘見了果然甜甜一笑，抓了一塊便喜滋滋地送進嘴裡，看著茹娘那饞樣，溫榮就覺得有趣。

前世茹娘和溫榮不親，阿娘走時茹娘才剛滿十二歲，阿娘交代了溫榮要照顧好茹娘，溫榮雖是真心應了阿娘的，但那時溫榮為了將已是太子妃的韓大娘子比下去，只將心思放在了自己身上。直到永慶三年，茹娘已是十五歲及笄之年，溫榮才思量著該為她尋一門好親事。溫榮召茹娘進宮，意在探探茹娘的意思，看是否已有喜歡的人家或郎君了，可不知為何，茹娘對溫榮的探問十分抗拒。溫榮也未多想，只道茹娘害羞，還沒有中意的人家，便在心裡為茹娘定了尚書右僕射的周家五郎。周五郎十八歲中進士，是甲子科最年輕的進士郎，很是為周家爭臉，而且樣貌俊朗、眉眼正氣，和茹娘是登對的。

溫榮心下思定了這事後，打算擇日於宮中設宴時將這事同右僕射周家夫人說了，若無疑義，早日求了賜婚詔諭，了了這樁心事。可不承想，還未到一個月，黎國公府便傳來信，說是茹娘親事已定，擇了黃道吉日嫁於丁卯年新進進士郎賈仲焱。溫榮特意問了賈仲焱家世，不料只是青州普通商戶人家。為此事，溫榮特意回了黎國公府瞭解情況，才知是他二人互通款曲，更私相授予了定情信物。溫榮本想和茹娘說幾句體己話，可府裡人只道茹娘染了病症，臥床休息，怕過了病氣給當時已是一品貴妃的溫榮，勸說過段時間待茹娘身子好了，再遣了帖子與茹娘，召她進宮敘話，如此更妥當些。

這一別，便到了茹娘全大禮那日。黎國公府倒是熱熱鬧鬧的，雖不及溫榮出閣時，卻也佈置得喜慶。本以為茹娘該是歡歡喜喜、一副待嫁的嬌羞娘子模樣，不承想溫榮進到茹娘廂房時卻是一片死寂，茹娘只沈著眼，坐在妝鏡前無一絲言語，臉色如槁木死灰般，連溫榮進廂房時內侍的通報都置若罔聞，那身大紅團金廣袖華服壓得令人透不過氣來……

「阿姊，還能吃嗎？」

溫榮被稚嫩的聲音喚回了神，原來溫茹已吃去一塊糕，照往常，茹娘被溫榮訓慣了，故不敢再伸手。

「嗯，茹娘喜歡的，阿姊都給妳。」溫榮親自執起一塊糕，小心地餵茹娘。前世她未料到府裡竟連沈默柔弱的茹娘都不放過，是她沒照顧好茹娘，她對不起茹娘，也對不起阿娘。

溫榮醒後這幾日，因不再暈船，精神漸漸養好了，白日裡陪著阿爺及軒郎下下棋、寫寫字，抑或是同阿娘學女紅。說到女紅，茹娘倒成了溫榮的小先生，姊妹倆還合著用五色絲線串起金玉珠子做了瓔珞送與林氏。茹娘畢竟小孩子心性，同溫榮又是真真的血濃情深，縱然之前再怕榮娘，幾日過後也全忘光了，現在只記得榮娘的好，時時事事都要黏著阿姊。林氏見姊妹關係親，暗暗喜在心裡，很是慰藉。

「榮娘，進黎國公府那日，可還是穿杭州郡成譚製衣坊那套新作胡服？」林氏拉著溫榮，坐在鋪著灰纈絞紗暗花羅褥子的長板胡床上。

先前為了回盛京，林氏特意為三個孩子找了成衣匠，新做兩套盛京流行款式的袍衫，溫榮是一色鵝黃團花錦緞滾領雙層織金邊窄袖袍褲。林氏本是不允溫榮著胡服的，想著回黎國公府自然該莊重些，無奈溫榮在杭州郡無人管慣了，珩郎又將她寵得心尖兒似的，也不幫勸，只說榮娘喜歡便罷，回黎國公府也是自家主子，無妨的。

「阿娘，榮娘想換裙衫可好？」溫榮顰眉嘟著嘴，撒嬌地望著林氏。

前世溫榮一身亮色胡服入黎國公府，猶記得老祖母的表情、言辭。溫榮老祖母即為黎國公府溫老夫人，是溫世珩嫡母阿娘，乃高祖宣皇帝阿姊樂靜大長公主之女嘉宜郡主，身分極是高貴。那時溫老夫人雖表現得親熱和歡喜，但是微可一見的皺眉還是讓溫榮心下生了排斥，後更說了些讓溫榮隨自家姊妹學盛京禮儀的話，明慧如溫榮就知老祖母對她是不喜的。

溫榮性子清傲，再加上同老祖母本就沒什麼感情，見老祖母不喜，亦不屑去巴結，只想憑著自己的容貌和才情，要什麼會是沒有的？而茹娘本就不大說話，那懦捏的性子，溫老夫人自然看不上眼，連帶著也不滿林氏，只道是放出去十多年，林氏沒教管好兩個貴家娘子，在盛京都是上不得檯面的。如今溫榮倒不是真就放下身段想去應承誰，只是希望一步步穩妥了，不能帶累了阿娘他們。

「鬼靈精的愛變樣兒！明日便到陪都洛陽廉閬古碼頭了，妳阿爺說了改陸路走，還要順路去探望舊識。洛陽到盛京，陸路不過兩日工夫，還是來得及的，明日下商船後，阿娘去洛陽市坊的製衣坊看看。」林氏摸摸溫榮脂玉般剔透的小臉。榮娘現有的襦裙皆太過素雅，只怪自己先前沒想周全了，若是提前思量到，也為榮娘備了裙衫，就不用臨頭了再慌張想法子。

高祖立朝後，見洛陽東臨商漕大運河，北毗鄰盛京，故設為陪都，經過數位賢明聖人治理，如今洛陽已是漕運之都，可謂物華天寶。「日有千人拱手，夜有萬盞明燈」的繁盛之景便是形容了洛陽，熱鬧程度不亞於盛京。

溫家的商船並未停靠在日常理貨和載貨的碼頭，而是入了那各色畫舫泊集地芙渠渡口。陪都陳知府早知曉今日巳時初刻黎國公府三房將抵達洛陽，陳知府祖上同黎國公府是故交，早早使人遣了兩匹家豢、性子平順的白蹄烏，和一輛輕羅帷幔格窗翠蓋珠瓔四輪馬車在渡頭等候。

溫榮等人下了商船，終於踩上夯實黃土。不遠處貨運碼頭嘈雜作響，街市坊處人群鑽動，似乎都急急喘喘的，和悠閒自得、日日映著碧樹紅花的杭州郡，完全是兩般景象。離盛京還有那李三郎，是越來越近了……

溫家車馬過了平昌門，不多時便到了知府府邸，停在府邸青銅大獸首銜環廣亮大門前，知府陳清善早早迎了出來。陳清善與溫世珩是顯武五年同時入國子監學的同窗，後又一起考上進士，陳清善更是殿試二甲第一名。

迎客的婢子、老嬷嬷上前將林氏、溫榮、溫茹扶下，而陳大夫人與陳家二位娘子亦親自來迎。陳大娘和陳二娘見著溫榮和溫茹，很是熱情。陳月娘十三、四的年紀，妃紅半袖襦裙，百合髻上簪著數朵水紅忍冬花；陳歆娘同溫榮一般年紀，翡翠短襦束腰裙，單螺髻上簪了三支綠玉笄，雖是家常打扮，但看著舒心大方。

陳知府同阿爺、軒郎去了前廳，陳夫人攜女眷到後院說話歇息。

前世溫家一行亦是有到洛陽知府邸歇腳，只是溫榮迷迷糊糊，對如何來的知府府邸，後又是如何離開的，幾無印象。知府府邸雖不若江南大戶園子那般以山水見長，沒有重簷疊樓曲院迴廊，但是怪石古松也別有一番情趣。

四個小娘子在一起吃著茶果子，說些各自地方有趣的事兒，很快便熱絡起來，而林氏同陳夫人本就是京中舊識，也在說著體己話。

林氏向陳夫人說了溫榮裙衫的事，陳夫人立即差人請了成衣匠到家來，為榮娘量了尺寸。林氏交代成衣匠，若是有合身、時下又流行的成品，便使人送過來看看，若是沒有，就煩勞加急趕製則個。

「榮娘定是聽聞盛京美景和郎君甚多，所以連衫裙都來不及收拾，就匆匆忙忙上路了！」月娘知曉榮娘要臨時趕製衫裙時，戲笑了榮娘一句。

「叫妳渾說笑我，看我不扯妳嘴巴子！」溫榮作勢起身就向月娘撲去，逗得月娘是趕忙躲到陳夫人身後，卻是呵呵直笑個不停。

溫榮入京沒有事先準備好衫裙，說出去是件不體面的事，更有可能招來嘲諷或被看低了去，可陳夫人和兩位娘子並未因此冷嘲熱諷，或是暗暗藏了什麼心思，只是玩笑了幾句。

溫家三房在陳家這二日，長幼相處都極是愉快，不管陳知府和陳夫人對溫家三房是真心相待，還是看在了黎國公府的面上，但至少現在沒有算計之意，而月娘和歆娘亦是有一說一、有二說二，是不會和人繞彎子的直性子，這點溫榮很是喜歡。

有了陳知府家的交代，製衣匠不敢怠慢，連夜趕出了溫榮進府的衫裙——月白色縵紗暗花廣袖長衫、桃紅瓔珞束胸落地長裙、影金錦緞面玉底繡鞋，均是盛京最時興的款式。林氏見溫榮穿上了裊娜纖巧、肌骨瑩玉，這才放下心來。

雖與陳府相處甚歡，但入京一事亦不能耽擱，兩家的小娘子已然混熟，要分開了很是難過。

溫榮畢竟是活過一世的人，心下雖不捨，但情緒不至於太過，看著泫然欲泣的陳家娘子和茹娘三人，柔聲安慰她們。「盛京和洛陽是近的，待我們至盛京安頓後，就封了書信來。過數月京中便是賞菊江會，月娘和歆娘若是得空，一道去盛京可好？」榮娘一左一右握著二人的手，很是誠懇地說道。

溫榮前世並無交好的貴家娘子，在她印象中，盛京那些貴家娘子多是些驕縱任性、自以為是的。呵呵，不過前世的自己又何嘗不是如此呢？溫榮心下自嘲了一句。

大家又說了些話，溫榮等人便上了馬車離開。溫榮撩起帷幔，月娘和歆娘還在遙遙同自己招手……

從洛陽到盛京需兩日車程，溫榮無事便陪著茹娘玩翻繩，或是琢磨琢磨九連環和魯班鎖。

「陳大郎過了年便滿十四歲，陳家打算將他送入京去國子監上學。」林氏和溫榮說著閒話，手上纏繞著紅粉兩色玉線，細巧地來回穿著，編那吉祥如意的祥雲結。

「待在盛京安頓後，軒郎亦是要去國子監上學的嗎？剛好同陳大郎有個伴了。」出了陪都明承門，溫榮還能聽到阿爺同軒郎在誇陳家父子，說陳大郎眉眼自明，談吐間不卑不亢，是能成大氣候的，只可惜了陳大郎並非陳家嫡出之子。

溫榮倒是不認為可惜，自古以來，嫡出庶出之分困了多少人的心思，滅了多少人的志氣，可縱是名門望族，長房嫡出之子承了家業，若揮霍無度，不思進取，也榮不過三代的。

反倒是庶出的別自輕自賤了去，奮發圖強，得了功名，照樣光宗耀祖。溫榮心下這樣想，嘴上卻是不說的，有些事兒聽聽便罷了，榮華總歸是靠自己謀得的，旁人哪需多言？

林氏聽了溫榮說的，薔薇花般明豔一笑。「妳阿爺都說了，此次入京，是要讓軒郎入那弘文館的。」言語中很是歡喜和得意。

溫榮顰著眉，軒郎果然還是要入那弘文館嗎？弘文館是大明宮西側文學館的下設學府，只有那皇親、一品大員的子弟方可入學，外人看來都是極富貴和權勢的聚集地。高祖設置文學館初時，確實是「引禮度而成典則，暢文辭而詠風雅」，可幾代後，弘文館內的腐朽卻不能與外人道了。

軒郎本就性子恬淡隨和，十多年杭州郡的淳樸生活，更讓軒郎對人沒防備，容易被人說教影響了去。弘文館中皆為貴族嫡出子，多是直接襲爵，更不乏世襲罔替的貴家郎君，如此一來，又有幾個是真心上學，真心來學那論世經綸的？那些皇子雖同在弘文館中上學，但聖人亦是為他們安設了教導師傅，只知玩樂的貴家郎君哪裡能去比的？如此在弘文館學了四年，軒郎只是被那些個郎君拉到歌舞坊吃酒，請些教坊歌伎到府中彈奏琵琶、箜篌。雖說盛京風氣皆是如此，可讀書年歲就被白白耽擱了，軒郎連著兩年殿試都未上榜……若不是如此，溫榮前世亦不會想將軒郎過到那長房去，平白惹了那麼多不高興。

而國子監的學風溫榮是知道的，這兩年的國子監招納了許多有志之士，比如于如晦、孔世南、杜德明……數年後皆是被引入殿中，聽朝、講論、議文之人，備受聖人器重。既已知如此，可得打消了阿爺、阿娘送軒郎去弘文館的念頭。

不多時，林氏的雙色祥雲結編好了，再穿上紅色錦絲流蘇，很是精巧有趣，茹娘抓了在手上把玩，纏著林氏將祥雲結掛在瑞錦腰帶上。

「阿娘，這結子有趣得很，阿娘也教教榮娘，榮娘想編了送給盛京府裡的姊妹。」溫榮笑著湊了過去。

「這是阿娘出閣前時興的玩意兒，現在卻不知道盛京的年輕娘子們喜歡玩什麼呢。」林氏雖這麼說，卻歡喜地遞了青藍兩色玉線給榮娘。「喜歡便學了消遣也是好的。」

溫榮自是知道盛京貴家娘子裡時興什麼——喜靜的聚在一起吃茶；喜文風的辦詩會或作畫；喜鬧的便下帖子，齊了人去那馬毬場，雙方在馬上一較高下。

「是啊，這一年就變一個樣，榮娘是喜歡才向阿娘學的。」溫榮拿了玉線，滿眼認真，一步一步學著林氏搭環穿線。「前段時間我瞧見了盛京近幾年的進士榜登科記，國子學很是榮光，登科的特別多，去年一甲三元都出自國子學，還有那太學和四門學的學子也是爭氣的，反倒弘文館讓人詫異。不知這郎君上學的學府，是否也一年一個樣呢？」溫榮好似漫不經心地說道，也不去看林氏的表情，只仔細擺弄玉線。因溫榮是初學，故林氏教的是簡單的雙蝶結，那青色秀蝶已在溫榮手心翩然待飛。

林氏驚訝地望著溫榮，溫榮的表情並無異色，看來只是無心一說。林氏眉頭皺了皺，對此上了心。若真是如此，軒郎上學的事情是得好好思量一番，或者同陳家大郎做個伴也不錯。

林氏經了數日，越發覺得溫榮懂事沈穩了許多，告別陳家時，溫榮同月娘和歆娘說的勸慰話，大人聽著都是覺得得體的，不過……「榮娘，妳是如何知道，過幾月盛京有那賞菊江會？」

「不過是讀了些京中趣聞罷了。要入京，就想先瞭解盛京的一些事兒。」溫榮眉眼微微抬了抬，從容地說道。

「可不是呢！」林氏笑看著溫榮編的雙蝶結，不遜於自己的精巧。她對盛京是越發期待了。

行路的兩日很快便過去，馬車駛入金德門，進入盛京地界，茹娘隔著帷幔望向窗外，很是驚奇。盛京的朱雀大街極其寬廣，兩邊成行茂密的榆樹、槐樹連成蔭庇，而市坊內人來人往，鋪面客流如織，還有那穿著各色袍服的異族人，看得茹娘是擺不開眼去。盛京的街市繁華，人煙阜盛，少有可比的。

黎國公府位於城東北的安興坊，而安興坊亦是盛京皇子、達官貴人宅府雲集地。溫榮猶記得前世，臨江王李奕同禹國公府大娘子韓秋嬏成大禮後，便搬入安興坊的臨江王府中，黎國公府至臨江王府不過小半時辰，那時她沒少同李奕於市坊內私會。如今乾德十三年，李奕也才十六歲。

過了烏頭門，遠遠便望見幾處高大戟架，戟架上設著華麗門戟，大門兩處立著仰頸呼嘯、威風凜凜的石獅子，國公府外停放了數輛烏漆帷帳頂蓋肩輿在等候。

紅漆大門前立著一位著墨色方領袍服、形容削瘦的中年男子，溫榮臉色微微一變，那是黎國公府溫老夫人嫡出二子溫世珀，溫榮的二伯父。阿爺時隔十三年終於回來黎國公府，作為兄長的親自到大門迎接，說出去都是得人稱頌的兄弟情深。

同前世一樣的見禮和問候，時日太久，兄弟之間也不免生疏了。三獸首大門大開，黎國公府迎回離家數年的嫡出三房。

黎國公府之大和豪華，早將茹娘看得瞠目結舌，溫榮卻目不斜視，淺笑地聽著阿爺同二伯父的談話，無非是聊些近年來盛京的變化。

過了那二丈長、雕著麒麟踏雲展花的大照壁，再就是一路庭院雲池修竹，最後過了月洞門，便可望見溫老夫人的祥安堂。溫榮等人隨著溫世珀下了肩輿，走上數階漢白玉石階後便至抄手遊廊、幾處廂房廳堂，皆是雕樑畫棟。轉過嵌了佛的高架屏風，有幾位著各色窄袖高腰短襦、烏龍庥長裙的年輕婢子迎了上來。

「可算是來了，老夫人都唸叨了好幾個時辰了！」

進了內堂，兩鬢如銀的溫老夫人起了身，由大房國公夫人方氏扶著，慢慢朝溫世珩走來。

溫世珩拜倒在地，而林氏、溫景軒等人，亦隨著溫世珩拜了一地。

「阿娘，三郎回來了……」溫世珩這一聲「阿娘」情真意切，聞者無不動容。

「你這不孝子，還懂得回來……」溫老夫人聲音哽咽，親自蹲身將溫世珩扶起，抓著溫世珩的紋金袖不肯鬆開。

望著久別重逢，皆在感傷的一眾人，溫世珀忙上前勸慰。「阿娘，今天是三郎一家回府團聚的大好日子，該是歡喜，怎麼能哭哭啼啼的？傳出去叫人笑話。如今老三回盛京做京官了，趕都趕不走的，阿娘再扯，老三就得去換件袍衫了！」

溫世珀一句話倒是將大夥兒都逗樂了，而溫老夫人亦發現自己失態。「快起來，都是一家人，跪著是做什麼呢！」

溫老夫人拭了淚，由方氏扶起，而溫世珩一家鄭重地拜見了溫老夫人後才起身。

林氏見溫老夫人向自己投來目光，忙帶著溫景軒、溫榮、溫茹上前，一一介紹與溫老夫人及大夫人方氏、二夫人董氏。

林氏同溫家人是都熟識的，林氏形容未有大變樣，一如當初進府時的柔美秀雋。

溫老夫人對著林氏溫和笑笑，說道：「這些年辛苦妳了。」再越過林氏看向溫景軒。「一晃十三年過去，軒郎都長大了。當初是你阿爺、阿娘狠心，不聽我這老人的話，小小年紀便帶你離鄉，去那遠和偏僻的地方……」溫老夫人一左一右拉著溫榮和溫茹在身側坐下，淡淡地看著方氏。「西苑可都收拾好了？」

「三郎一家子回京，自然是已打點妥當，阿家無須掛心。」方氏話語不多，畢恭畢敬地伺候著溫老夫人。

照理方氏為黎國公溫世鈺正妻，負責打理府內中饋，行事不至於這般唯唯諾諾，只無奈其嫁入國公府的十七年裡，只得一女，而無男嗣。隨著年齡漸長，屢沒動靜的方氏已對一舉得子不抱希望，遂將精力轉向溫世鈺的那些姬妾，姬妾中倒也有懷孕了的，只可惜產下的皆是女娘，好不容易得了一子，方氏過到正室養不到兩年，便得了風症，早早夭折了。出了這事，方氏已經夠鬱結，偏偏國公府中還傳出她薄待過繼兒的閒言碎語，那薄命兒的生母亦不知從哪兒借了膽，接連數日在大房裡嚎哭喊苦，方氏無法，只得暗地裡尋了由頭，處置了那名姬妾。如此一來大房被抹了臉面，方氏亦有苦說不出，在溫老夫人面前更不得喜。

兩輩人敘了一會兒話，溫老夫人念及老三一家舟車勞頓，該是先去歇息，便令方氏陪同溫世珩等人回西苑，看是否還有缺的。

祥安堂至西苑，一路青石子通幽小徑，溫榮牽著茹娘的小手，踏著細碎枝椏樹影，面上淺笑回答著方氏友好的問詢，心下卻隱隱覺得不安。

她曾以為前世溫老夫人不喜自己，是因初見時印象不佳，且自己性子不夠柔順，可今兒她已小心注意，不叫人挑出毛病，但溫老夫人眼中的疏離，依然令她無法親近……

祥安堂中人都散去，溫老夫人只留下身邊伺候的白嬤嬤，白嬤嬤取出銀鎏金雙層香爐，揭開鏨刻著綻放蕾蓮的鏤空爐蓋，移走雲母片，自那鎏金蓮瓣纏枝香盒中撚出一粒蘇合新香，不久屋內氣息漸漸濃郁。

「老三為何會在這時回京？杭州郡的肥差還留不住他嗎？」溫老夫人似在自言自語，又似在探詢白嬤嬤。

白嬤嬤是溫老夫人從娘家帶來的貼身侍婢，對溫老夫人最是忠心，當年那事，除主使者溫老夫人，只餘下白嬤嬤一人知曉了。

「老夫人的意思是……是否將那事告知大郎與二郎呢？」主子的事，做奴婢的並不能多言，白嬤嬤知曉這理。數十年的伺候，白嬤嬤已略懂溫老夫人的心思，她只安分地伺候好溫老夫人便可。

「不必了，先瞧著吧，這事越少人知道越好。」

溫老夫人半靠在墊了栗色盤條繚綾軟褥的紫檀壺門矮榻上，微閉著眼，撥轉著手中念珠。

方氏對三房一家回京是上心了，西苑家具飾物皆更換了新的，而佈置亦是照著十多年前溫世珩與林氏的喜好。溫世珩走的是科舉之路，在國公府中是勤讀詩書、善作經綸的典範，廂房中總瀰散著淡淡的書卷墨香。

溫榮廂房秀雅清新，外間直欞窗外栽著茂林修竹，撒針繡青蘭的縵紗簾櫳隨風輕擺，帶來一絲絲涼意，極得溫榮心意。

西苑裡安排了粗使灑掃婢子數十人，溫世珩同林氏的主屋有差使婢子六人，溫景軒、溫榮、溫茹每人房內差使婢子則各四人。

那一世做了阿爺通房侍婢的姚氏，就是在這時被安排入阿爺和阿娘房內的。溫榮望著面容清秀、垂首恭立於廊側的姚花憐，思量著該如何是好。

「如今你們回來了，一家子總算是團聚了，雖說回的是自個兒府裡，但畢竟離京數年，多多少少會有不習慣，若有什麼不順心、不遂意的，千萬別藏著，與我說便是，我這當大嫂的負責府內中饋，什麼都不怕，就怕你們客套疏遠了！」方氏牽著林氏的手，親熱地說道。離了溫老夫人後，方氏便放開了許多。

林氏等人亦誠意地謝過方氏，閒敘一會兒便各自回去休息。

午時廚裡送來精緻吃食，倒也一切順心。

未時末刻，溫老夫人房裡婢子翠蘭到西苑傳話，讓林氏帶著溫榮和溫茹去祥安堂吃下午茶點，而溫世珩、溫景軒隨溫世珀去了前廳，說是府中集了海內眾名士高人。

溫榮和溫茹皆換了身家常妝花織金襦裙，略微收拾後便隨阿娘往祥安堂而去。

祥安堂中，方氏與董氏已在兩側首坐定，溫老夫人溫和地笑著招呼溫榮和溫茹坐於她身側。

不多時，溫老夫人身邊的白嬤嬤笑著過來傳話。「幾位娘子來了。」

說話間，溫三娘搖著綴了伽楠香和綠松石流蘇串的團扇走了進來，其身後是著秋色短臂襦裙、低眉順眼的溫二娘，以及剛滿五歲、還被奶娘抱著的溫六娘。

三位娘子同溫老夫人、方氏、董氏、林氏見禮後，便各自尋了坐席。

溫二娘獨自於下首端正跽坐，身子挺得筆直，頭卻不敢抬起，生怕被人尋了差錯。

而溫三娘行至溫老夫人面前，撒嬌後欲坐於溫老夫人身側，溫榮不動聲色地向旁移了一人坐的距離，溫三娘得意一笑，隨意地坐在先前溫榮的位置。溫三娘打量著新來的妹妹，心下不甚爽快。原本溫大娘出閣後，府中就她一位適齡的嫡出女娘，那在老祖宗面前不得如珠似寶地疼著，將老祖母哄高興了，還怕有些事不成嗎？可好端端的卻冒出個三房來！若杭州郡回來的三房娘子是那粗鄙俗氣的村婦便罷了，溫五娘形容尚小，不論也罷，偏溫四娘生得不凡，剛回國公府便進了老祖母的眼，得以坐在老祖母身側！

溫三娘眼珠子斜睨了溫榮一眼，執著團扇掩嘴道：「早聞杭州郡三叔一家今日回國公府，本該早早來迎了妹妹的，無奈那鸚哥聒噪不肯吃食，兒知老祖母喜那鸚哥討巧，哪敢懈怠？故才遲了些。」溫三娘摟著溫老夫人，倒是一臉無辜，請罪般地來回望著林氏與溫榮。

溫榮心下冷笑，換做那世的溫榮，早與她起爭執了。照她那般說話，他們三房倒還不如禽鳥了？只是現今得饒人處且饒人，沒得剛回府便惹得大家不高興。

「可是那西域進貢的白羽靈禽？早前聽聞聖人賞賜了國公府一隻能誦經的靈鳥，很是稀罕。」林氏笑著說道。

「可不是？聖人賞賜的罕有物，金貴二字都不足以形容的，阿家道菡娘心細性斂，處事謹慎妥當，便將那鸚哥兒交與菡娘照顧了。」董氏端起茶碗吃了一口茶，言語中頗為自得。

溫榮卻是沒見過如此誇自家女娘的。

「那是得仔細照料著！」林氏忙應道。

溫榮知阿娘素來溫婉性平，心實意軟，是不會防備人的，如此性子卻容易被人算計了去。

溫榮本以為這不友好的口舌到此便止了，不承想溫菡不滿自己那一拳打在了軟被褥上，不痛不癢沒有趣，身旁的溫榮只端坐吃茶，像根木頭似的，不免還想試上一試。

「都道江南女子如詩美眷，才藝俱佳，宮中教坊中宜春院裡多是江南名伶，前日滕親王府錢龍宴上特請了十二教坊內人，其中幾位江南歌伎博得陣陣喝彩，可惜那日我身子微恙，不曾親去滕王府，只能耳聽外傳江南名伶的美名，今見了榮娘，才知江南山水果真是養人呢！」

溫菡此話一出，不只是溫榮變了臉色，就連溫老夫人、方氏、董氏、林氏皆面露不喜。

哪有將自家女娘同那官伎去比的？縱使溫老夫人平常再寵菡娘，此刻也不免欲訓斥她幾句了。府內不懂事理還可教，出了府豈不叫人笑話？

第二章

溫老夫人正要開口，突然想考量溫榮的反應，故又閒下身子，撚著七色九寶雙面羅漢珠手串，合著眼。

「溫榮不過和菡娘一般，皆是出自黎國公府，縱是論那形容風貌，溫榮亦不及菡娘半分呢！」溫榮衝溫菡笑了笑，閉口不提教坊歌伎之詞。

而溫菡聞溫榮自稱不及自己半分，笑得更歡，仰著頭很是自得，本以為溫榮亦不過是個軟柿子，卻注意到阿娘董氏的臉色是變了又變，這才察覺出不對味。

溫榮見溫菡又待發作，心有不耐，遂看向溫菡手中的團扇，那伽南香墜子隨著團扇輕搖，送來陣陣香風，可謂風雅，只是在溫菡心目中，伽南香再名貴也不及團扇扇面上題著的清俊小楷。「菡娘，這扇面上的字看似樸華卻兼具乾坤，很是大氣呢！」溫榮誇讚扇面題字時，溫菡詫異地掃了她一眼。「只是不知這扇面的字，是出自哪位大家之手？」

果不其然，聽聞此話，溫菡的臉瞬間變了顏色，不敢再多言。

溫榮不再追問，撇開眼淡淡地笑著。那扇面題字哪是出自什麼大家之手，不過是尚書左僕射趙家二郎在外吃酒享食的隨手之作罷了。趙二郎在盛京倒也是一位風流人物，只不知菡娘從哪處得了這題字白面團扇，親自綴了伽南綠松石穗子，天天寶貝一樣地搖著。如此倒也沒什麼，可偏偏黎國公府同尚書左僕射政見不同，多有磨擦，兩家來往甚少，前世裡，縱是處處人捧著的溫菡，也是費盡心思，才嫁去了尚書左僕射府。

溫二娘溫蔓是大房姬妾所生的庶女，而方氏的嫡女溫菱已於乾德十二年嫁與滕王世子李暉，方氏容忍姬妾生子，是因她想要一個能過繼到膝下的郎君，可這不代表她會另眼看待那些庶出的娘子。溫蔓已滿十五，可婚配一事卻無人上心，其在國公府的窘境幾可一見。

溫三娘溫菡和溫六娘溫蕊為二房董氏之女，菡娘驕縱任性，自視甚高，前世便同溫榮不對盤，說是自家姊妹，卻常隨著外人給溫榮使絆子。

國公府姊妹中還有一位溫七娘溫芙，也為長房庶出女娘，卻連內堂都不得進，那世溫榮亦是好久之後才知有這麼一位妹妹。

「這兩日的茶不如前日裡的香。」溫老夫人見耳邊的聒噪沒了，便吃起了茶。

如今茶道在盛京大興，貴家皆以吃茶、煮茶為風雅，黎國公府亦是養了數十茶奴以為用。

方氏聽聞後眉頭微皺，前幾日那茶是二房祺郎自太子處得來的峨眉雪芽，湯色嫩綠明亮，口感清醇淡雅，是極稀少的茗品。峨眉雪芽使完後，便換回了夔州香雨，方氏知曉溫老夫人喜峨眉雪芽的清雅，已經交代茶奴在夔州香雨中少加酥酪，多添薄荷，不承想溫老夫人還是明說了不喜，如此又讓二房勝了一籌。

另一邊，董氏已迫不及待地邀功了。「前幾日的峨眉雪芽，在宮裡也是罕有物，太子偏偏就給了祺郎那麼些，祺郎一心念著老祖母，只說這罕有物是要孝敬老祖母的，自己一口也捨不得吃呢，巴巴兒地讓我交予大嫂，說做老祖母下午茶之用。」

「祺郎有心了。」溫老夫人點點頭，笑著說道：「祺郎平日裡在太子身邊，要認真地學那儒學經典，太子殿下有不妥的地方，亦要敢諫敢言，高祖曾明示『我聖朝能如此繁盛，多虧有那忠心不畏權者』，但亦不能忘記凡事有度，須看場合、時候的理。」溫老夫人細心地交代董氏，祺郎是合她意的。

「兒定仔細傳了阿家的話，晚些時候祺郎會親自來向老祖宗問安。」董氏忙起身應道。

「祺郎在弘文館上學辛苦，平日裡妳這當阿娘的要多注意祺郎的身子，別讓他太累了……」溫老夫人放下茶碗，又叮囑了幾句才令董氏回席。

溫景祺是二房董氏嫡出子，年十五，容貌端方，幼年便被選為太子侍讀，善作詩文，亦是風流。

溫菡見自家兄長得了老祖母誇讚，脊背又挺了起來，早忘了剛剛溫榮給她的警醒。

方氏命茶奴重新煮了茶湯，可溫老夫人依舊不滿。

溫榮細細吃了一口，夔州香雨味順平和、回味甘鮮，雖不及那堪比仙山靈芝的峨眉雪芽，但亦是少有的名茶了。溫榮雖未吃過峨眉雪芽，但曾聽聞此茶名貴，入口微苦而後彌甘，每飲之齒頰留香、舌底生津，乃一味罕有禪茶。

溫榮淡淡一笑。「老祖母，阿爺自杭州郡來盛京時，亦帶了數餅好茶，喚作恩施玉露的，是茶譜中最正宗的蒸青茶，阿爺原是準備戌時問安時再奉與老祖母的。恩施玉露湯色清澈明亮、香氣清新，榮娘這就命人取了交予大伯母。」

溫榮說話間，溫老夫人一直祥和笑望著溫榮，聽到香氣清新時點了點頭，她確實是喜歡峨眉雪芽的清新醇雅。

方氏眼中閃過欣喜，向溫榮投以感激的目光。溫老夫人之所以如此挑揀，雖有不喜那茶味的緣故，但更多的是不喜自己這打理中饋的人。

林氏卻愣了愣，她怎不記得珩郎有說要送茶與阿家呢？直聽到方氏道謝之聲才恍然大悟，忙命人取了來。

恩施玉露煮出的茶湯，果然湯色綠亮，茶奴再按溫榮吩咐，不摻酥酪，只加少量薄荷和切瓣去核的紅棗，沁人心脾的茶香上又添了清涼甜爽，溫老夫人吃著讚不絕口，連誇此茶無愧此名，毫白如玉、蒼澤露霜。

右首位的董氏面露不悅，心裡怨三房多管了閒事。這些年方氏主持府內中饋，不知得了多少好處去，當年過繼一事，已讓溫世鈺襲了國公爵位，而溫世珀卻只能蔭補，至今不過是個七品門下省錄事。董氏每晚睡前都是默默在心裡禱唸，望那大房終無子出，有朝一日如當初溫世鈺過到原黎國公府一般，由溫老夫人作主，將祺郎過到大房去，由祺郎襲了國公爵位，如此對他們二房才是公平。董氏心裡都已經盤算好了，並為祺郎鋪了路，現在最關鍵的就是溫老夫人心向著誰，如此就算不小心讓大房姬妾有了孩子，她亦可藉出身貴賤來說話。

本是萬無一失的，沒想到三房在這時候回了盛京，而三房之子軒郎亦是一表人才，溫世珩官居正四品中司侍郎，林氏娘家又為當朝正三品大員，想到這些，董氏就心下不安，生怕板上釘釘的事兒再橫生出枝節。

「榮娘對茶道有研究？」溫老夫人連吃了幾口茶湯後，慈祥地問道。

「不過略知一二而已，讓老祖母見笑了。」溫榮稍事停頓，見溫老夫人的目光越過溫菡，只看著自己，再緩聲說道：「桑苧翁遊歷時曾經過杭州郡，巧與阿爺投緣，臨行前贈了阿爺一本《手摘茶經》，兒無事便翻來看了，慚愧在只知皮毛，不識精髓。」

「可是那被譽為茶聖的桑苧翁？」方氏問道。就見溫榮笑著點了點頭，雙手交疊輕放於雙膝間，端莊大方、儀容不俗，方氏心下暗暗讚許。「聽聞桑苧翁性情乖譎，是難親近的，三郎子能得桑苧翁信賴，得親撰《茶經》，可謂難得，而榮娘亦是謙虛，在貴家娘子中能諳此道很是不易。」

方氏所言得了溫老夫人認可，望向溫榮的眼神更含深意。

溫菡對周遭人都在誇讚溫榮很是不滿，兀自小聲嘀咕著。「不過是會些茶奴的事罷了！」

聲音雖小，仍被身邊的溫老夫人及溫榮聽了去。茶道如今在盛京是極風雅之事，不會便罷了，不自省反而不屑他人？溫榮不過一笑置之，溫老夫人卻皺了皺眉。

申時溫世鈺下了公差，同溫世珀、溫世珩，及子輩溫景祺、溫景軒至祥安堂探望溫老夫人。申時末刻在方氏操持下，前廳已擺好了接風席面。席面很豐盛，多是溫榮一家在杭州郡不曾見過的菜品，其中一道清風粥清淡爽涼，林氏等人讚不絕口，誇是夏日裡上好的消暑佳品。林氏謙虛地向方氏討教，思量著天熱珩郎他們沒食慾時，可親自下廚做了。

方氏佈置的席面得了三郎子一家認可，很是欣慰，見林氏問詢，便熱情地說道：「這清風粥倒是不麻煩的，只將那水晶飯、牛酪漿、少許龍睛粉、龍腦末按量調畢，入金提缸垂下井水，涼透便可了。」

林氏聽了連連點頭，道這做法精緻，而溫榮卻微微挑了挑眉。龍睛粉可是極難尋到、帶了異香的一味藥品，多為御貢的……

女眷這席就菜品的討論很是熱鬧，溫菡為顯示自己在盛京見多識廣，主動擔起了介紹什麼丁子香淋膾、鹿脯、鱖魚羹等，溫菡一邊說著一邊不忘斜眼看正照顧茹娘吃食的溫榮，心想著果然是鄉下來的田舍兒（注）！

溫二娘坐於下首，只埋首拘謹地吃著跟前飯食，稍遠和精貴些的便不敢動箸了。

溫榮瞧見蔓娘如此小心翼翼，有些心酸。前世裡蔓娘就是不聲不響的，溫榮亦未在意過，對蔓娘的事情幾乎一無所知，連蔓娘後來嫁去了誰家都不知曉。蔓娘臉頰消瘦，五官細柔平和，雖沒有菡娘的豐盈凝腮，卻自有弱柳扶風的姿色，若是仔細打扮了，亦是纖腰楚楚的妙人兒。溫榮先挾了一枚蟹黃畢羅給茹娘，而後又遞與蔓娘一枚。

溫蔓驚訝地抬頭看著溫榮，執著雕祥福雙雲黑酸枝木箸的手微微顫抖。如此細小的舉動，並無多少人注意到，抑或注意了也未覺不妥。

晚膳時溫老夫人難得的心情好，同方氏多說了幾句話。

二夫人董氏偏首望了眼另一席面上正與三房溫景軒說話的祺郎，心下默默叨唸了聲佛，起身從奶娘手中接過蕊娘親自照顧，一副母慈子愛的祥和畫面。不一會兒，董氏笑著看向方氏，問道：「怎不見芙娘？」

溫榮一驚，董氏如何會在這時提到芙娘？蔓娘與芙娘雖同為大房姬妾所出，但亦有所不同，蔓娘生母是良家子，是正經妾室，而芙娘的生母只是平康坊樂伎。樂伎生下了國公府的孩子，這一直是溫老夫人和方氏心頭的一根刺，尤其是溫老夫人，她家世顯貴又有著皇室血統，對出身尤為看重，不齒方氏為要一子而容忍賤戶生下孩子的行為，偏偏還是個女娘，真真可笑。

林氏先前未聽說過這事，只道是府內還有一位娘子未曾見面，遂歡喜地說道：「原來還有一位娘子？倒是請了來一起吃席面！」

溫老夫人不悅地看了方氏和林氏一眼。

方氏表情有些掛不住，溫芙是她一直想抹去的，只看在了是溫世鈺親血脈的分上，才一直留著了。方氏知曉林氏是不知其中緣故，才說了請來吃席面的話，連帶著一起看了溫老夫

注：田舍兒，指農家人，有時含有輕蔑之意。

人的臉色，方氏心下對林氏倒還有些歉疚。

溫芙同溫蕊一般大，方氏不能以溫芙年齡小為由向林氏解釋，只能尷尬地笑笑。「芙娘近日身子不舒服，在房裡見不得風。」

林氏亦是發現了不對，不敢再多言。

好好的席面被董氏攪了興頭，可溫老夫人偏偏只將怨氣撒向方氏，恨方氏做事沒有分寸。

這邊靜下來後，溫榮便注意聽另一席面的說話，黎國公溫世鈺正在問阿爺關於杭州郡查處鹽政官一事。

杭州郡自古便是富庶之地，而江南東道更是產鹽重地，由於監管缺失，鹽政之弊漸顯，官視商為利藪，商視官為護符，官商勾結，因循苟且。溫世珩自發現端倪後，一直暗中調查此事，經數年，終於有了確鑿的證據。此事牽連甚廣，京中大員亦有與此事相干者。

溫世珩並未貿然上奏，只小心行事，直到乾德十二年聖人下江南，溫世珩才將這些年來查處的資料證據親自呈上。由於茲事體大，聖人亦非常重視，可查到最後，聖人只懲處了江南東道的鹽政官，京中大員無一人受到牽連，聖人更於朝中明確宣佈此事已了結。

溫世珩因鹽政一事得了聖人注意，且這十多年來溫世珩入京考滿（注）皆為優，沒多久京中便下了調令。

溫榮聽著阿爺那一席，大伯父對此事頗有怨意——

「這是凶險之事，若做不好，是會累及性命的，都是一家人，就該先說了，若出了什麼事，也好有個幫襯啊！」

溫世珀見溫世珩未接話茬，主動打了圓場。「珩郎亦是擔心牽累了國公府，這鹽政一事聖人已在朝堂做了賢明裁斷，公告於世，犯事之人皆已伏法，珩郎亦回到京中，可謂大喜。」

阿爺是不會拿政事到家中去說的，故溫榮對此事並不知情，只是聽到阿爺和大伯、二伯的談話，心裡有些思量。

聖人若是真心只想查處幾名鹽政官，無須放出那麼大的風聲。在朝中快快做了裁斷，怕是為了安撫某些涉事大員的情緒，可若聖人顧及權勢而草草定奪，那又為何將阿爺調到京中？中書中司侍郎掌管機要，撰寫詔令文書，同阿爺原任官職公務並不相符，可這是今年京中五品以上唯一空缺待補職位了，吏部於第一時間下了調令……看來聖人是慮及短時內斬草除根勢必將朝野動盪……

溫榮是相信阿爺的，不論是在杭州郡宅院抑或現在的西苑，書房中懸掛於正首的，皆是出自阿爺筆下的蒼勁書法——「德義有聞、清慎明著、公平可稱、恪勤匪懈」。那「公、明、勤、廉」四善，溫榮是銘記於心的。

注：考滿，一種對官員的考察制度。

戌時用完席面，眾人將溫老夫人送至祥安堂後便各自散去。

溫榮回到西苑廂房，令綠佩將安排至她房中的四名婢子引來，這其中便有後隨溫榮進了宮的碧荷，雖不如綠佩打小跟在身邊的情分，但已是得用的了。

「碧荷同綠佩一起在跟前伺候，惠香、文杏、金霞便在外間聽遣與打點雜事。」安排後，綠佩正欲為溫榮散髮，卻又被溫榮止住。溫榮想起一事，這事早早了了她才可安心，遂起身出了廂房，只帶了綠佩一人，下了遊廊、過那穿堂，直向阿爺、阿娘廂房走去。

另一處，溫世鈺、方氏、溫蔓回到了東邊嘉怡院，溫蔓輕聲細語地向溫世鈺與方氏道安。

方氏看著唯唯諾諾、形容細弱，一副小家子模樣的溫蔓，再想到三房靈秀端方的溫榮、二房富態貴氣的溫菡，便氣不打一處出，憤憤地說道：「窮家破落敗酸相！哪個正經官家子會願意娶妳？照我說了，趁早揀個商戶嫁了乾淨，有國公府撐腰給妳揀，還能做個正室！」方氏此時是活脫脫的怨婦樣，哪裡還有白日裡在溫老夫人面前的低眉順眼和在三房面前的親和熱情。

溫蔓死死扯著帕子，咬破了嘴唇也不發一聲，只低頭任由方氏罵了發洩。

方氏罵了會子，見溫蔓像個死人似的，覺得沒趣了。「快回去，省得在外面討人嫌！國公府怎會養出妳這樣不得用、進不得人眼的娘子！」

溫世鈺早見怪不怪，是懶得理的，只命人快快伺候了他歇息。

溫蔓走後，方氏說起了今日溫世珩一家回府的事，更多的是埋怨二房董氏和溫菡的無理及不得體。

溫世鈺聽了冷笑一聲。「哼，我倒是勸妳，要不主動和二房處好關係，要不趁早給我生個兒子，否則這國公爵位遲早要落在二房祺郎頭上！如今以太子和祺郎的關係，待那太子即位，二房的勢頭更擋不住了，到時可別怪我沒早提醒妳！」

方氏聽了自知理虧，雖心有不甘但亦換了笑臉。「鈺郎這是說的什麼話？鈺郎還年輕力壯的，子嗣之事是不必愁的！更何況祺郎和太子關係如此近，還不知是福是禍呢……」

「閉嘴！妳一個婦道人家懂得什麼？敢在這兒胡謅瞎論的！」溫世鈺生氣地將靠上前的方氏推開，快步出了正屋。

方氏望著溫世鈺的背影，兩眼模糊，抓起花梨雕龍茶案上的秘色瓷荷花茶盞托，恨恨地擲在地上。

溫世鈺出了正房，直接去了前些時日上峰果毅都尉新送的胡姬吉桑兒房裡。

吉桑兒高鼻媚眼，能歌善舞，偎在溫世鈺懷中，風情萬種。

溫世鈺想到先前方氏說的話，覺得倒是不無道理。和太子走得近，確實不知是福是禍。

三年前，太子一場大病後得了那不治的跛足之症，而他同母所出的胞弟泰王李徵卻備受朝臣稱讚……溫世鈺斜嘴一笑，這風到底怎麼吹，還是未知數，只是二房出事，少不得牽累到大房，還真得好好琢磨琢磨。

吉桑兒剝了一顆大種高昌馬乳葡萄餵溫世鈺，溫世鈺順勢噙住了吉桑兒的纖纖玉指，閉眼享受懷裡人兒柔軟似無骨的新鮮身子……

西苑那兒，溫榮不多時便到了阿爺、阿娘廂房外，阿爺、阿娘房中負責外間打理雜事的侍婢見了溫榮後，忙屈膝見禮。溫榮打量著眼前的四名婢子，眉頭一皺。果不見姚花憐，看來阿娘如那時一般，將她安排到了跟前伺候。

「阿爺、阿娘可歇息了？」溫榮笑著問道。

未待婢子回答，裡間的林氏聽到動靜已走了出來，牽著溫榮進了裡屋。「妳阿爺過幾日要去衙內點卯當值了，說是有許多差事不熟悉，看時候尚早，便去了書房。」

溫榮見阿娘面露倦色。「阿娘可是累了？午時未歇息好嗎？」原在杭州郡時，阿娘晚間總是要等到阿爺回來才肯一起歇息，疲累了午時便會多睡一會兒。

林氏無奈地搖搖頭，緩緩說道：「許是還不習慣，睡得不甚安穩。」

溫榮看了一眼垂手立於一旁的姚氏，十五、六的年紀，過兩年便越發出挑了，回神笑著扶阿娘坐下。「榮娘為阿娘煮碗安神湯可好？」

林氏訝異地望了一眼溫榮，有榮娘陪著，自是好的，遂笑著點了點頭，將溫榮髮髻上的石榴花簪輕輕扶正了。

溫榮要了姚花憐在一旁伺候，吩咐取了石蓮肉、蓮鬚、麥冬。前世溫榮一家到了盛京後，林氏的精神便一直不好，阿爺將姚花憐收入房中後，林氏更是一病不起，這幾味定心安神的藥，是林氏後來每日必不可少的。外廊架起了小風爐，加了上好的炭，置上鎏金人物小鍋釜，待水開至魚眼紋時，溫榮往水中加了那三味藥，時不時添少許水至三沸，最後濾了藥渣，將黃澄湯汁倒入青瓷碗中。

姚花憐是個伶俐人，溫榮不需多吩咐，便伺候得稱心意。

藥湯味略帶甘苦，倒是不難入口，溫榮親自服侍林氏吃下後，才放下心來。不消一會兒，溫榮見林氏有了睏意，便勸阿娘勿再等阿爺，而是先去歇息。

不知是那藥湯效果好，還是溫榮的笑令人安心，林氏本煩悶不安的情緒漸漸消散了，聽了溫榮的勸，改了以往在杭州郡等珩郎的習慣，由貼身侍婢鶯如伺候著歇息了。

溫榮帶著綠佩回廂房，將碧荷打發去尋茯苓霜，單留下了綠佩為自己散髮梳理，無旁人後才輕聲問道：「可是都探清楚了？」

「娘子只管放心。」綠佩停頓片刻，還是道出了心中疑惑。「娘子為何要……」

溫榮接過綠佩手中的白玉蓮花梳篦，輕輕地梳著。「黎國公府表面看著是自己家，可相較以往杭州郡少伊府，畢竟人多口雜了。府內打理中饋的是長房大伯母，而在溫老夫人那兒得眼的卻是二房，我們三房此時回了盛京，夾在中間是尷尬的……」

「哼，我就知道那二房的三娘子很是跋扈！娘子妳又沒得罪了她，何苦說那些難聽的話？」綠佩並未聽出溫榮話中深意，但她亦看出了二房的不友善。

「好了，妳這嘴啊，真是該管管了，沒得再像杭州郡那樣，背後隨便地議論貴家娘子，小心隔牆有耳被聽了去，白白掌了嘴巴。」溫榮知曉綠佩心是向著自己的，可綠佩心和嘴都不知設防，這點及不上碧荷。前世綠佩就因和溫菡的婢子拌嘴，被罰了杖責，後是溫榮一力保下，才沒被遣到莊子上去。

綠佩突然一副恍然大悟的神情，很是興奮。「娘子，我明白了，那花憐是二房使了來監視阿郎和夫人的！娘子真是慧眼明心，才短短半日，便看出了端倪！」綠佩想到先前居然質疑娘子，很是自責。

溫榮又好氣、又好笑。氣的是綠佩沒將自己的勸聽進去，以後只能多加叮囑她小心了；好笑的是綠佩恍然大悟後能想到這分上實屬不易。姚花憐是否為他人使來監視阿爺、阿娘的，溫榮並不知曉，溫榮只是不希望將來因這人鬧得一家不開心。姚花憐亦是大好年紀，說不得這麼做對她也是好的。

綠佩看了眼書案上的黃銅花口箭木沙壺。「娘子，已是戌時末了，該安歇了。」

溫榮笑著點點頭，合上正看得興起的《中庸》。書中說「君子之中庸也，君子而時中」，說得很是了。凡事適中，無過則無不及。

溫榮起身走至幔帳箱床前，抬手取下了束帳流蘇上的十二團花銀香囊，轉手遞給了綠佩。「無甚用處，收著吧。」

「是，娘子。」綠佩將一對香囊放進了箱籠。

聖朝流行熏香，當季新香更是受到貴家娘子追捧，可溫榮卻不喜歡那刻意的香味。

盛夏晚間瓊花在不知不覺中綻放，月下美人的甜香被微風送入廂房，給了溫榮一個綿長又模糊的夢……

用過早膳，茹娘便來尋榮娘一塊兒玩，可剛進廂房就見阿姊和綠佩等婢子正四處翻檢，尋找著什麼。

「阿姊！」溫茹跑上前，牽著溫榮的手，撒嬌地說道。「妳們在玩什麼？帶茹娘一起！」

溫榮聽著綿軟的聲音，心情很好，可還得壓下歡喜的情緒去故作焦急。溫榮半蹲身，握著溫茹的小手。「茹娘乖，阿娘送予阿姊的嵌寶白玉鐲不見了。」

溫茹聽了，趕緊吸口氣、鼓著肚子，爬上那月牙雕花大圈椅。嵌寶白玉鐲溫茹也有一只，是姊妹倆的心愛之物，將心比心，白玉鐲不見了，阿姊定很著急！溫茹在心裡替溫榮緊張。

「娘子，這裡裡外外都找過了……」綠佩急得團團轉。每個婢子的箱籠都被打開了，可什麼都尋不著。

溫榮見綠佩熱鍋螞蟻似的轉圈，差點就笑出聲了。不承想綠佩演得如此像，自己廂房裡自然尋不到那嵌寶白玉鐲了。

「對了，昨兒晚上娘子不是去了夫人房裡嗎？會不會不小心落在夫人那兒了？」綠佩一臉認真地說道。

「阿姊，那我們快去阿娘房中找找！」溫茹小手撐著圈椅跳下，拉著溫榮的手就向外走去，盼著阿姊快快尋到了白玉鐲，如此才能安心，才能陪自己玩。

「文杏、惠香、金霞將屋裡收拾乾淨了，綠佩與碧荷隨我一起過去。」溫榮交代後便任由茹娘牽著，急急向阿娘廂房走去。

林氏那兒已聽聞榮娘尋鐲子的事，這會兒見到因著急而小臉通紅的溫榮，忙柔聲勸道：「莫急，不過是落在某處罷了，不會沒了的。」說話間，使了婢子同綠佩、碧荷一起翻檢，林氏房裡的侍婢亦主動將箱籠打開。

可綠佩和碧荷曉得，沒有林氏明示，是不能仔細查的，故只意思地簡單翻翻。

尋了一圈未果，溫榮一臉委屈地望著林氏，帶著哭腔說道：「阿娘，榮娘將阿娘送的鐲子弄丟了……」

嵌寶白玉鐲是林氏從娘家帶來的，一對鐲子，溫榮、溫茹各一只，玉鐲通體晶瑩，無一絲雜質，鐲身間隔嵌了三處金扣環——第一處金扣環鑲深藍色寶石，環繞寶石的是鏨刻金馴鹿；第二處金扣環則鑲了青金石方形金飾，繞一圈細碎紅瑪瑙；最後一處金扣環含了一枚卵形無色透明垂珠，很是精緻名貴。

林氏將溫榮攬在懷裡。「再想想是不是掉哪兒了？昨兒最後見到鐲子是在何時？」

「來阿娘房裡的時候還戴著的……」溫榮低著頭，執起絹帕摁了摁眼角。

「對了，昨兒娘子為夫人煮安神湯時要生爐子，是不是將鐲子取下了？」

綠佩說完，溫榮心裡便安了，看來綠佩已順利地做成了那事，旁人也未發覺。「對呢，當時確實將鐲子取下來了，估計是忘記再戴上。」溫榮未再多說，但話裡意思很明顯了。鐲子是落在了林氏廂房的，只是如何會尋不到呢？溫榮起爐子時，在身邊伺候的是姚花憐，後來收拾的是外間五名雜事婢子，五名婢子都說收拾時未見到白玉鐲子。

姚花憐慌亂地跪在地上。「夫人，婢子真不曾見過娘子的鐲子，若是見了，就是借奴婢十個膽子，奴婢也不敢拿的！」

林氏眉頭微顰，衝溫榮點點頭。

得了林氏準信，便好辦事了。「碧荷，妳去仔細看了。」

碧荷欠了欠身，按鶯如指點，直接向姚花憐的箱籠走去。

溫榮看著跪在地上微微發抖的姚花憐，覺得有些奇怪。這事確不是她所做，按常理姚花憐該苦苦申辯，可為何自林氏准許婢子去細檢她箱籠時，便不再吭聲，而是閉上眼睛呢？

這一舉動，不是認罪，而是認命……

碧荷很快便從姚花憐的箱籠中搜出了嵌寶白玉鐲，大房方氏、二房董氏聽到了風聲，都趕到三房來看熱鬧了。

方氏見到跪在地上的姚花憐，以及從姚花憐箱籠中搜出的白玉鐲子，臉上閃過一絲異色，在溫榮捕捉的瞬間淡去。方氏歉疚地走到林氏面前，連聲道歉，說三郎子一家才回府便遇到這事，是她打理中饋的疏忽了。

林氏安慰方氏，說不過是侍婢一時見財迷了心才做出這等下作事，和大嫂是無關的。

姚花憐未再辯白，聰慧如她自知多說無益，這數年的宅院生活早讓她看透了箇中的爾虞我詐。三房的溫榮是厲害的，只不知三房回京，這渾水是越攪越渾，還是久了沈澱自清？

這場戲裡董氏只當了看客，從頭到尾不出一言，只是眼中的嘲諷令人不悅。

溫菡閒來無事隨董氏一起來了，她卻沒有董氏的城府，只嘲笑說什麼人房裡的婢子做什麼事。

溫榮將白玉鐲小心翼翼地戴上，在林氏和溫榮的求情下，姚花憐免去了責罰，而是遣出府送去莊子。

方氏招呼眾人去庭院吃茶賞荷，溫榮推說早上起來因為尋不到鐲子著急，故還未穿戴整齊，讓林氏和茹娘一起先去了，她再回廂房打理則個。

方氏見溫榮素著頭面，雖梳好了百合髻，卻未戴一根簪子，遂笑著答應，只說快些來罷了。

見人都出了廂房，溫榮走向正收拾衣物的姚花憐。姚花憐低頭不發一言，睫毛微微顫抖，說不盡的楚楚可憐。

溫榮輕聲說道：「花憐，妳非黎府家生子，妳阿爺、阿娘、哥哥、嫂子皆在城西郊莊子，回去了不見得是壞事。尋個好人家嫁了，好過在府裡渾雜不堪。」

姚花憐心中一動，難道溫榮的目的不是要害她，或是從她那兒知道些什麼嗎？她長出一口氣，抬頭望著溫榮。「謝謝娘子不加責罰，」而後聲音放低了些。「大夫人喜歡卷草禽鳥紋樣，二夫人喜歡寶相花紋樣。」

溫榮與綠佩都愣了，不明白姚花憐話裡的意思。以姚花憐的心思，肯定已看出溫榮不是那種會去討好誰的，那為何要告訴溫榮兩位夫人的喜好呢？

溫榮交代了送姚花憐走的嬤嬤莫要為難了姚花憐後，便帶著綠佩與碧荷回了廂房。

溫榮坐於瑞花銅鏡前，碧荷打開了錢金蓮瓣妝奩，取出了傅粉額黃。溫榮看著青白的傅粉餅子，想起菡娘那幾可掉下粉來的厚白臉，打了個激靈，忙說道：「不用化了！」

銅鏡中的人兒，籠煙眉梢、唇綻櫻顆，不施粉黛已如嬌花照水，碧荷一時看得攏不開眼去。

綠佩已為溫榮挑了一套衫裙，說讓娘子換了去庭院吃茶賞花，溫榮見綠佩手上捧著的鵝黃織金藕絲襦裳石榴裙，忍不住噗哧一笑。「又不出門，府中亦無宴客，穿這身做甚？」

綠佩走至溫榮身側。「娘子穿這身，將那菡娘比下去！」

「都是府裡的姊妹，哪那麼多比來比去？」溫榮令碧荷取了兩支嵌寶小金釵，百合髻上一邊一支。

「娘子視她為姊妹，可她卻沒將娘子放在眼裡，先前在夫人房裡，她說的那些難聽話，以為旁人沒聽見嗎？」綠佩氣呼呼的，很是不平。

「若去比，就說明在意了這事，在意了就是著了套了，他人只會越發來勁，倒不如拋開，久了自然就靜了。」溫榮笑著，淡淡地說道。過了一會兒，溫榮見綠佩臉色好些，才轉頭朝碧荷歉疚地說道：「綠佩在杭州郡沒人管慣了，那些話莫往心裡去。」

若不是溫榮知碧荷並非方氏或董氏的人，哪敢由著綠佩放肆地說那些話。

碧荷慌忙應道：「娘子折煞奴婢了，綠佩姊只是心直口快。」

溫榮笑著點點頭。「我們走吧，別叫人等太久了。」

人未至庭院，便聽見了庭院裡「哇哇」的哭聲，溫榮一愣，是茹娘的聲音，忙加快了步子過去，就見林氏抱著茹娘柔聲安慰著，而茹娘額角磕青了一處，看了叫人好不心疼。

茹娘看到溫榮，越發委屈，哭聲止都止不住，另一旁的董氏很是尷尬，大聲訓斥著溫菡，而方氏已遣了人送來上好的跌打損傷藥膏。

原來先前茹娘去抓果子吃時，正巧擋住了靠在石椅上納涼賞荷的溫菡的視線，溫菡本就心煩三房，見溫茹靠近了更是心生不耐，抬起手便重重一推。溫茹年小身輕，被推後踉蹌幾步，就摔下了涼亭石階。

溫茹止住哭後，董氏令菡娘向溫茹道歉，可溫菡只倔著，半昂著頭。「她自己沒站穩，與我何干？」

董氏氣得將團扇拍在了桌上，如何教出了這樣不知禮節的娘子！

林氏見董氏真動了氣，便將茹娘交與溫榮，自己起身調和，苦著心說是茹娘沒站穩才摔了的，讓二嫂千萬別怪菡娘了。

方氏則難得樂得冷眼旁觀，如何肯去管？

董氏皺眉衝溫菡說道：「妳回房閉門思過，沒我允許不得出來！」

溫菡聽見被禁足了，這才有些急。「過幾日就是那馬毬——」溫菡話說了一半便止住，怨恨地看一眼溫榮和溫茹，哼一聲後帶著婢子走了。

眾人被鬧得無心賞荷，略說了幾句話便各自回房，溫榮與溫茹直接去了林氏房裡歇息。

林氏嘆了口氣，想到今日裡這一齣又一齣的事便感慨道：「京裡的生活倒還不如杭州郡的自在。」

「茹娘年紀小，還得阿娘多費些心思。」溫榮輕聲說道。害人之心不可有，但是那防人之心卻是不可無的。

林氏看著腫了額角的茹娘，若有所思般地點了點頭。

晚膳溫榮囑咐了婢子將她與茹娘的飯食都送到林氏房裡，一家人在一起吃了才熱鬧，阿爺與軒郎亦在坊市閉門前回來了。

兩人知曉了茹娘的傷，也只得微微嘆氣，說是自家府裡，卻不自在。

白日裡溫世珩帶著軒郎去拜訪了京中舊識，順便定了農曆九月送軒郎去那國子監上學，而洛陽知府陳家大郎也將於九月進京，同軒郎一起做個伴。

溫世珩說到軒郎上學事宜時，望著溫榮點了點頭。若不是林氏將溫榮的話轉述了，恐怕他也未思量到那一層，早已託大哥將軒郎送往弘文館了。

溫世珩稍事停頓，吃了口茶後又慢慢說道：「嫻娘，中書令府差人說了，過兩日會遣了帖子來國公府，是該帶著榮娘、茹娘去走走的。」

中書令府是林氏娘家，溫世珩現在中書省下擔任要職，為人又頗具傲骨，一般人若是有這般位高權重的親家，早巴巴兒趕了過去，可偏偏溫世珩為了避嫌，不願多提及，雖說清者自清，但眾口亦可鑠金。

晚間碧荷伺候溫榮歇息時，幾次欲言又止，溫榮很是詫異，待到綠佩出了裡間才問道：「碧荷，可是有什麼事？」

碧荷忙跪在地上。「奴婢不敢欺瞞了娘子，先只是見綠佩姊在，才不知當不當說。」碧荷說話間，從袖籠中取出了數粒新香。「早上婢子搜檢夫人房中花憐的箱籠時，見了一只織金繡紋錦緞荷囊，婢子是用不得這質地絲織的，故碧荷留了心，後見荷囊抽線處開了，裡面不過是些尋常新香粒，便拿了幾粒……」

「快起來吧，在我這兒不必拘禮的。碧荷妳做得很好，綠佩嘴巴是不知設防的，沒得在她面前說了。」溫榮起身，親自將碧荷扶起。先前姚花憐一事，溫榮原只打算帶了綠佩，可後來想到綠佩是隨自己從杭州郡來的，不小心容易叫人留了話柄，而碧荷是三房至國公府後方氏才配在房裡的婢子，就算被懷疑了，旁人亦不能明說。

碧荷的心思縝密令溫榮心中一動，若碧荷能真心跟了自己，自然是好的。

溫榮撚起一粒新香聞了聞，味道頗為獨特，前調是丁子香、沉水香、薰陸香，中調則有零陵香、青桂皮、白漸香與淡淡果香。前、中兩調倒是好辨認，可後調卻陌生得很，溫榮再仔細聞了依然不識。

平日裡溫榮雖不用熏香，可阿娘和茹娘房裡是有的，且衣衫裙服皆是用新香薰過才用，故溫榮對熏香略知一二。「碧荷，先小心收著，過幾日我們去那東市尋了調香師仔細問了再作打算。」

「是，娘子。」碧荷將自姚花憐箱籠中得來的新香裝入小荷囊中，放進妝奩空置的最下層。

祥安堂裡，溫老夫人早知曉了今日發生的事，雖還不知那花憐是方氏使了去三房屋裡的，還是董氏亦對三房下手了，可不管是誰，都是不中用的，不過短短一日工夫，便讓三房的榮丫頭看出了破綻。溫老夫人握著羅漢珠的手猛地收緊了，黎國公府的婢子什麼名貴奇珍未見過，如何會去貪她那一只白玉鐲子？簡直可笑！榮娘……不是個好拿捏的。

次日巳時，林氏接到了中書令府、如今掌了中饋的大夫人甄氏遣來的帖子，邀請林氏、溫榮、溫茹於農曆六月初至府中小聚。

溫菡被禁足後，府裡清靜了許多。溫榮令綠佩伺候了筆墨，回國公府有幾日了，還不曾與洛陽知府的陳家二位娘子寫信。信裡不過說了些家常小事和一些小娘子家的心思，收筆後，溫榮輕輕吹了吹那娟秀小楷，待墨汁乾了，才摺起裝入厚藍雙鯉信封中。溫榮在信裡又放了兩套紅、綠、碧、白四色竹書籤，四支竹書籤上分別細細地用小篆刻了經博所長、史家通鑒、子錄百家、集律文騷四字詞語。如此還未完，溫榮在每枚書籤末處，鏤出了別緻的梅花孔，再掛上親手編的、四色相擁的花團相簇團錦結。最後將信封仔細封口了，才差婢子送出去。

不一會兒，林氏屋裡的彩雲送來一套裙衫和珠釵，說是夫人交代了的，娘子明日去中書令府的行頭。

溫榮看了看，命碧荷收下，笑著向彩雲問道：「茹娘可是在阿娘房裡？」

「早膳是在夫人房裡用的，巳時阿郎回來後，夫人便命文茜帶五娘子出去玩了。」

「阿爺回來了？」溫榮很是訝異，十日前溫世珩已到吏部簽了牒文，正式至中書省當值，午間皆是在正衙的公廚用午膳的，申時才可下衙回府，今日為何如此早？

「是的，阿郎今日比往常早了許多，似乎、似乎……」彩雲猶豫著，不知當不當講？

「彩雲，有話直說便是，吞吞吐吐沒得意思，我們家娘子的脾性那是一頂一的。」綠佩笑著走至溫榮身側，為溫榮打著團扇。盛京的夏日可謂酷暑難耐，連一絲風都沒的。

「讓娘子見笑了，奴婢方才只是不敢妄言。阿郎今日回來，似乎心情不大好，夫人正勸著呢！」

自姚花憐被遣出府後，林氏便將彩雲調至跟前伺候。溫榮瞭解過彩雲，她先前是花園裡的灑掃婢子，同方氏、董氏皆不親近，甚至因姿容平庸，被大房與二房裡的婢子嘲諷過，是個老實的人。

碧荷與彩雲倒是相熟，兩人是同一年被買進府的婢子，起初任打任罵，做著最下等的事情，如今被分至三房，得了用，於主子跟前伺候，而三房主子又皆是通情達理、性子柔順之人，碧荷與彩雲都慶幸能跟到好主子。

溫榮自髮髻取下一支赤金平簪交予了綠佩。

「彩雲，收著。」

綠佩將簪子往彩雲手上塞，嚇得彩雲連連擺手。她不過是說了兩句話，如何能收娘子的賞賜？

「妳就別推了，爽快地收下，娘子都從髮髻上取下了，妳讓娘子如何再簪回去？」

綠佩是個爽直的，如此一來彩雲收不是、推不是，為難地看向碧荷，見碧荷衝她點了點頭，彩雲才惶恐地接過，跪著向溫榮道謝。

溫榮將彩雲扶起。「阿娘送來的裙衫和首飾我很喜歡，午時我去阿娘房裡用午膳。」

「是，娘子，婢子一定將娘子的話帶到。」彩雲低著頭，眼裡氳了層水霧。彩雲自幼家境貧苦，早早便被賣入國公府，如今阿爺病重、幼弟年齡尚小，家裡靠著阿娘在莊子上做粗活以及自己微薄的月錢過活，彩雲自知資質平庸，哪裡敢奢望得主子高看……

午時溫榮至林氏房裡，見到阿爺時故作驚訝，問阿爺為何下衙如此早？

溫景軒早已到林氏房中，此時聽見榮娘發問，只投去同情的目光。他先前進屋便問了，卻被阿爺訓了幾句，只說他年紀輕，不回屋仔細看書，問那麼多做甚？好端端被訓了一頓，軒郎也是無辜的。

溫世珩望著進屋的溫榮，眉頭微皺，本該如待軒郎一般訓斥榮娘的，可心下一軟，竟將那看不過眼的事說了出來。「吳叔文不過是翰林棋侍詔，居然到中書省來指手畫腳，說是得了聖人詔諭，與中書省同僚一道在公廚用午膳。如此也罷，可大家都知公廚是官員吃食的規矩地方，哪能由他渾說調笑？更可恨的是，昨日裡，同僚們才落坐，他便說有事出去一會兒，不承想去了便沒再回來！可憐李右拾遺過了花甲之年，還巴巴兒說要等著人齊了用膳，結果今日才知他哪是有什麼事，不過是去了平康坊吃酒作樂！某如何嚥下這口氣與這等人做同僚，同處一室？」

溫榮望著氣得直大口吃茶的阿爺，以及一臉驚訝的軒郎。她心知自己不過是個女娘，不能妄加評論朝臣之事。圍棋自古以來不論在皇室貴胄抑或市井民間，都是極盛行的。溫榮記得，前世由於聖人重視圍棋，故當朝圍棋水平較歷朝有了長足發展，歷朝流行的十七道棋盤，也於這兩年發展為了十九道。阿爺所說的翰林棋侍詔吳叔文，不過是個九品校書郎，卻因為精通棋術，被聖人封為了棋侍詔，常常陪聖人與皇子弈棋，可此人性子輕狂，不知收斂，藉著與皇室走得近，妄圖干涉朝權，最後自然是不得善終。

溫榮緩聲說道：「阿爺何須拿別人的錯來氣了自己？御史臺公衙亦是在那處，孰是孰非自是有數的，只是阿爺未下衙便回府了，可是會落了話柄。」

溫世珩思量著榮娘的話，心下漸漸活絡開了。確實，與那等不識禮數之人置氣不值當，更何況唯恐無風無浪的御史臺言官還緊緊盯著中書省，如何就輪到自己出頭了？

哎，不承想自己為官數年了，卻不如未及豆蔻之年的榮娘想的周全，遂點點頭說道：「榮娘說的有理，某巳時出衙是告了假的，阿爺怎麼會如那幫子人一般沒有規矩？在家與你們用過午膳，某便回衙裡去。」

見溫世珩鬆了口，林氏才放下心來。她不知如何勸慰，先前見珩郎氣哼哼的，便問了緣由，雖知道了是這事，她卻沒能勸住，只說若是實在看不過眼，便去與她阿爺林中書令說了，犯不著氣壞了身子。不承想溫世珩聽了林氏的話後，猶如火上澆油一般，說話聲更大了。

而彩雲就是因不忍見林氏委屈，才膽敢至溫榮房裡，將阿郎生氣的事說了。

午膳後，溫世珩終於平復了心情，溫和地問林氏等人明日去中書令府的事宜是否都準備妥當了。

林氏笑著只說放心，再為溫世珩整理了衣袍並送他出廂房。

溫世珩笑著說道：「還是回府了與你們一處吃食來得自在，在公廚裡用食，雖是聖人予臣子的恩賜，卻是連話也不能說的。」

國公府為林氏母女三人備了車馬，中書令林府在興寧坊，與黎國公府所在的安興坊不過是一坊之隔。

早有侍婢候在中書令府門前，見了國公府馬車後上前打了簾子，扶下林氏三人，笑盈盈地說道：「國公府三夫人和二位娘子來了，大夫人吩咐了婢子等前來迎接。」

隨著幾位婢子進府，一路穿廊過院，好一會兒才到了中書令府內堂。

甄氏已於內堂等候，見了林氏三人迎了出來，熱絡地牽起林氏的手。

內堂中還有一位著綰色織金半臂短襦裳裙的十一、二歲小娘子，梳著單螺髻、戴一支嵌寶累絲金簪，烏溜溜的眼睛來回轉著，好奇地打量林氏等人。

甄氏將身後的小娘子拉到了前面，笑著道：「這是二女兒林瑤娘。」又轉頭朝瑤娘說道：「快叫了姑母。」

「妳們可是阿娘說的杭州郡回來的姑母與姊姊、妹妹嗎？」瑤娘歪著頭，眨了眨杏眼，抿著嘴，似個小大人一般地說道。

這神情將林氏、溫榮都逗樂了，只溫柔地笑著頷首。

瑤娘的小臉笑得明亮，甜甜地叫了聲姑母，溫榮與溫茹亦是與甄氏見了禮。

小孩子家是最不設防的，溫榮的性子已不似前世那般難親近，瑤娘很快便拉著榮娘一處說話。

林氏令鶯如將拜訪甄氏的伴手禮取了過來，送與甄氏的是一座勾彩鏤金沉水香篝、一疋江南織造上好錦緞；送與瑤娘的是銀白點珠流霞花盞；而後還有一座尚品樊鼎沉水香奩，卻未見著人送。林氏有些詫異，她記得原先林府與她的家書，提到了府內有兩位娘子，故才特意備了兩份予小娘子的伴手禮。

甄氏笑著說道：「好不容易才回來的盛京，倒讓妳們破費了，下次可是人來了便可，再如此，我是不敢下帖子了。」

「不過是一些簡單的伴手禮罷了，只是……」林氏望了一眼鶯如手上的沉水香奩，有禮卻送不出……

甄氏尚未答話，瑤娘先格格格地笑了。「姑母定是在尋阿嬋，她如今卻是癡傻不得出屋子了！」

林氏聽了嚇一跳，以為林府大娘子真癡傻了，正為難著該如何說安慰的話。

甄氏轉頭顰眉朝瑤娘斥道：「小蹄子越發沒規矩了，在這兒信嘴胡說，小心妳阿姊聽了和妳鬧上！」訓了瑤娘後，甄氏歉意地向林氏說道：「孩子沒規矩，讓妳見笑了。雖說瑤娘與榮娘一般年紀，卻還不如榮娘一半知禮。」甄氏初見溫榮便覺得得體大方，與瑤娘說話玩笑時也是一臉真誠，心下很是喜歡。「嬋娘最近不知著了什麼瘋魔，迷上了十九道圍棋，琛郎不但不勸阻妹妹，反而從外頭拿回了一道中盤局給嬋娘，嬋娘為了解出那局棋，已有數日不曾出廂房了。」甄氏煩憂地搖搖頭。

瑤娘拉著溫榮和溫茹說道：「阿娘、姑母，我帶榮娘和茹娘去尋嬋娘。」瑤娘在內堂早坐不住了，剛好得了由頭出去玩。

瑤娘與嬋娘的廂房在林府琅園，琅園以水為隔分為東西兩處，中以白玉石橋相連，東處曲廊環繞庭院，綴以花木石峰，西處廊壁花窗，池水回環，池中湖石堆疊，幾處亭榭與假山中的林巒洞谷遙遙相映，荷葉蓋蓋，水波倒影，別有情趣。

瑤娘拉著兩位娘子匆匆走上複廊（注），來到一處精緻廂房，大聲地叫道：「阿嬋，還不快出來，有貴客來了！」

溫榮聽了好笑，瑤娘的性子可謂豪放，只不知瑤娘口中的癡娘子嬋娘，又會是怎樣的？

一位穿戴極好的侍婢出來笑著說道：「娘子喚我來請了諸位娘子進去。」

瑤娘附在縈娘耳邊說道：「妳看妳看，阿嬋她是一步都不肯離開那棋盤的，妳說是不是癡女？」

溫縈是撐不住了，執著團扇捂嘴直笑。不承想瑤娘如此有趣，前世卻未與她交好，是自己不是了。

三人進了廂房，只見一身柳黃家常短襦裳裙、素著頭面的清秀女子，眼裡的專注與認真一望便知。

瑤娘幾步上前，搖了搖清秀女子。「阿嬋、阿嬋，快醒醒，看是誰來了。」

嬋娘皺眉將瑤娘拉開，與棋盤保持了距離，深怕瑤娘大大咧咧的，將棋盤碰亂了，而後抬起頭，頗訝異地望著眼前的兩位小娘子，看打扮是盛京的貴家女娘，可為何不曾見過？

「嬋娘，這是杭州郡回來的溫縈娘，是我表姊！」瑤娘先指著溫縈，得意地說道，再又介紹溫茹。「這是杭州郡回來的溫茹娘，是我表妹！」

林嬋娘忽略了身側那總是精力旺盛、老神在在的瑤娘，笑著與溫縈、溫茹道了好，吩咐婢子拿了新鮮果子與新做糕點上來後，再說道：「縈娘、茹娘，在我屋裡，妳們儘管自便，瑤娘好生陪了兩位妹妹，我繼續研究棋局，不打擾妳們了。」

溫縈越發覺得有趣，哪有主人對賓客說不打擾的？真真如瑤娘說的，是棋癡。

注：複廊，又稱「裡外廊」，是在雙面空廊的中間隔一道牆，廊內分成兩條走道，形成兩側單面空廊的形式。

瑤娘自個兒招呼縈娘與茹娘吃果子。

縈娘對棋局頗為好奇，會是怎樣的一局棋，能令嬋娘如此廢寢忘食，幾乎丟了神魂？縈娘緩步走至棋盤前，對著棋路仔細瞧著，不一會兒便露出會心一笑，輕聲說道：「這局棋，白子已占盡優勢，黑子無論如何收氣攻殺，都將全盤盡滅。」

第三章

嬋娘驚喜地望著榮娘。「榮娘可是也好棋？」

溋榮笑道：「原在杭州郡時，無事便與阿爺及軒郎弈棋，故略知一二。」

嬋娘頻頻頷首。「原來還是有娘子與我有一樣的喜好，我是不孤獨的！」圍棋耗神，貴家娘子雖普遍會棋，但皆是懂皮毛，善棋的極少。嬋娘接著遺憾地說道：「榮娘雖是將棋局看明白了，可我卻是在愁如何將黑子救活。」嬋娘稍停頓後又道：「琛郎說了，此局是棋侍詔與皇子下出的死活題，皇子執的黑子，本欲認輸了，但棋侍詔偏說此局可解，黑子尚有生機。幾位皇子與琛郎都想不出，琛郎知我善棋，故將棋局畫了交與我，可惜我是想破了腦袋也想不出破解之法。」

「所以我說嬋娘癡！」瑤娘大口嚼著花截金米糕。「分明是棋侍詔裝神弄鬼，故意說了那黑子還有救，讓你們白白費腦子！叫我看來，直接將那棋侍詔抓住了打上幾板子，就老實了！」

「休得胡言！」嬋娘大聲訓道。

溋榮剛吃了口茶，聽到瑤娘的豪言，差點笑嗆了，就見瑤娘、嬋娘兩姊妹大眼瞪小眼的，很是有趣。溋榮笑著與瑤娘說道：「棋侍詔所言非虛，此局黑子確尚能活。」

嬋娘聽聞眼前一亮，望著溫榮。「榮娘可是有破解之法？」

另一處的瑤娘也來了興致，嬋娘的棋術在貴家女娘中是數一數二的，嬋娘數日未解的棋局，不過一盞茶工夫，榮娘便說能解了，榮娘不似那會說大話的樣子。

「好姊姊，可是解了我看看。」瑤娘幾步上前，嬌聲說道。

溫榮亦不賣關子，撫著寬袖，不叫那大袖衫掃著了棋盤，左手食指與中指撚起一粒黑子，落在一處。

嬋娘大失所望，居然填至眼處，原來榮娘是不會棋的，遂搖頭說道：「此處萬萬不可，落子無異於自殺。」

溫榮笑而不答，只細細收起了那已死的黑子。

嬋娘眼睛愈來愈亮，拊掌說道：「此法大妙！」

瑤娘與茹娘亦圍住了棋盤，瑤娘雖不精，卻能看出一二，茹娘只是湊個熱鬧的。

先前棋局黑子已是敗落呈山倒之勢，表面上看，無論如何落子，都將全盤盡滅，故被瑤娘草草斷了黑子無力回天，而此時棋盤中黑子與白子已然雙活，黑子是死灰復燃了！

「此法喚作置之死地而後生，局部放棄，卻成全了大局。」溫榮笑著說道。

「好一個置之死地而後生！」嬋娘激動地來回走，兀自嘀咕。「如何就未想到此法……」重複了幾遍後，嬋娘拉著榮娘要拜師，懇求傳授了棋藝。

溫榮哭笑不得。「嬋娘、瑤娘謬讚了，不過是粗通，哪能做得了師父？若是嬋娘喜歡，平日得空了至黎國公府，我們相互學習了便是。」

「好啊，我也要跟著榮娘學！」瑤娘嘴上說著去學棋，心裡想的卻是，還未去過那黎國公府，不知是不是好玩的？

棋局解開了，嬋娘終於肯出廂房，瑤娘便拉著她去內堂見杭州郡姑母。

中書令林正德正妻育有一子一女，嫡長子林鴻彥，嫡女林慕嫻。林正德之妻早在孩子年幼時病逝了，林正德思念亡妻，正室之位至今空懸。

如今中書令府主中饋的即為林鴻彥之妻甄氏，此時甄氏與林氏正說著體己話。

林氏輕輕拭著眼角，這十多年了，她對阿爺與大哥也是想念的。

甄氏與林氏正說到傷感處，瑤娘咋咋呼呼地跑進內堂，看到紅著眼的甄氏與林氏，愣了愣，問道：「可是今兒茶裡辣子放多了，嗆著了？」

瑤娘如同開心果一般，走到哪兒逗到哪兒，內堂先前感傷的氣氛一下子散了。甄氏驚訝地望著隨後進內堂的嬋娘，幾日前嬋娘明白地說了，棋局一日不解，她一日不出廂房。嬋娘倔驢似的性子，為娘的自然懂，難道是那棋局已解開了？甄氏鬆了口氣。

「阿娘，榮娘棋藝可好了，才到嬋娘房裡，就將棋局破解了！」瑤娘迫不及待地替溋榮邀功。

嬋娘是滿臉崇敬地望著溋榮，不需再多言語去證實。

嬋娘與甄氏說了姊妹倆要去黎國公府與榮娘下棋的事，可甄氏擔心瑤娘的瘋性子與嬋娘的癡性子會為溫家三房帶來困擾，猶豫著該不該答應，最後還是林氏與溫榮在一旁幫腔，再加上瑤娘與嬋娘信誓旦旦的保證，甄氏才鬆了口，直說給林氏與溫榮添麻煩了。

申時初刻，林氏等人需趕在坊市閉門前回去，故頗為不捨地向甄氏母女作別。瑤娘早喜歡了氣質卓絕、性子又極好的表姊，而嬋娘心心念念著與溫榮弈棋，巴不得留了溫榮在府裡。

甄氏帶著瑤娘與嬋娘，將林氏三人送至中書令府大門處。

瑤娘依依不捨地拉著溫榮說道：「榮娘，妳可知過幾日為慶祝廣陽公主下嫁吐蕃贊普，我們盛京的馬毬隊要與吐蕃隊比試擊毬，榮娘與我們一道瞧熱鬧去可好？」

榮娘蹙眉嗔道：「那等場合如何是我們能去的？妳也該收了性子，傳出去叫人聽見了像什麼樣？」

廣陽公主下嫁吐蕃贊普一事溫榮是知道的，但馬毬賽她卻未曾留意。那場上皆是男子策馬揮汗，場邊上看客多是十二教坊的人，溫榮想來便覺得不妥，只詫異為何甄氏不斥責瑤娘，而是由著她胡鬧？

原來盛京貴家女娘皆是豪放，那教條禮數雖在，卻形同虛設。

「不妨事，盛京許多貴家女娘都會去的，場邊上有懸著縵紗的望亭。」嬋娘也在一旁勸說。琛郎不知是否上場，可她和瑤娘總歸要去。

瑤娘見溫榮還有猶豫，只好嬌聲說道：「榮娘，妳一直在府裡得多悶啊！大不了妳再戴上冪籬可好？」
溫榮見推託不過，只好應了。她確也未見識過男子擊毬，前世貴家女娘間的比試倒是看了一、兩場，覺得無甚意思，便不再去了。
「那說好了，那日我們去國公府接妳！」瑤娘說罷，轉頭瞧見了溫茹正巴巴兒望著自己，遂笑道：「茹娘還小了些，不過是幾支月杖搶個七寶毬，沒甚可看的，茹娘在家好好歇息，別叫外面的毒日頭曬著了。」
溫榮詫異地望著瑤娘，茹娘是很聽話的，帶了她去亦無妨。
瑤娘瞧出了溫榮心思，上前兩步，附在溫榮耳邊悄聲說道：「那日馬毬場上有許多一等一的年輕郎君，可得好好挑了，看看是否有中意的。」
溫榮臉一紅，也不再搭理瑤娘，牽著林氏的手與甄氏作別，林氏三人上了油壁馬車後，溫榮還能聽見瑤娘的笑聲。
林氏笑著問道：「瑤娘是說了什麼讓我們榮娘不開心了，如何抿了嘴不說話？」
「她能說什麼好聽的話？不過就渾說些有的沒的。」溫榮偏過頭望向縵紗外。
林氏見溫榮那羞怯之意，會心一笑。九月過後榮娘便滿十三周歲了，該是到了有小兒女心思的年齡……
這時，一位身著靛青錦緞文袍、騎著青駒的翩翩郎君與溫家三房馬車相遇而過，油壁馬車上薄薄的縵紗被風吹起了波瀾，波瀾後端坐著如春意桃花般的悠然女娘，待那郎君再回首，不過只能望見車轍上漫起的微微沙塵。

車馬出了興寧坊，恰逢坊市閉門前一個時辰，天街與小道熱鬧了起來，許多在坊市做小買賣的商戶擔了貨品自城東回城南。

溫茹對盛京的街坊很是好奇，那熱騰騰的湯餅胡羹，看饞了小小年紀的茹娘。

「阿娘，明日裡我們出來走走可好？聽說東市天香堂裡的熏香是極好的，還有那玉脂樓的胭脂水粉也很有名。」溫榮想到從姚花憐箱籠中搜出的數粒新香，便覺得不踏實，思量著還是早早查清了好。只是普通新香倒也罷了，若是……溫榮心下一沈。

那世多年的宮中生活，溫榮早看透了後宮女人之間的爾虞我詐與傾軋爭鬥，為得帝王寵幸、保住地位或打壓其他妃嬪，可謂各種手段無所不用其極，而在熏香上動手腳即為害人的法子之一。溫榮已見識了用於迷惑聖人的催情暖香、令妃嬪不孕或墮胎的含了雙倍量麝香的新香，最令溫榮膽寒的要數那摻了斑蝥毒素的西域貢香了。若不是她沒有用熏香的習慣，恐怕活不到黎國公府傾覆的那一天。

林氏望著對盛京充滿了好奇的一雙女兒，歉疚地說道：「明日恐怕不行，明日阿娘需去看望妳們伯祖母，後日可好？」林氏想著，也確實該去那錦緞衣帽肆與珠寶首飾行逛逛了，要為榮娘與茹娘再添置些盛京裡時興的衣飾。過幾日榮娘要隨林府的兩位娘子去看擊毬，總不能讓人笑話了去。而去看望溫榮伯祖母一事，林氏是在甄氏提醒下才想起的。

當年溫榮的伯祖父與林氏父親林正德是故交，林正德是在溫榮的伯祖父——前黎國公——的幫扶下，才順利走上了官途。

溫榮兩世皆不知伯祖母的存在，詫異地問道：「怎未曾聽阿爺與阿娘提起過？」

林氏微微嘆口氣，若有所思地說道：「哎，是阿爺、阿娘的不是了。妳伯祖父去得早，膝下無子，只留一女，故妳伯祖母將妳大伯過繼到了國公府，溫家二房這才襲了國公爵位的，如此的大事卻鮮少與你們小輩說起……」林氏稍停了片刻，又說道：「妳伯祖父過世後，伯祖母便很少出門了，後來我們二房才知道，妳伯祖母已經在原黎國公府裡修了家寺，年紀輕輕便選擇了修行，過清苦日子。而阿家知曉此事後，親自去見了妳伯祖母，將尚年幼的原國公府嫡女，也就是妳姑母，接到了身邊撫養……」

溫榮聽著越發有興致，她對溫家曾祖父與祖父那一輩幾乎一無所知。「阿娘仔細說了與榮娘聽，明日我想隨阿娘一起去拜訪伯祖母。」

林氏笑著點點頭。如今珩郎在中書省當值，每日裡早出晚歸，她自己又不是能拿主意的性子，有榮娘在身邊陪著，倒還安心。

林氏將她從溫世珩那兒聽來的，溫家父輩與祖輩的事，都緩緩地道與了溫榮——

溫家曾祖父溫孝恭乃大聖朝開國功臣之一。前朝末期內憂外患，宦官把持朝政，外戚入侵，已是哀鴻遍野、民不聊生。而高祖在前朝官至太尉，高祖為國為民謀福祉的抱負，眼見在亂世中將成一紙空談，故於某烏雲蔽月的夜晚，下了決心棄筆蹬馬，用曠世的才華去爭一爭江山。高祖立下誓言，定要那四方為一家。

溫榮曾祖父溫孝恭在初始即隨高祖東征西伐，作為軍中謀士，溫孝恭曾出一計，一計樹上開花借局布勢，先虛張聲勢亂敵軍心，而後再以激將法和釜底抽薪激發軍中士氣。那場戰役是奇蹟，本處於劣勢的高祖軍突然勢如破竹，在瞳峽關一戰中大敗朝廷軍，奠定了勝局。聖朝開朝大典之日，高祖賜了所有開國功臣丹書鐵券，溫孝恭被授以世襲罔替黎國公爵位，畫像列天辰閣第十五位。

溫榮聽著，心潮澎湃，額角微微沁出香汗。原來祖上是如此豪傑，助高祖打下了如今這錦繡如畫、幅員遼闊的江山。

溫孝恭膝下兩子，嫡長子溫成敬，娶了另一位開國功臣、同時也是溫孝恭戰場上的生死兄弟謝世齡嫡次女謝氏為妻，謝氏即為溫榮的伯祖母，而溫孝恭的嫡次子娶了樂靜長公主之女嘉宜郡主，即現在的溫老夫人。除了祖上的光輝事跡，溫榮還聽到了件有趣的事兒，原來阿爺與伯祖母家的姑母是同日生的，姑母只比阿爺早出生了幾刻鐘而已，倒是有緣分的。

說話間，林氏母女三人回到了黎國公府，林氏與溫世珩說了明日去拜訪長房老夫人的事。

溫世珩點點頭。「是該常去探望的，是我們疏忽了。」

數十年過去了，溫世珩還能記得謝氏那祥和的笑容。自他兒時有記憶起，便喜歡與長房親近，自家阿娘雖對他好，吃穿皆為上品，可總有淡淡的疏離感，只任由他隨意玩樂，並不多加管束。可溫世珩去長房玩耍時，伯母謝氏卻會孜孜不倦地告訴他，男兒理當志兮天下事，進兮不有止。更會做那好吃的蜜果子和百朝露……溫世珩想到過去，面上浮出了笑容，可不一會兒又黯淡了下去。只可惜伯父走得過早，伯父過世後，伯母便心如死灰，再難見到伯母那幸福和滿足的微笑了。溫世珩那時不過是個孩子，覺得長房不再好玩，便未再去了。

溫世珩與林氏全大禮之日，伯母遣婢子送了林氏極其名貴的金累絲嵌寶點翠雙鸞，以及幼兒拳頭般大小的北海黑墨珍珠一對。那點翠雙鸞和黑墨珍珠，皆是高祖賞賜祖父的稀有物，溫世珩那時才知道，伯母一直都是想著他的。

臨去杭州郡前夕，溫世珩帶著林氏以及當時不過一歲多的軒郎，去了原黎國公府府邸，同已與青燈古佛相伴的謝氏辭行。一晃十數年，不知伯母身體是否安康？

另一處，中書令府送走了林氏母女後，林大郎也下學回府了，將青駒轡繩遞給了迎上前的僮僕，吩咐了好生照料。這青駒是林家大郎前幾日從戎商手中買下的青海驄，價值數百金。相馬之時，三皇子臨江王也同樣看中此名駒，可偏偏五皇子紀王說此馬偏食精料，不善腳力，勸三皇子挑了那極難馴服的獅子驄。如此倒也好，沒人與他搶青海驄了。

三皇子至今還未能騎上桀驁的獅子驄，不知待到與吐蕃擊毬之日，三皇子又能否駕馭？若是不能，他那日買馬時說的，要與名駒一道叫吐蕃好看的豪言，可是要成笑話了。林大郎想起李奕苦著心卻還得強裝雲淡風輕的表情，就覺有趣。

林大郎進內堂向甄氏問安，與先前的甄氏一樣，見到嬋娘時很吃驚。「嬋娘，棋局解開了？」

未等林嬋娘與林瑤娘說話，甄氏便先訓上。「明年正月就要進貢院了，去年你阿爺將你從弘文館轉入國子監上學，就是要你安心了考進士，可你現在整日裡玩玩鬧鬧，明年若是那趙家二郎考上，而你卻落第，仔細你祖父與阿爺叫你好看！」

瑤娘背對著甄氏，衝林子琛扮鬼臉。林子琛已是文采騎射樣樣皆通，與當朝三皇子、五皇子私交甚好，只是林子琛為林中書令的嫡出長孫，被寄予了極大厚望。

林子琛垂首默默聽訓，看似認錯反思了，腦海中卻一陣恍惚。先前在坊市口餘光漫看的平凡之處，卻有著翩若驚鴻的風景，心似被輕輕撞了一下……

「好了，阿娘也不多說你了，只是自己該知事些，別一個個的都叫阿娘不省心。」甄氏掃了瑤娘和嬋娘一眼，又想到了溫榮娘，對比後忍不住搖頭。「你快回房換身衣袍，再讀會子書，酉時與阿嬋、阿瑤到阿娘房裡一起用晚膳。」甄氏見琛郎面露倦色，便不捨得再訓斥了。

林子琛向甄氏道了安後，轉身出了內堂。

嬋娘與瑤娘互相打了個眼色。

「阿娘，我也回廂房了，還要研究了那棋譜，過幾日與榮娘弈棋，不能總是輸。」嬋娘起身向甄氏作別。

「別忘了吃飯時辰。」甄氏並不多言，遇到棋的事，嬋娘是理不清的。

「阿娘，我去陪了嬋娘練棋，這樣嬋娘可進步更快些！」瑤娘忙跟著說道。

甄氏見瑤娘那兩眼到處晃的精怪樣，眉頭都擰成了花。「妳今兒練字了嗎？前幾日說要習字，妳阿爺特意去東市書肆為妳買了花色宣城郡紙和松煙墨，可是幾日來卻未見妳寫一個大字！」

瑤娘吐著小舌，嬋娘說走就讓走，偏生和她說這些不愛聽的話。

瑤娘一副老神在在的樣子，噎得甄氏直擺手。「走吧走吧！不許打擾妳大哥讀書。碰著妳這性子，好生頭疼！」

瑤娘得了令，轉身就跑了出去。果然是老規矩，琛郎與嬋娘皆在去琅園院子要經過的月洞門處等她。

見了瑤娘後，琛郎急急地問道：「嬋娘說杭州郡來的表妹一盞茶不到的工夫就解了那棋局，可是真的？」

瑤娘得意地點點頭。「我們快去了嬋娘廂房，讓嬋娘解了你看，保准令你拍案叫絕！」

林子琛將信將疑，那日與三皇子弈棋的可是大聖朝棋技排第一的棋待詔，而三皇子、五皇子還有他自己自詡棋藝已屬上乘，他們三人都未解的棋局，如何能叫個小娘子解了？

到了廂房，嬋娘迫不及待地還原了棋局，而林子琛親眼見了解局之法後，不得不表示了誠服。那落子之人，不只是有能想到置之死地而後生的悟性，更是有知退一步海闊天空的心性……

「我要將這解局之法快些告訴了三皇子與五皇子！」林子琛說著便要帶僮僕出府，可轉念一想，又退了回來，訕訕笑道：「還是明日裡再去說了好。」

瑤娘不屑地斜睨琛郎，不過是擔心一會兒阿爺回來了，被發現人不見了要挨訓罷了。

次日，林氏早早遣了拜帖與前黎國公府，安排了三架肩輿。本不打算帶茹娘去的，可將茹娘一人留在國公府，林氏不放心。

自溫榮的伯祖父過世後，謝氏便將大門處高祖御賜的「敕造黎國府」金牌匾取下，交予了二房，長房的廣亮大門處，如今是頗為寂寥的「遺風苑」三字紫檀門匾。

遺風苑與黎國公府在同一市坊，只隔了一條小街，不過小半時辰，肩輿便行至遺風苑大門處。有兩名老嬤嬤在門外等候林氏母女，見了人上前笑著問了好，說是不用下肩輿，直接進府便可。

遺風苑畢竟是前黎國公府舊宅，縱是人丁不興，但放眼望去依然是遮掩不了的古樸和大氣，山水紋青石磚旁是修得平平的細草，坪間寬敞處立了數座山水奇石。周圍院落因無人居住而封得嚴實，院廊上福壽雙全的花樣蒙上了淺淺灰色。

謝氏修行的寺院建在府內西處一座小山丘上，肩輿在山腳下停了，溫榮等人下了肩輿，沿著石板階梯依級而上。

一位著檀色寬袍、慈眉善目的老夫人早已立於寺院正殿門處，手中緊緊攥著十八菩提子念珠，癡癡地望著石階方向，終於，石階處出現了人影。

林氏母女皆是素色常服，溫榮抬首便見著不遠處，雖素著頭面、衣飾簡樸，卻難掩氣質的慈祥老夫人，知是伯祖母了，溫榮望著謝氏抿嘴一笑。

那如風生空谷般靜謐而入心的笑容，令謝氏微微一震，原來這便是化不開的血濃情深，縱是一面不曾見過，感覺卻可如此熟悉。林氏帶著溫榮與溫茹緩緩下拜，兩位小娘子甜甜地問了伯祖母好，謝氏本已如死水般的內心，泛起了暖暖漣漪。謝氏只是笑著頷首，並無太多表示，轉身帶著林氏三人去了後殿禪房。

謝氏身邊一位老嬤嬤引起了溫榮的注意，因她見著林氏等人時異於常人的欣喜與激動。老嬤嬤應該是伯祖母的貼身侍婢了，在伯祖母身邊並無太多拘束，不同於伯祖母的平靜祥和，老嬤嬤一直激動地指手畫腳，那老嬤嬤是個啞人。

禪房佈置得簡潔清雅，正牆懸掛了祥雲褄邊真書體「禪」字畫，草芯墊胡床兩側是帶了迴紋格心門扇的紫檀矮腳書架。

紫檀壺口案几四周擺放了數張編草蓆子，在謝氏的招呼下，林氏等人端正跽坐於蓆上。謝氏命人取來了煮茶用具，是一整套的長沙青窯，那把褐彩雲氣紋執壺泛著淺色釉光，幽雅而莊嚴，使人煩躁不寧的心平靜了下來。

「伯祖母可是要煮禪茶？可否讓榮娘伺候了伯祖母吃茶？」溫榮見謝氏要親自煮茶，慌忙說道，心下更生惶恐。哪有長輩為小輩煮茶的道理？

謝氏愣了愣，看著溫榮誠摯的小臉，才意識到此舉確違了禮制。謝氏已過了數十年不問世事的生活，哪還能想到這些？平日裡，她亦是自己煮茶，還會拉上啞婆婆一起吃。

順著溫榮的誠意，謝氏笑著點點頭，緩緩說道：「妳可知禪茶之道？」

溫榮心知伯祖母是在考自己，若是說不出禪茶之道，必然也煮不出禪茶之味，如此一來，伯祖母寧願不煮，只請大家吃寺中清水，也不會讓自己過手的。

「禪茶講究正、清、和、雅，正即正八道，清需煮茶人與吃茶人有一顆清淨心，和便是六和敬，雅則是脫去凡塵俗意。伯祖母，不知榮娘說的可對？」

溫榮的淺笑，見之便令人忘俗。謝氏面上的表情漸漸活絡了，那嘴角邊的細紋如歲月一般，越發的深刻，她輕撚念珠，笑著點點頭。

溫榮壓著裙裾，優雅地起身，啞婆婆已在謝氏身側臨近茶具的位置加了張藤蓆。溫榮將伯祖母事先烤好的禪茶均勻地撒入鴻雁流雲紋茶碾子槽，碾得似松花粉般細膩，再用仙人駕鶴紋壺茶羅子篩一遍，準備妥當後，溫榮架起風爐與鍋釜，嫻熟且穩當地煮好了茶。為保留顧渚紫筍中的清香，溫榮只在茶湯中加了少許鹽，將茶湯緩緩倒入青瓷花口茶碗，再用竹枝於杯中勻薄的茶粉上認真地點出禪字，最後又仔細看了看，這才蓋了茶碗，由啞婆奉至每一人身前。

謝氏揭開茶蓋，碧青的茶湯上用茶粉勾畫出了娟雅離俗的禪字，還未入口，已是清香撲鼻。「火候與水溫都掌握得很好，未減一分一毫茶香，榮娘煮的禪茶湯可謂上佳。」謝氏頗為欣慰，心下思量道，如此茶湯，需是心下無塵之人才能達的境界，榮娘的內蘊與心性，卻不似她的年齡。

謝氏並未問林氏母女那些家長裡短的事情，不過說了些淺顯的禪佛理學，並送了林氏母女三人一人一本手抄經書。

午間謝氏留了眾人在寺裡用齋飯，因需做午課，故林氏三人齋飯後便告辭了。

謝氏與啞婆婆將林氏母女送至殿門口，笑著頷首作別，啞婆婆似乎想說什麼，只無奈口不能言。

林氏母女三人的身影漸漸消失在了視線中，謝氏攥著念珠的手微微顫抖。不過是短暫的天倫之樂，卻已擾亂了她多年修得的靜謐心境。

啞婆婆在謝氏身邊咿咿呀呀地說著什麼，很是著急，眼裡還有著濃濃的愧疚。

「禾鈴，回殿吧。謝謝妳將一切真相告訴了我，讓我在有生之年，能見到自己的孩子和孫輩，他們很出色。」

豆大的淚珠自啞婆婆蒼老的臉龐滾落，那表情蘊含著莫大的不甘和蝕骨的歉疚，可不論心情多麼複雜，啞婆婆的雙手依然一刻不停地比劃著，強烈地表達著自己的想法，似乎在替謝氏著急，生怕謝氏那一心皈佛的漠然心性，會再次錯過本該屬於她的幸福。

「禾鈴，不過是陳年往事罷了，都過去了。他們過得很好，不是嗎？」謝氏將自己的赭色方帕遞給了禾嬷嬷，緩緩說道：「她們今日來看望我，是晚輩對長輩的孝敬和關心，並非來向我抱怨的。既然她們的笑容滿足平靜，那又何須因我的私心而去攪亂了他們的生活呢？丹書鐵券是磨滅人才華和志氣的枷鎖，珩郎憑了他自己的博學經論考中了進士，如今已是正四品中司侍郎，得以於朝堂之上為君分憂，如此不知比那國公虛名要好了多少倍。」

謝氏回到了禪房，盤坐於禪墊，緩緩合上眼。佛經中所說的世事無常、四大皆空，或許她還未能參透，可也已能看開了。一世平安與心安，是比那富貴奢華來得重要的。

啞婆婆雖煩急卻也只能順著謝氏，垂下眼默默地退出了禪房。三十四年前發生的事，啞婆婆現在想起了依然覺得周身寒涼。啞婆婆癡坐在禪房後的院廊上，盛夏的竹林遮了驕陽泛著迷眼的光暈，密密匝匝的竹葉中尚有遺漏的稀落縫隙，縫隙處洩了的光束，斑駁地投與黑土，好似未亡人殘存的念想……

在回黎國公府的路上，溫榮想起了伯祖母，心裡漫著暖意。伯祖母雖未表現得熱情，但是眼裡的真意溫榮卻可感受到。

「阿娘，我喜歡伯祖母！」茹娘軟糯的聲音無一絲雜質，單純的心性說出的是最真的話語。

回到黎國公府西苑，綠佩伺候了溫榮沐浴更衣，換上了青蓮色紗衣素裙，簡單地綰了個矮髻。

溫榮閒閒地坐在院廊的陰涼處，看著庭院裡婢子們玩花色鞠毬。惠香的腳法倒是很好，那鞠毬似沾在圓頭小鞋上似的，怎麼顛都不會掉了。院子裡愉悅的笑聲，串起了零零碎碎、想忘卻忘不了的過往……那世，李三郎為博她一笑，差人領了一隊宮婢玩花色蹴鞠，那日，一溜金絲刺繡尖頂蕃帽、腳踩織金尖頭小靴的宮婢，每人至少控制著三顆染了七寶色的鞠毬，隨鞠毬飛旋和翻躍的還有宮婢身上的金鈴……溫榮無奈地笑著搖了搖頭，一切不過是場夢。

「榮娘！」

溫榮聽到熟悉的聲音，轉頭見是軒郎。「大哥，今兒學堂下學早嗎？」

溫景軒要九月初才入那國子監上學，溫世珩擔心這幾月軒郎無人管束會荒廢了學業，打聽到了衡山書院在京中頗為有名，書院的學習氛圍與風氣在京中私塾裡是數一數二的，故託了人將溫景軒暫時送入衡山書院。

溫景軒點點頭，溫和地說道：「夫子家中有事，午時放了大家學。林家大郎來尋了我，妳猜我今日還見著了誰？」溫景軒臉上露出欣喜的笑，那溫柔含情的雙目，此時彎成了兩道弦月，疏朗的眉間多了幾分喜意。

綠佩搬了一張圓凳至走廊，溫景軒施施然坐下，接過溫榮遞來的醃梅子和酸梅湯。

溫榮見著軒郎溢於言表的喜悅，自覺有幾分好笑。林大郎即是林中書令府的長孫林子琛，是軒郎與她的表兄，她雖還未見過這位名聲頗響的表兄，但是林大郎與軒郎是已熟識了，畢竟家中長輩皆在朝為官，兩家又是姻親。可林大郎帶了誰來，能令軒郎如此開心？若只是一般官家子弟，軒郎不過是多交了個朋友。

溫榮掩嘴笑道：「軒郎可是見著了什麼皇親貴胄了？倒是迫不及待地到榮娘這兒炫耀來了。」

「榮娘知道我沒有這意思。」溫景軒端起白釉玉璧底碗，吃了一口酸梅湯，稱讚道：「夏日裡還是榮娘的酸梅湯最解暑了！」溫景軒停了停後，不好意思地笑著說道：「今日林大郎是與五皇子一起來的，雖見著了五皇子，卻沒說上話，五皇子性子很冷淡，似乎不大好親近。」

溫榮對五皇子紀王有些記憶，五皇子的母妃王賢妃與李三郎母妃王淑妃是同胞嫡出姊妹，出自四大家族中的琅琊王氏，一起進了宮。有琅琊家族做靠山，王氏姊妹在後宮的地位自然不同，且陸續生下皇兒，有了傍靠，李三郎與五皇子皆是文采騎射精通，極得聖人寵愛，早早地封了王。只可惜五皇子生母王賢妃福薄，早年便離了世，五皇子是王淑妃一手帶大的，與李三郎甚是親厚，前世李三郎能順利奪得太子之位，五皇子是最大的功臣。放在如今，五皇子不過十五出頭罷了。五皇子確實如軒郎所言，不好親近，雖容貌俊朗無雙，可周身散發著肅冷之氣，難以靠近。

「榮娘，林大郎提到了昨日妳至中書令府，幫林大娘子解開棋局的事，坦言了很是欽佩妳的棋藝。說來慚愧，做兄長的，卻不如妹妹。」溫景軒自嘲地說道。雖然他頗好奇為何榮娘的棋藝突然大進，可畢竟是寵了十幾年的妹妹，得了他人稱讚，心裡還是驕傲的。

溫榮聽聞笑道：「大哥平日裡讀書辛苦了，可以與榮娘對上一、兩局，說不得大哥某日也頓悟了呢！」

溫景軒確有向溫榮請教棋藝的想法，只是擔心明說了會被誤會是玩物喪志，畢竟他不同於五皇子，不似那皇親貴胄，可坐享了榮華，他只能通過科舉之路，才可與阿爺一般，得機會入朝堂做出一番成就。溫景軒連連頷首。「得了空，我一定隨榮娘好好學棋！聽說林家二位娘子也要來國公府與妳學棋是嗎？」

溫榮笑著點點頭。「林家大娘子與二娘子皆是好相與的，她們願意與我弈棋，自是再好不過了。」

自古棋藝過人的大師，皆不肯輕易收弟子，一部分人是因需憑了這技藝謀生，另一部分人則是自視甚高，不願叫他人擾了清淨。前朝棋聖王積新在未成名前，特意進那深山拜世外高人為師，傳言王積新拜師伊始被拒，為表誠心，他在雪地裡跪守了三日三夜，如此堅持才入了高人門下，終學成棋藝，成了一代棋聖。後來同有許多仰慕王積新棋藝的人前去拜師，可王積新卻一名弟子也未收。他的棋藝如今已失傳，留給世人的皆是極其難解的、耗費許多大師畢生心血也未能解開的珍瓏棋局。如此相較，倒是榮娘的心境更寬些。

「林大郎今日來尋大哥可是還有其他事嗎？」溫榮有聽阿娘說，林家大郎明年正月就要進貢院了，是被府裡盯著讀書的，管得很是嚴厲，難道真因一局棋，就巴巴兒大老遠地與五皇子去衡山書院嗎？

溫景軒想了想，說道：「倒也沒甚特別的事，林大郎還查了我的功課，夫子現在教習了帖經，雖說是只需下苦功夫便能會的，可我卻少了些悟性，雜文與試策也還是不通。」

溫景軒垂頭喪氣，面露不悅之色。林家大郎查了功課後，頗為生氣地訓斥了他，說是若再不抓緊學習，入那國子監學是要跟不上的，就算再學五年，也進不了貢院考進士。這被訓斥的話，叫他如何有臉面與榮娘抱怨？溫景軒嘆了口氣。不承想林家大郎看似溫和儒雅的人，遇見了正事，卻一本正經，不留情面。

林家大郎的才學溫榮自有耳聞，是有資格教導軒郎的。

在杭州郡時，家中雖請了西席，卻未曾按科舉的套路教習過，大哥雖是聰慧有才，只是那才不在科舉考試上。看軒郎的委屈表情，想必是因功課不過關，被林家大郎說了。溫榮輕聲說道：「俗話說良藥苦口利於病，忠言逆耳利於行。有些話聽著嚴厲了些，卻是能鞭策了人的，只要努力進步了，又何嘗擔心得不到賞識與認可呢？」

溫景軒點點頭。「林大郎是極好的，課業中有疑問的地方，他皆耐心與我講解，從不藏著掖著，只是……」

阿爺先前在軒郎是去國子監還是去弘文館上學的事上還有一絲猶豫，後知曉林大郎自弘文館轉入了國子監，便作決定了，溫榮遂笑著說道：「這再好不過了，阿爺也是誇讚過林家大郎的。剛大哥說的『只是』什麼呢？」

溫景軒有幾分猶豫，左右不過還是說了。「五皇子雖未與我說話，可他同林大郎是交好的，無事翻看了我的功課後，五皇子向林大郎抱怨，說科舉考試中枯燥乏味的第一試帖經早該擯棄了，不過是死記硬背的記憶功夫，離學問研博相去甚遠，而第二試雜文詩賦的比重過大，只考量了文才而非吏幹……」溫景軒略停了停後，又說道：「聽了五皇子所言，倒是只剩下試策尚有可取之處了。」

溫榮聽了噗哧一笑，撚起一顆梅子含入口中。這梅子是在杭州郡時阿娘醃漬的，酸中帶甜、入口生津，於溫榮而言，梅子是解苦夏的佳品。五皇子所言倒是與溫榮心中所想一般無二，只是她卻不能如此和軒郎說了，進士科要考的門類，都應好好學習記憶的，遂勸道：「五皇子所言頗有道理，高祖立朝即崇尚勵精圖治、務實無華，五皇子為皇室中人，自當謹遵教誨，可天子選吏卻是又有另一番思量的。儒學經典為德才之基，而吏幹中修史、編書、擬詔更是離不開雕蟲的文筆，如此一來，只有學好了帖經與雜文，才可勝任了吏位。」

溫景軒聞言，表情終於舒朗。先前五皇子所言，雖被林大郎笑了胡謅，可他卻覺得有道理，故鑽了牛角尖，想不明白為何要苦苦學了這無一用處的書？若不是榮娘的撥雲見日，他怕是短時間內都難以解開困惑，無法一心向學了，遂笑著向榮娘謝道：「我懂了，謝謝榮娘的點悟！」

黎國公府祥安堂內一如往常地瀰散著濃郁的蘇合新香，溫老夫人把玩著鎏金魚龍紋銀香囊，合著眼，面露不耐。她已知道了三房前往原黎國公府舊宅看望謝氏的事，因此對三房心生不滿。不過是才回來了幾日，便不知消停地四處走動，一般官宦人家倒也罷了，偏偏去看那無用的老婆子！

「老夫人，那啞婆子會不會恢復了記憶？」白嬤嬤小心翼翼地問道。

三十四年前，尊為嘉宜郡主的溫老夫人與國公府大夫人謝氏同日產子，因嘉宜郡主早已覬覦那國公爵位，故事先買通了兩處的接生婆子，並以謝氏母子的安危威嚇脅迫謝氏的貼身侍婢禾鈴。易子事成後，本該是黎國公府嫡出長子的溫世珩成了嘉宜郡主第三子，而國公府大夫人卻只生了一名女娘。當年備受高祖和樂靜長公主寵愛的嘉宜郡主早無所畏懼、無法無天，更視人命為草芥，換子事成後不過一日工夫，為謝氏與嘉宜郡主接生的幾位婆子皆消失得無影無蹤，而禾鈴亦被騙至郊外，推下山谷。

本以為這事已神不知鬼不覺了，不承想那禾鈴命大，百丈深谷都未摔死她，只是頭部受重創，喪失了記憶，並且不能再說話了。禾鈴自谷底爬出後，不知如何混進的盛京，平日裡蓬頭垢面地在各處市坊乞討，已是一副狼狽不堪樣子的禾鈴，卻又被黎國公府老奴認出，並接了回去，謝氏亦不嫌棄禾鈴又啞又傻，念著禾鈴過去的好，依然留在身邊伺候。

禾鈴出事並非尋常，國公府裡留了心，提高了警覺，嘉宜郡主為避免引起懷疑，暫罷了手。最重要的是，她遣了貼身婢子白蓮，即如今的白嬤嬤去國公府中試了禾鈴那賤婢。白嬤嬤試後確認禾鈴將過去的事忘得一乾二淨了，而且受重創後，她變得極其膽小怕事，隨便一句恐嚇就會嚇得渾身發顫，求饒不止，再加上禾鈴做為婢子時原本就是不識字的，現在又不能說話了，就算她有恢復記憶的一天也無妨，憑她咿咿呀呀地亂喊，別人只會當她是瘋子。

溫老夫人從思緒中回了神，睜開了眼，看向白嬤嬤的眼神極其冷厲。「當初不是妳向我保證她記憶全無，且口不能言的嗎？」

白嬤嬤猛地跪在地上，慌張地說道：「當初奴婢確實試過了那賤人，只是擔心、擔心……」

「哼，妳是擔心她突然恢復了記憶嗎？」溫老夫人冷笑一聲。「起來吧，幾十年前的事了，就算舊帳被翻出來，也不見得就能掀出什麼風浪。」

白嬤嬤戰戰兢兢地起了身，低著頭不敢看溫老夫人狠殺的眼神。

溫老夫人重新靠回了紫檀壺門矮榻，半瞇著眼瞧著銀鎏金雙層香爐上氤漫的青煙，心下思量著。先不說那啞婆是否恢復了記憶，又是否能表達出那層意思，退一萬步講，就算謝氏知曉自己孩子被換了的事，也不能怎麼著。謝氏是個聰明人，看得清形勢，不問世事數十年了，哪還有手段扭轉乾坤？更何況，溫世珩現在過得很好，犯不著惹得闔府不寧。

「白嬤嬤，妳差人去二房看看珀郎是否回來了，若回來了，叫到我屋裡來。」溫老夫人雖思定謝氏不會有動作，但她依然不喜歡坐以待斃，至少，她見不得謝氏的孩子不聽她的話，卻能過得那麼好。

溫世珀的門下省錄事一職，不過是掛個名的，平日裡到衙裡點了卯，閒閒地吃會兒茶便走了，無事裡或去平康坊聽歌伎彈奏琵琶，或者與同僚去那西市鬥雞取樂，再不濟就回府裡懶著。有國公府做靠山，沒人敢說他什麼，而溫世珀本就是蔭補入仕，故御史臺言官在被打點了後亦是睜一隻眼閉一隻眼了。此時溫世珀已回了國公府，正靠在胡床上哼著前幾日從平康坊聽來的小曲，聽聞老夫人找他，趕忙起身，往祥安堂而去。

至祥安堂，聽了溫老夫人的交代後，溫世珀頗為驚訝，問道：「阿娘為何要如此做？三弟他不是因查辦鹽政官一事才被調入京的嗎？」

「哼，榆木腦子！你倒是想不想讓祺郎過到長房去了？還是你就有本事當到四品大員了？」溫老夫人氣得咳嗽了兩聲，白嬤嬤趕緊奉上茶湯。溫老夫人瞪了溫世珀一眼，怒其不爭，溫世珀只知吃喝玩樂，心思倒還不如他內人董氏，萬幸的是孫子祺郎聰穎勤奮，令她還能有幾分念想。

溫世珀聽了責訓，低了頭不敢再多言，只保證定會辦好此事。

溫老夫人點點頭，便讓溫世珀回去了。溫老夫人知道溫世珀雖無多大能耐，但是他勝在狐朋狗友多，口舌上的功夫，由他來是錯不了的。

晚膳過後，方氏特意到三房與林氏談心，林氏差人在廂房外的庭院中擺了食案，用白瓷花瓣環盤盛了些時令果子置於案上，與方氏二人坐在院裡，打著團扇納涼說話。

方氏體貼地詢問了林氏這些時日在府內是否一切順心，林氏自是笑誇了方氏這主母當得好，將中饋打理得有井有序，哪裡會有不滿意的。

方氏望向廂房處，溫世珩正在檢查溫景軒今日的功課，而溫榮與溫茹兩姊妹坐在房廊處吹著穿堂風，溫榮細心地教溫茹打平安結，商量著打好了要掛在阿爺、阿娘廂房隔扇門的上檻處……雖不過是家常之景，卻備覺溫馨，方氏忍不住拿了帕子輕輕擦拭眼角，哀悽地說道：「我嫁入國公府也有數十年了，在府裡雖說沒功勞，但也有苦勞，偏這苦是越積越多，偌大的府中卻連說體己話的人都尋不到。自打你們回了盛京，我知妳是好的，每日裡都想來西苑與妳說幾句體己話，可又擔心打擾了你們。我每次見了軒郎、榮娘、茹娘，是又愛又疼，再思及自己下半生無靠，便不自覺的傷感……」

林氏聽了方氏所言，想到方氏平日裡對三房的照拂，以及方氏因膝下無子而在溫老夫人那兒受的委屈，亦是唏噓不已。林氏雖不知該如何勸慰方氏，卻能陪著方氏一道落淚。

溫榮所在的房廊相距林氏並不遠，已斷斷續續聽得了方氏的哀訴，抬頭見阿娘與方氏皆在拭淚，雖是同情方氏的，但也詫異為何方氏會突然與林氏說了這些？

方氏略微穩定了情緒後又緩緩說道：「軒郎的樣貌、性子在京中貴家郎君中是一等一的，難得的是本可直接入蔭，卻還如此用心讀書，我這當伯母的是看在眼裡，疼在心裡。」

林氏聽聞方氏誇軒郎，亦歡喜地說道：「小兒蒙大嫂錯愛了，妳也知道我們房裡珩郎的性子，是個實心眼的，只將科考做入仕的唯一路子，小兒不過是順著他阿爺的心意，哪有大嫂誇的那麼好。」

方氏搖了搖頭。「妳當阿娘的是謙虛了，我是真心視妳為好姊妹，才掏心窩子說了這番話的。軒郎的好自不必說，還有榮娘與茹娘，也都是一等一的妙人兒。只是我也該叮囑了妹妹，軒郎如今上學辛苦，三個孩子又是在長身子的年齡，妳是要多費些心思的，平日裡缺什麼、想吃什麼，儘管與我說了，委屈了妳我不怕，可那三個孩子，我是斷斷不捨得的。」

林氏聽了感激地看著方氏，與方氏說了明日裡要帶溫榮與溫茹去東市，坦言回京也有一些時日了，卻還未帶孩子出去走過，心裡頗為愧疚。

方氏忙順著林氏的話，介紹了好些東市有名的鋪子，並說明日會備好車馬，讓林氏只放寬了心帶兩個孩子去玩。

方氏與林氏又說了會子話，見天色已晚，便告辭了回嘉怡院。走至西苑月洞門處時，方氏略微停了停，臉上表情淡了去，冷冷地看了一眼月洞門內壁處的瑞獸雕紋。下午方氏知曉了溫老夫人單獨見了溫世珩後，心裡只是冷笑。那祥安堂的老婆子還真以為二房祺郎是個什麼好東西，虧得她一心一意地為他謀劃。方氏走了數十步後，又回頭望了西苑一眼，攏了攏高髻，想著自己可是國公府的當家主母，是只能做好人的，祺郎的齷齪事，借由他人之口說出自是更妙……

西苑裡林氏正催促溫榮和溫茹各自回房歇息，溫榮微微蹙著眉，本想與阿娘說些什麼，卻又忍了。阿娘現在心裡對方氏是滿滿的同情與感激，她此時去說了方氏的不是，只怕會引起阿娘誤會。
回房後，綠佩與碧荷伺候了溫榮梳洗，溫榮笑著向碧荷問道：「自回黎國公府，聽聞祺郎很是出色，老祖母一定很是疼愛祺郎的吧？」
碧荷想了想，應道：「婢子先前一直在庭院灑掃，府中郎君的事知曉不多，雖是如此，但亦聽聞大郎君打小便在老夫人身邊帶著，後來也是老夫人出的面，將郎君送去了太子宮中做侍讀。」
溫榮點了點頭笑道：「那是了，祺郎確實是人才出眾的，怪不得老祖母喜歡。」
「叫我說，還不如二郎君的一半好！」綠佩小聲地嘀咕，在繡紅撒亮金緯絲錦杌上墊了張長蓆子。晚間是綠佩伺候，溫榮心疼綠佩在錦杌上躺著悶熱，便教墊了涼竹蓆子。
溫榮躺在幔帳箱床中，難以入睡。大房若一直無子出，遲早要過繼一位郎君去襲爵，阿爺自杭州郡回盛京之前，府中只有祺郎一位郎君，而國公府裡人人都看得出溫老夫人疼祺郎。阿爺此時帶一家子回來，已叫人起了猜忌，偏偏方氏又向三房示好，怕是並非真心的……溫榮嘆了口氣，若是二房與三房起了間隙，大房正好坐收了漁翁利。溫榮唯一無法想明白的，是溫老夫人對三房疏離的態度。按理大伯、二伯、阿爺皆是她的孩子，若說大房無出、阿爺多年在外為官，故她偏疼了二房也罷了，可為何卻隱隱感覺到溫老夫人對三房無善意？溫榮迷迷糊糊的，不知何時睡著了，夢裡籠著朦朧的霧氣，她努力地辨認著方向，卻一直在兜圈子。似乎有什麼謎團未解開，而這謎團令她特別的被動……

次日，方氏差人備好了馬車送林氏等人去東市，主僕換上了胡服，戴上了垂紗帷帽後便出發了。

黎國公府所在的安興坊至東市不過半個時辰，天街上人來人往，車馬川流不息，綠佩等人瞪大了眼睛，這繁華熱鬧，是杭州郡沒法子比的。

溫家車馬在東市口附近停下，林氏打賞了車夫，囑咐了就在附近等著，逛完了還是要乘坐馬車回去的。

主僕一行人進了東市，溫榮只不疾不徐地打量四處的店鋪，而茹娘是第一次見著這般景象，雀躍不已。兩邊密密匝匝的店鋪什麼都有，有娘子喜歡逛的綢緞衣帽肆、珠寶首飾行、胭脂花粉鋪；有郎君們直奔的騾馬行、刀槍庫、鞍轡店；還有舉子、秀才的文典書肆。若無東西可買，還可去看熱鬧，街上的雜技百戲、拉琴賣唱都很是有趣。溫茹瞅著那踩高凳的雜技都驚呆了，得勁兒地拍著手。

林氏見東市裡人流複雜，倒是有幾分擔心，吩咐了婢子好生跟著娘子，千萬不能讓人走丟了。

溫榮也擔心茹娘的玩心重，故牢牢牽著茹娘的手。

「夫人，妳看那多重多色織錦，好漂亮，給娘子做衫裙可好？」鶯如指著路邊一家綢緞莊裡的五色錦，興奮地說道。

林氏順著瞧了過去，那綢緞莊上的招牌寫著的鋪名正是昨日裡大嫂推薦的，而且錦緞確實是顏色明麗、紋飾別緻，便笑著說道：「一道進去瞧瞧。」

茹娘雖還未看夠雜耍，但聽說一會兒去果子鋪給她買蜜餞，便歡喜地跟著走了。

主僕進了綢緞莊後，掌櫃娘子便笑著迎了上來。

「夫人、娘子裡邊請！夫人與小娘子可是第一次來我們瑞錦綢緞莊？不是我自誇，不論夫人、娘子是要添置衣料抑或是絲帛，來我們鋪子就對了，我們這兒有全盛京料子最好、花樣最時興的錦緞呢！夫人、娘子瞧著可有合心意的？」

「那疋拿來與我家夫人和娘子看看。」鶯如開心地指著五色錦。先前夫人說了要為榮娘子做身亮色的襦裙，這顏色再好不過了。

「夫人真是好眼光，這錦緞是昨日剛從江南東道來的，給小娘子做裳裙再合適不過了！」掌櫃將布疋取下奉了上來。

「榮娘，妳可喜歡？」林氏摸著錦緞，手感順滑細緻，花樣也很是時興，見溫榮看著滿意，遂點了點頭。

鶯如正要付錢時，突然，二樓樓梯口處傳來了一道嬌滴滴的聲音——

「奴家好喜歡那疋五色錦，郎君說奴家穿上了會好看嗎？」

溫榮隨著聲音望去，見了人後驚得慌忙轉身。二樓處立著一位著寶藍錦緞立蟒袍衫、束暗青沈玉腰帶、頭上戴著紫金冠的年輕郎君，郎君此時正滿臉調笑地看著懷裡梳了飛仙髻，髮髻上簪著繞枝金釵、化了濃妝的妖豔娘子，那娘子身上的粉霞錦綬藕絲羅裳輕薄低俏，露出了大半雪白胸脯，看得溫榮面紅耳赤。

綠佩見有人要搶自己娘子看中的錦緞，正要發作，卻被溫榮攔住。

溫榮低聲訓道：「不得莽撞！」將五色錦還給了掌櫃娘子後，又急急地說道：「我們不買了，過些時日有新緞子到了，我們再過來看看。」

掌櫃娘子聽了鬆一口氣，忙向溫榮連聲道謝。二樓的那位貴人，她是斷斷惹不得的，這位小娘子肯主動讓出，是再好不過了，少了場紛爭。

溫榮拉了阿娘和茹娘的手，匆匆向外走去。

林氏等人皆是丈二金剛摸不著頭腦，但林氏知道榮娘向來辦事有分寸，如此著急地離開，一定有她的道理。

第四章

離了那綢緞鋪子一段距離後，溫榮才停下，暗暗慶幸。

林氏則詫異地問道：「榮娘為何要離開鋪子？」在林氏想來，縱是將五色錦讓與了那娘子，大家亦是可以繼續留在綢緞莊裡挑布疋的，沒必要就這麼走了。

溫榮輕輕喘著氣，心下思量道，若是直接與阿娘說那位束紫金冠的郎君即為當朝太子，阿娘一定悟不到箇中利害關係，並且會質疑自己為何能認出那是太子？

溫榮稍停了會兒後，蹙眉說道：「阿娘，我剛見著祺郎了。」其實溫榮並未親眼見到祺郎，但她確信祺郎也在，只是在二樓雅間裡，還未出來罷了。

祺郎作為太子侍讀，自小跟著太子的情分不淺，在溫榮記憶中，太子作風極其不正，聽聞是得了跛足之症後才開始自暴自棄的，而太子生活的奢靡更令人咋舌，東宮裡以金銀做井欄，鏤金做笊籬、箕筐，水晶琉璃做床，五色玉器做器皿，許多貴族都不曾見過的珍饈美味，太子卻視作秕糠，最令老臣無法容忍的，是太子有同宦官玩樂的癖好……若不出意外，三年後，那些老臣的不滿將因太子私引突厥人入東宮作樂而爆發，緊隨著接二連三的事件都預示著太子大勢已去，而那時，溫景祺卻做了令人不齒的牆頭草，不惜出賣太子，先後投靠二皇子與三皇子。枉費太子曾如此看重他，視他為左臂右膀……

「祺郎不是應該在東宮陪太子讀書嗎？如何會在東市綢緞莊？」林氏愣住了，只是還未明白為何要躲。

「阿娘，我剛也是回頭時隱約瞧見的，而那位東紫金冠的郎君，應該是太子殿下。」

聽溫榮口中說出「太子」二字，林氏和綠佩等人皆變了臉色。

溫榮緩了緩後，再接著說道：「兒聽聞太子數年前因一場急症而致跛足，先前那位郎君走路確有不全之相，再加上兒見到了祺郎，故做此猜測。」

溫榮說完後，主僕一行人半天都緩不過勁來，好一會兒鶯如才嘆道：「若是讓祺郎君知道我們看到了太子殿下在青天白日裡攜妓遊市坊，可就糟了！」

林氏怎麼也想不到溫老夫人日日誇讚的太子殿下與祺郎的品性會如此不堪，訥訥地問道：「那……那阿家、大嫂與二嫂她們知道嗎？」

溫榮的眸光閃了閃，忿忿地說道：「老祖母怕是不知，而大伯母與二伯母肯定是知道的！二伯母是祺郎的生母，自然不會到老祖母面前說自家郎君的壞話，而大伯母怕是不想做那口舌之人吧？」溫榮又故意問道：「阿娘，先前那綢緞莊，是大伯母推薦的嗎？」

林氏臉色黯淡地點點頭，心裡有幾分不自在。難道大嫂是知道了今日祺郎會去瑞錦綢緞莊，才極力推薦了她們去的？就是為了讓她們與祺郎相互撞見嗎？如此一來，不論她回府後說與不說，都會與二房產生芥蒂。林氏訕訕地說道：「還好榮娘機警，若是真撞面了，怕是以後在府裡見了要尷尬的。」

溫榮見阿娘意興缺缺，遂說道：「阿娘，以後我們小心些便是了，今兒難得來的東市，叫攬了興頭多可惜？那兒有家熏香鋪子，我們去逛逛可好？」

林氏笑著點點頭，說道：「榮娘不是不喜用熏香嗎？如何對熏香鋪子有興趣了？」

「平日裡拿來熏衫裙還是極好的，而且前日裡我聽林家娘子說，盛京有用十五味香料合成的百和新香，十五味香料用量不同，香味便不同呢，特別的流行。」說話間，溫榮已牽著林氏與茹娘走進了熏香鋪子。

熏香鋪子的掌櫃是位三十出頭、面容姣好的娘子，見有貴客進鋪忙迎了出來。「夫人、娘子可是需要些什麼香？平日裡是喜歡馥郁濃烈的還是清新淡雅的？」掌櫃娘子笑著問道。

溫榮望著櫃子上一排排的雕花銀盒，問道：「可是有當季時興的百和新香？」

「自然是有的。」掌櫃娘子轉身自櫃子拿了數盒新香擺於櫃面上，一一說道：「這盒前調主香是丁子香與雞骨香，平日裡在廂房用是再好不過了，香味沁人心脾，還有安神定心之效；而這一盒前調加了重重的熟捷香，用於熏衫裙是極好的，香味濃烈芳馨，經久不散……」

溫榮聽了掌櫃娘子如數家珍地介紹那些熏香，拿了團扇捂嘴一笑。「掌櫃娘子好生厲害，這熏香盒子和熏香片都一模一樣的，娘子卻能一一辨認出。」

「不是張二娘我自誇，在東市開香鋪十幾年了，任何熏香只要在鼻尖一過，我就能聞出這熏香用了什麼香料、香料下的分量又是多少。」掌櫃張二娘見溫榮面露狐疑之色，遂又說道：「小娘子平日裡無在廂房用熏香的習慣，但衫裙是用一份藿香、兩份雀頭香、一份安息香，混了碾調成細末，酒瀝陰乾後再加上白蜜的熏香粒熏的，不知我說的可對？」

綠佩聽了讚道：「掌櫃娘子太厲害了，我們家娘子用的就是這香，分毫不差！」

溫榮亦連連點頭，笑指著排在案几上的各色百和新香說道：「張二娘子調香和聞香技藝都令榮娘佩服，這當季的百和新香，我便都要了。」說完後又回頭望了阿娘一眼。「阿娘與茹娘可是也挑些？」

林氏見自家女兒挑得興起，先前被攪了的興頭又起了，問了些尋常問題，在掌櫃張二娘子的推薦下挑了幾盒有安神之用的熏香。

出了熏香鋪子，主僕一行人正準備去那珠寶首飾行，茹娘卻唸叨著走累了，眼睛直勾勾地盯著街邊的小食店。

溫榮笑指著不遠處的仙客來茶樓。「那兒有家茶肆，二樓設了雅間，據說仙客來不但茶湯好，而且有很出名的各色花樣齏粉糕。」

林氏聽聞有雅間，便同意了去那兒歇會兒。

溫榮等人進了仙客來後，有茶博士上前招待了引至二樓，溫榮也不待茶博士介紹，笑著點了一壺衡山石廩與梅、蘭、竹、菊四君子齏粉糕。

「客官一聽就是茶道行家！衡山石廩是難得的高山岩壁茶，只我們仙客來有。客官稍事休息，茶湯一會兒就來。」茶博士笑著退出了雅間。

茹娘趴在簾子處望著熙熙攘攘的街坊，而溫榮卻拿過綠佩身上的褡褳，點瞧著先前買的新香。

突然，溫榮小嘴一噘。

「阿娘，貌似少了兩盒呢，許是先前我忘記交給綠佩了。」

林氏執起帕子，輕輕拭著榮娘額角泌出的薄汗，安慰道：「沒事的，一會兒再去拿便是了。」

「阿娘，我帶著綠佩與碧荷這就過去看看，反正不遠，茶湯也還沒上呢！」溫榮說著便起了身，衝林氏甜甜笑了笑，帶著婢子出了茶樓。

林氏無奈地搖搖頭，只能叮囑了快去快回。

仙客來二樓的另一處雅室裡，來了三位年輕俊朗的郎君。

其中一位玉面多情郎君衝茶博士笑道：「老規矩了，只快些。」

說罷，三人皆望著窗外熱鬧的市坊。

「平日裡只有郎君識得衡山石廩，今日難得的有位客官也指名點了。」茶博士在茶湯還未煮好時，先為三位郎君奉上了幾道清淡小食。三位郎君身分貴不可言，其中二位更是真正的皇親貴胄。

「此茶新陳四時雪，啟閉一天風。盛京中還有人認識衡山石廩，實屬難得。」玉面多情郎君笑著讚道。

另一位冷眉俊眼的郎君只瞧了一眼，並不多言。

「奕郎好眼光，我們也跟著有口福了。」說話的儒雅郎君即為林家大郎林子琛。

玉面多情郎君則是三皇子李奕，冷臉寡言少語的便是五皇子李晟了。

林子琛意興闌珊地望著窗外。今日三皇子身邊的內侍從東宮一位小倌（注）處打聽到消息，說太子將攜新歡遊東市，三皇子知曉後笑言今日東市有熱鬧可看，五皇子與林子琛遂一道來了。驀地，茶樓口出現了一位著碧青色團花錦緞胡服、戴帷帽的年輕娘子，林子琛雙眸微亮，可惜只能見著背影，且走得匆忙，看不真切。

三皇子與五皇子見林子琛的目光聚在一處，便也隨之望去，只是密密的人群早已掩沒了溫榮嬌俏的身影，兩位皇子哪裡還能見到別樣的風景？

「天氣熱了，呆鵝果然是要多些！」三皇子見琛郎半天未回神，調笑了一句。

林子琛愣了愣，這才反應過來，不怒反笑。「奕郎不是前兩日才見了真正的呆鵝，如何在這兒嘲笑了我？」

三皇子與五皇子不但身分尊貴、樣貌俊朗，並且尚未婚配，因此是京中女娘愛慕的郎君。連五皇子李晟那般清冷的性子，都有不少貴家女娘願意飛蛾撲火，更何況是風流倜儻、待人彬彬有禮的三皇子？

林子琛又笑道：「聽聞禹國公府韓大娘子將她表妹吳二娘子杖責了，如此看來，韓大娘子是任人不唯親又勇猛果敢的，可謂女中豪傑啊！」

前月曲江畔賞花宴上，嬌嬌弱弱的吳二娘朝李奕見禮時崴了腳，險險摔進李奕懷裡，韓大娘子當時便沈下了臉，事後更著意請吳二娘至禹國公府，卻不知尋了甚由頭，吳二娘被棒杖得至今都下不了床，而吳家礙於禹國公的權勢，硬生生忍下這口氣，質疑之言都無一句。

李奕難得地收起了雲淡風輕的笑顏，頗惱恨地瞪一眼林子琛。

五皇子李晟卻幸災樂禍地看著三哥，好一會兒回復了平日的嚴肅神情後說道：「禹國公掌握著調動翊衛、御林軍的權杖。」

林子琛的臉色暗了暗，沒再說什麼。

李奕面上的惱恨也已散去，叫人看不出他的喜怒哀樂，只微閉雙眼，望著無一絲雲彩的天空。偶爾有一、兩隻鷹鶻衝破刺眼的光暈，不知是哪處的貴家郎君在練鷹鶻，早早為數月後的秋狩做準備了……

街坊裡，溫榮主僕三人急急地回到先前的熏香鋪子。溫榮想著，以掌櫃張二娘子對熏香的瞭解，說不得能聞出姚花憐箱籠中的熏香是否有不妥。

「小娘子來了。」張二娘已將溫榮先前落下的兩盒熏香放在了櫃面上。「不知小娘子還

注：小倌，即靠出賣色相賺取金錢的男子，也叫男妓，和妓女一樣，但地位比妓女還低。他們待的地方是小倌館，和青樓一樣，古時一般叫南風館。

有何吩咐？」先前張二娘便注意到，溫榮是故意將熏香留下的，並與她使了眼色。

「張二娘子的識香技藝令小娘子很是佩服，有一事想請張二娘子幫忙。」溫榮看了看碧荷。

碧荷從褡褳中取出銀製蓮盒，恭敬地奉與張二娘子。

「煩勞張二娘子看看這熏香粒是用何香料製成？又有何效用？」溫榮笑著說道。

張二娘子自銀盒裡取出一粒熏香，在鼻尖輕輕一過，而後眉頭微蹙，將熏香置於鼻下細細嗅著。「此香詭異，奴不敢妄下斷論，小娘子可願與奴到隔壁雅間一試？」

溫榮點了點頭，張二娘便吩咐小童守了鋪子，取了未曾用過的簇新香爐，請溫榮主僕至雅間試香。

待熏香點燃，香爐中青煙漫散而出，房內登時充斥了溫榮從未聞過的異香。

只見張二娘臉色大變，駭然地說道：「別多聞！」說話間，張二娘拿錦帕捂住口鼻，用香灰覆在點著的熏香上，將其熄滅後與溫榮說道：「還請小娘子至外間說話。」張二娘厭棄地望著銀盒裡剩下的幾粒熏香，神色凝重地說道：「此熏香有毒，小娘子切勿使用。其中的醍醐香是至傷之物，會吸取人的元氣直至虛無，初始可令用香之人著迷成癮，中期使人產生幻覺，不出半年用香人身子便會虛弱無力，而且此時停香也回天乏術了，至多拖著垮了的身子撐上兩、三年，而後必將因元氣散盡，一命歸西。」

溫榮身後的綠佩已是驚愕至極，碧荷也萬萬沒想到姚花憐會用如此狠毒的熏香！

溫榮緩了緩心情，勉強地笑著與張二娘道謝，柔聲說道：「張二娘鋪子裡的百和新香真乃京中第一，今日小娘子收穫頗豐，很是感激。」說罷，溫榮自左手褪下一只赤金三鈷杵紋臂釧放於櫃面上。

張二娘會心一笑。「小娘子不過是到小鋪買了幾盒百和熏香，卻如此大方。」

溫榮吩咐碧荷收起了銀盒，與掌櫃娘子告辭後向茶樓走去。

「娘子，不承想姚花憐是那樣惡毒之人，還好將她趕出去了！」綠佩憤憤地說道。先前從茶樓出來時，溫榮和她略微地說了這事，起初綠佩不以為意，只道是普通熏香罷了。

溫榮搖了搖頭，嚴肅地叮囑綠佩。「花憐也是被人指使的。綠佩，如今府裡的情況妳也看到了，可得記得管好妳那咋呼嘴，今日遇見太子和祺郎，還有熏香鋪子裡的事，必須爛在肚子裡，哪兒都不許去說。」

「是，娘子。」綠佩低下頭，思及這些時日裡娘子的變化，綠佩終明白今時已不同往昔了。

溫榮回憶起那日發生的事，仔細想來，花憐說的話似乎有所暗示……現已至茶肆，不便多問，待回府詳問了碧荷，或許便能知道是誰如此陰狠了。阿娘午間歇息時有點熏香的習慣，驚如因擔心吵到阿娘歇息，午時皆在外間聽遣，阿爺白日又是去衙裡當值的，所以前世真真只有阿娘一人長期吸入此毒香。溫榮思及那世阿娘日漸憔悴的臉、時常模糊不清的神智，狠狠地攥緊了錦帕。

回到茶肆雅間，茶案上已擺好了茶湯與齏粉糕。

林氏見到溫榮，鬆了口氣，嗔怪道：「如何去了許久？若是再不回來，阿娘是要去尋了。」

溫榮笑著道歉。「那掌櫃娘子在為客人試香，兒瞧著有趣，便多看了會兒，令阿娘擔心，是榮娘的不是了。」

「虧得還知道阿娘會擔心！」林氏望了望市坊，又憂心地說道：「不知太子與祺郎是否還在東市？若是一會兒遇見就不好了。」

林氏擔憂的亦是溫榮此時所慮，遂說道：「阿娘所言極是。一會兒我們只去了那果子鋪，為茹娘買些喜歡的吃食便回府吧，擇日再去珠寶首飾行與綢緞莊，兒箱籠裡尚有幾套新做胡服和衫裙未曾穿過。」

林氏笑著頷首。「如此我們在茶樓多歇會兒，躲了午時的日頭再去果子鋪。」

與溫榮所在雅間不過兩室之隔的另一處，三位郎君也正閒閒地吃著茶湯。

林子琛終於忍不住好奇地問道：「奕郎，你說了今日東市有熱鬧可看我們才與你來的，如何一壺茶湯吃完了，也未見一隻驚雀？若是被祖父與阿爺知道我未下學便從國子監出來，少不得回府被責罰。」

三皇子李奕笑道：「倒是怪起我來了，不知是誰說在國子監無甚可學，不過是荒廢了時日而已。」

林子琛搖頭說道：「兩碼事，一日未考上進士科，便一日不得鬆懈。」

李奕笑著頷首。「明年是琛郎第一次進貢院，可別令我們失望了，我們是等著參加探花宴的，早做好了恭喜你當最年輕進士郎的準備。」

「一會兒可得找茶博士說說，今兒茶裡薄荷放多了，吃得某人滿嘴風涼！」林子琛一邊笑言，一邊不斷地看向窗外，不知是否還能見到那碧青色的身影……

「琛郎文采與試策在京中是數一數二的，轉年貢院之試只管放寬了心便是。」李晟難得地說了句寬慰話。在李奕與李晟看來，論應試的本事，年輕郎君中琛郎排第二，便無人能排第一了。

「好戲開始了！」李奕突然放下茶碗，將窗欞上束了幔紗的方勝結鬆開，縵紗垂至茶案上，如此既不影響自己人觀戲，又能擋住他人的視線。

林子琛望向街坊轉角處的書肆，了然一笑。「不愧是奕郎，果真叫你算準了。」

書肆裡，二皇子李徵正陪著一位年過花甲的老者翻找著古籍，而那位頭戴進德冠、身穿紫色蟒科袍服、腰束十三片金玉帶的老者即為長孫太傅。長孫太傅不但是三朝重臣，更是東宮第一輔臣。

「二皇子果真焦急，一些風吹草動都不肯放過。」林子琛搖了搖頭。如今二皇子的野心已是司馬昭之心，路人皆知了。太子與二皇子為一母所出，真真本是同根生，相煎何太急。

「只怪太子作風太過不檢點，枉費了阿爺的一片苦心。」李晟冷眼看著街坊處，太子也該來了，這是早謀算好的。三皇子能知曉太子攜妓之事，二皇子自然也能知道，以二皇子的心思，早遣了人暗暗盯梢太子。

近些年太子的行為已被諸多老臣詬病，長孫太傅更是多次當面嚴厲訓斥，只是太子對長孫太傅等老臣的犯顏直諫早已心生怨恨，漫說是否聽得進去，能忍著不與老臣頂撞就已是好的態度了。如今讓早已對太子不滿的長孫太傅再看到太子青天白日裡攜妓出遊，做出如此傷皇家顏面的事，估計能直接氣得一佛出竅、二佛升天。

說話間，太子已摟著女伶向附近的首飾鋪走去。

正在茶肆吃茶的林氏清楚地看到一身黛藍袍服的祺郎，祺郎身邊亦帶著一位身著海棠束胸裙的女伶。

溫榮見阿娘臉色難看，似有怒其不爭欲出頭的意思，忙耐心地說道：「阿娘，我們回國公府不過數十日，在府裡說是未站穩腳跟也不為過的，祺郎之事雖遲早要與老祖母知道，現在卻不是時候。更何況，祺郎作為國公府長孫、二房嫡子，教養一事是輪不到我們三房出頭的，故今日之事，阿爺也不能告訴。」溫榮心下清明，阿爺為人正直，自家小輩行為不檢點，他是不會坐視不理的，故而只能瞞著阿爺了。

林氏聽了這番話後愣怔片刻，若不是榮娘提醒，她縱使不去與溫老夫人說，也會告訴了珩郎的。林氏看著溫榮緊蹙的柳煙眉，只覺得慚愧。回了盛京後，榮娘像換了一人似的，褪去了杭州郡裡的張揚與孤傲，只是謹慎與小心翼翼地護著一家人的周全。林氏點了點頭，不忘告誡鶯如等今日同來市坊的婢子，回府後隻字不許提。

街面上，二皇子李徵見到太子時故作驚訝，二皇子的戲倒是演得逼真，溫榮雖聽不清他們究竟說了些什麼，但亦可看到二皇子那尷尬的表情，並好心地連連勸慰長孫太傅。長孫太傅怒目瞪著太子與祺郎，花白的鬍子幾乎氣得倒豎，可又不能在大庭廣眾之下教訓太子，若是那般，只會與太子一道失了臉面。長孫太傅臉憋得通紅，心下的火氣怕是更甚了。僵持了好一會兒後，溫榮隱約見著長孫太傅與太子說了一句什麼，再斜睨太子後方低首不敢吭聲的祺郎一眼，便氣哼哼地走了。二皇子故作樣子地與太子道了歉，轉身隨長孫太傅而去。

街坊上，人群慢慢聚起，衝著太子一行人指指點點，太子亦滿臉慍色，惱恨地握緊了拳頭，哪還有玩樂的心思？命隨行的侍從牽了馬匹過來，一甩袍衫，翻身蹬上飛霞驃，不顧街坊上如織的人流，策馬奔去，空留下先前還摟著調笑的豔麗女伶，以及早已面如菜色的溫景祺。

林氏搖搖頭嘆口氣，並不多說什麼，只盼鬧劇快些散了，她好帶著榮娘與茹娘回府去。

另一處，三皇子李奕卻意猶未盡，說道：「不知二哥用何古籍，真將長孫太傅引來了？一會兒我們也去那書肆看看，說不得真能找著前朝孤本。」

林子琛皺眉說道：「長孫太傅已是一把年紀了，更是當朝重臣，太子殿下怎可如此不敬？」

李奕苦笑道：「長孫太傅卻是喜歡倚老賣老的，若是你見著他在朝堂上與林中書令針鋒相對的場面，便不願再替他說話了。」

李晟看了一眼街坊處，溫景祺、兩名女伶以及先前圍觀的人群皆已散去，遂淡淡地說道：「我們也該走了。」說罷，李晟又瞧著林子琛，道：「今日朝臣中有關於林中書令與溫中司侍郎的不好傳聞。」

林子琛愣了愣，溫中司侍郎即是前些時日剛自杭州郡調至盛京的姑父……

林氏與溫榮等人心事重重地回到了國公府，雖說去了東市，可是卻未曾買到多少東西。林氏見溫榮與溫茹臉紅撲撲的，想是受了暑氣，忙差人準備消暑的玉竹薄荷涼湯，鶯如亦端來了事先用井水湃好的新鮮葡萄，兩姊妹只懶懶地靠在阿娘廂房裡的紫檀矮榻上歇息。

申時溫景軒自衡山書院下學回到西苑，還未來得及換下書院裡的石青絹麻常服，便匆匆忙忙地去尋溫榮了。

溫榮廂房只有外間的粗使婢子在庭院裡納涼，溫景軒皺眉問道：「榮娘去東市可是還未回來？」

惠香見是溫景軒，紅著臉與溫景軒見禮，說道：「娘子未時末刻回來了，回廂房不多時便帶著綠佩姊與碧荷姊去了夫人房裡。」

溫景軒衝惠香點點頭，轉身向阿娘廂房走去。臨下學前，林家大郎差人送了封信與他，信裡提到今日各處公衙都有關於阿爺的流言，說阿爺是借了林中書令這層姻親關係才由杭州郡調至中書省的。溫景軒緊鎖著眉，以阿爺的性子，哪裡能忍下這口氣？

溫景軒到了林氏屋裡，見溫榮面露倦懶之色，有幾分躊躇該不該將信與榮娘看，只是他一人又拿不了主意。

茹娘見到溫景軒，開心地晃著白胖的小手，糯糯地說道：「大哥，吃葡萄，可甜了！」

林氏吩咐婢子打了水，為溫景軒拭面與淨手，溫榮瞧見軒郎的絹絲玉扣環腰帶上還掛著刻有「衡山」二字以及巍峨山嶺的書院牌符，噗哧一笑。「軒郎何事如此著急，領著牌符來阿娘房裡上學了！」

「就妳眼尖嘴利的！」溫景軒不好意思地撓撓頭，猶豫了片刻還是將信遞與了溫榮，說道：「這是林家大郎遣人送與我的，我看完了卻只知乾著急，不知榮娘有何想法？」

溫榮輕輕抖開摺成四方的蠟生金花羅紋宣，宣紙散發著淡淡的松煙墨香，信只是隨手草草而寫，行書字法如行雲流水一般，細看卻透著入紙八分的剛毅，如此書法必然是下過苦功夫的。看完了信中內容，溫榮蹙眉將信還與軒郎，憤憤地說道：「簡直是無稽之談！調令文書是吏部下的，文書又是經過了聖人的核查，流言不過是些小人的鬼蜮伎倆，故意為難了阿爺，不去理睬也罷。」

「可聽說御史臺言官要以調令不合規矩為由，彈劾阿爺與中書省。」溫景軒雖也知道是無稽之談，可依然心存顧慮，擔心阿爺真會遭到莫名彈劾。

溫榮無奈地笑了笑。「關於言官彈劾一事，軒郎大可放心，不過是傳言的一部分罷了，不會是真的。御史臺言官不是隨隨便便就被人牽著鼻子走的，若他們彈劾阿爺，就等於是在否決聖人的決策。流言不過占些口舌便宜，如今重要的是，阿爺那容不得侮辱的性子，會不會被有心人利用了？」

溫景軒連忙頷首，他確是未想到這一層，還是榮娘想得通透了。「榮娘所言極是，如此我們只要知曉阿爺的想法，勸住阿爺便好了。」

溫榮望了眼在一旁默默聽她與軒郎說話、一臉焦色的阿娘，笑著寬慰道：「不過是些小手段，阿娘不必擔心。」

雖然林氏與溫景軒略微放下心了，可溫榮自己並不踏實。

林中書令是老臣，必然不會受到影響，流言只是針對阿爺的，可為何流言偏偏說阿爺借的是姻親這層關係，而非靠的大伯父呢？按理阿爺與大伯父是嫡親兄弟，關係遠比與林中書令的近，且大伯父還是從一品國公……溫榮執起明暗繡金絲蘭水紋團扇，輕掩了如瑩玉般雋美的臉龐，心裡溢漾著苦澀。流言者是不想將國公府牽扯入其中，如此想來，流言怕就是府裡人傳出，並同樣是在朝為官的……流言可不在意，可是流言的背後，卻如同絞纏的絲線，錯綜而難尋到源頭，令心思玲瓏之人坐立難安。

中書令府裡，林子琛主動與祖父說了今日的事。

林正德雖未責備，但亦叮囑了林子琛勿要捲入太子與二皇子的權爭中。林正德作為正三品大員，在朝中卻一直保持中立，並不參與到太子或二皇子的任何一方派系，表面上看似哪邊都不得罪，實際卻是兩邊都不討好的。林正德有自己的思量，如今太子雖令人失望，但仍是聖人最疼愛的嫡出長子，只是二皇子李徵同為長孫皇后所出，因此同得聖人寵愛。朝中形勢不明朗，漫說他只是無皇親關係的中書令了，即使是長孫太傅亦無法揣測出聖人的心意。

林正德想起今日朝臣之間的流言，同林子琛說道：「你將五皇子與你說的事轉告了軒郎是好的，只是你姑母實誠心善，你姑父又滿骨子的清高，這中間若是無人點撥，怕是要白白受了閒氣，更浪費了看清周圍形勢的機會。」林正德問了問溫景軒上學的情況後，又交代道：「平日裡你們一輩的要互相幫襯，明年你若是順利考上了進士科，得了空要多教導軒郎，畢竟是你表弟。前日我聽你阿娘誇了你表妹伶俐端方，待流言過去，擇日辦了家宴，請了你姑父一家過來……」

林子琛對素未謀面的表妹充滿了好奇，不只是因她解出了棋局，更是因為家人日日在耳邊提起。阿娘誇溫榮恬淡懂事，嬋娘與瑤娘更是天天算著日子要去接了溫榮一道看馬毬，還老纏著阿娘，問她們何時能去國公府學棋？

林子琛回到了書房，書案上摞了層層經書術理，那一本尚未合上的《綴術》已被翻得起了細絨毛邊，紙上是密密麻麻的蠅頭小楷注釋。

祖父與阿爺一直對他很嚴格，聽阿娘說，他不過才咿呀學語時，便已能背出《孝經》、《論語》了。十多年忍耐了枯燥與寂寞的苦讀，只為轉年禮部貢院一試，林子琛無奈地笑了笑，執起楠木紫毫。這幾日讀書倒不似以往那般枯燥，心裡有了萌芽的念想，只是，不知那日身影，究竟是誰家姝？

酉時末刻，廂房裡各處的三彩燭檯皆已點亮，白蠟尖上明晃的幽藍燭光，映得人心陰晴不定。剛用過晚膳不多時，茹娘便因白日裡玩得辛苦，偎在林氏懷裡睡著了。林氏將茹娘抱至幔帳箱床裡，自己回到了食案前，鬱鬱地看著早已冷凝的杏酪粥，吩咐侍婢將食案撤去。

林氏又是生氣、又是擔心地埋怨道：「這都過酉時了，如何你們阿爺還未回來？」

阿爺下衙後一向是直接回府的，鮮少在外逗留和應酬，過酉時各處坊市會閉門，而阿爺又無夜行令，溫榮也擔心再遲會出事。就在溫榮猶豫是否要去大房取國公府的夜行令，再差一、兩名小廝去尋阿爺時，外間婢子來傳，說是大夫人來了。

方氏一進屋便瞧見面帶不豫的林氏，忙關心地問是不是身子不舒服。

林氏實誠地應道：「煩勞大嫂費心了，我自是無事，只是離下衙有兩個時辰，這城南都到城東了，可珩郎還未回府。」

方氏聽了緣由，掩嘴一笑，熱心地說道：「妹妹這是自尋煩惱嗎？男人有幾個是能天天準時回家的？妳看妳大哥，不也沒回來嗎？」

「這……」林氏垂眸，不知該說什麼，心裡卻不是滋味。大房裡姬妾眾多，方氏卻無怨言，只安心料理中饋，如此與大嫂相比，倒是她心胸窄狹了。

方氏見林氏確實難寬心，心裡一動，眼眸微合，好心地說道：「若是妹妹真放心不下，我這就遣了府裡的小廝，到各處去尋一尋可好？」

林氏感激地看著方氏，忙不迭地向方氏道謝。雖今日東市太子一事令林氏對大房有所戒備，可此時大嫂肯主動相助，林氏又覺得或許是自己多心了。

而溫榮聽了心卻一緊，只覺得不妥。男子在外與朋友吃酒作詩、夜深不歸，不過是尋常事，若大伯母真令府裡數十小廝出去找尋，做出如此大的動靜，弄得人盡皆知，只會叫他人當作了笑話看，說不得還會傳出阿爺畏妻、阿娘善妒的惡名。

溫榮望著此時將大伯母視作恩人的阿娘，無奈地搖了搖頭，說道：「阿娘，兒倒是覺得大伯母說的有理呢，阿爺哪能日日下衙便準時回府呢？京裡人事要比杭州郡複雜多了，若是我們小題大作，興師動眾叫了人去尋，攪擾了已歇息的祖母豈不欠妥？」

林氏愣怔片刻，雖心煩拿不定主意，可細想來溫榮的話似乎更有道理，只得絞著帕子，訕訕地婉拒了方氏的好意。

溫榮又笑著說道：「只是如此乾等確實心焦，不如還是與大伯母拿了夜行令，差一、兩名小廝沿阿爺下衙回府的路瞧瞧去，若是有需要，亦可幫襯則個。」

溫榮明說至此，縱是方氏心有不甘，也只能作罷，只面容和善地順水做個好人，命人取了夜行令交予溫景軒打點。方氏不一會兒便耐不住地詢問了林氏，今日去東市可有見著新鮮玩意兒？

林氏只照白日裡溫榮的叮囑，隻字不提太子與祺郎的事。

方氏見問不出什麼，不免詫異和失望，而林氏又因珩郎遲遲未歸，意興疲懶不願多聊，方氏覺得再留西苑也沒多大意思了，遂起身告辭。

溫榮與軒郎見方氏走了，相視一笑，屋子裡總算是清淨了。兩孩子知道阿娘心裡煩躁，早擺了棋盤，一邊弈棋，一邊陪著阿娘。

這局棋溫榮自是下得輕鬆，軒郎卻是愁思苦想，猶豫再三落下一子後，輕聲問道：「不知大伯母為何對妳們去東市有興趣？」先前方氏不但問了林氏母女買了何物，更是連去了哪些鋪子都一一細問，看似關心，可細想卻是關心太過了。

溫榮悄聲說道：「大伯母有興趣的並非是我們去東市，而是我們在東市裡是否有遇見了貴人。」溫榮見軒郎好奇地看著自己，又說道：「今日我卻是不能說的，軒郎過兩日自會知道。只是這局棋，軒郎又輸了，聽榮娘講一講這局棋可好？」

「榮娘都與我賣關子了！」溫景軒笑得溫潤，雖是好奇，可聽聞榮娘要與他講棋，便將東市一事拋開了。

溫榮白日裡見長孫太傅氣急的樣子，估摸長孫太傅不會只教訓了太子那麼便宜，怕是祺郎要引火上身了。

方氏回到嘉怡院，喚來了平日裡遣去盯梢溫世鈺的小廝，怒目問道：「阿郎今日又去了哪處？」

「回稟夫人，阿郎下衙後去了城西李娘子府裡。」小廝戰戰兢兢的，很是畏懼方氏。

「哼，李娘子、李娘子！那賤人給了你什麼好處，叫得如此嘴甜？阿郎去別宅賤人那兒，你們如何不攔著？」方氏重重地一拍案几，面是怒容心卻戚戚然。府裡數十姬妾都留不住鈺郎，還要養了外室，連國公府都不回，不知者還道她不能容人！

方氏身邊的婢子釧兒不由分說地上前踢了小廝一腳，實實的棠木木屐踹得人骨子生疼，小廝跪在地上連連討饒，真真是苦不堪言。主子要去哪裡，如何是下人能攔的？可夜叉似的主母卻只將氣撒在他們下人身上……

方氏由著婢子將小廝打罵一番後才趕了出去，斜躺於紫得發亮的矮榻上，她想起了三房溫榮那雙盈盈的翦水秋瞳，好似無害卻能看透了人心。林氏是個沒心眼、不足掛齒的，可溫榮那丫頭卻不得不多費些功夫。方氏想了想，與婢子說道：「釧兒，妳去將前日裡世子妃與我的宮制金步搖拿來。」待釧兒取來後，方氏看著那支金累絲嵌三色寶石雙千葉攢牡丹赤金步搖，冷哼了一聲。「白白糟蹋了好東西！」又轉手將金步搖遞與釧兒，交代了幾句。

釧兒聽聞很是驚訝。「夫人，這不是便宜了……」

「捨不得孩子套不著狼，不過是支步搖罷了，只要那富貴之源不叫人搶走了，什麼會是沒有的？」方氏想到一個個人都盯住他們大房爵位不放，心下恨意更生。

西苑裡，溫榮睏得眼皮子都睜不開了，林氏見已是戌時末，雖心急珩郎，但更心疼陪著她一起等的孩子，正要命軒郎與榮娘回房歇息時，婢子匆匆來報，說是阿郎回來了。

母子三人趕忙起身出廂房接迎，只見先前軒郎遣去找尋阿爺的小廝，正扶著酩酊大醉、連路也走不穩的溫世珩往廂房遊廊處來了。林氏與溫景軒一道將溫世珩扶進了廂房，溫世珩早已醉得不知人事，溫榮忙向送阿爺回來的小廝問情況。原來小廝是在市坊口遇見阿爺的，那時阿爺已經吃醉酒了，和二伯父一道搖搖晃晃地走著。

溫榮生怕聽岔了，又問了一遍。「阿爺是與二伯父一起的？」

小廝應道：「回娘子，阿郎確實與二郎君一起，張部曲剛將二郎君送回羅園了。」

「辛苦你們了，時候不早，你們也去歇息吧。」溫榮點點頭，溫和地說道。小廝與溫榮道安後便退下，溫榮急急地回到廂房，只見阿爺斜倚於矮榻，手胡亂揮著，偶爾嚷嚷一、兩聲，叫著「倒酒、倒酒」，阿娘也顧不得阿爺身上的酒氣，只細心地為阿爺擦汗拭面。

林氏很是心疼地說道：「如何去吃了這許多酒，白白糟蹋身子！」

不一會兒，婢子將醒酒湯端了上來，林氏接過了正要餵，卻被溫世珩手一掄，揮到了地上。

溫世珩依舊叨叨咕咕。「我、我……靠了……誰去……都是……我、我自己……的本事……」

林氏愣了愣，醒酒湯打翻，濡濕了一片裙裾亦未曾發覺，珩郎是打心眼裡的避諱她阿爺是中書令嗎……

溫榮看著醉得一塌糊塗的阿爺，與正忙忙碌碌伺候阿爺的阿娘，無奈地搖了搖頭。好不容易餵下一碗醒酒湯，溫世珩咕咚一聲倒在矮榻上不吱聲了，林氏鬆了口氣，命人將珩郎扶進內室歇息。

溫榮皺眉與林氏說道：「阿娘，明日寅時無論如何都必須將阿爺喚醒了。」

林氏驚訝地問道：「不是卯時才去衙裡當值嗎？」

「阿爺官居四品，明日日子逢五，是規定了的參朝日，卯時便要進宮了，若是卯時才起身如何來得及？」溫榮停了停又說道：「阿爺才調至盛京，若是因吃醉酒耽誤參朝面聖，怕是真會被彈劾了。」聖朝有規矩，朝中四品以上大員，逢每月裡一、五、九參朝；六品以上要員，逢每月裡一、五參朝；九品以上官員，逢一的日子參朝即可。故明日是阿爺的參朝日，卻和二伯父無關。

「這、這該如何是好？」林氏聽了很是焦急。珩郎醉得如此厲害，若明日寅時叫不醒，豈不是……

「阿娘莫要太過擔憂，只快快歇息了去，明日裡早些讓阿爺起身了。」溫榮亦是無可奈何，曠參朝日且拿不出合理解釋，懲戒不是扣月俸那麼便宜的，便是丟了官職都不為過。不過是平平常常的一日，卻令溫榮備感疲累，晚上又折騰了這半宿，阿娘怕是一夜難眠了。

綠佩與碧荷伺候了溫榮梳洗，溫榮想起熏香一事，與碧荷問道：「碧荷，妳可還記得那日花憐裝熏香粒的荷囊是何紋樣？」

碧荷思索了片刻。「因當時頗為慌亂，婢子真未曾留意了是何紋樣，隱約記得似乎是寶相花的。」

那日姚花憐低細婉轉如黃鶯出谷的聲音，溫榮依然清晰地記得。

「大夫人喜歡卷草禽鳥紋樣，二夫人喜歡寶相花紋樣。」

會是寶相花紋樣嗎？溫榮亦不能單憑了一句話，便妄下了論斷……

或許是累極了，這一覺溫榮沈沈地睡到了卯時中刻才起身，梳洗後，簡單用了碗黃米羹就去了阿娘房裡。不知阿爺是否趕上了參朝時辰？

林氏一人靜靜地坐在廂房外間胡床上，手巧地打著絡子。許是昨日裡不曾休息好，故雖用了傅粉，卻難掩面上晦暗的顏色，雙目更是烏青與浮腫。溫榮見了阿娘憔悴的模樣，心下一痛，阿娘何止是沒睡，昨夜裡怕是還哭了。

「阿娘，阿爺可是趕上了？」溫榮命人搬了小馬札來，坐於林氏身側。

林氏輕鬆地笑著說道：「可算是趕上了，足足叫了小半時辰。」林氏想起珩郎早起時那慌慌張張的模樣就覺得有趣。珩郎迷迷糊糊時突然聽見今日是參朝日，一個激靈，鯉魚打滾地起來了，而後那緋色官袍卻怎麼也穿不好，急得擺手跳腳的，還是自己親自伺候了才收拾妥當。如此卻還未完，珩郎出門時銀魚符都忘了帶，亦是自己提醒，才沒耽誤了。將魚符遞於珩郎時，珩郎眼裡的感激令林氏覺得怎樣都值了。珩郎答應了，下衙就回府的……

溫榮見到阿娘略帶了羞澀的笑，總算是放下心來，遂與阿娘說了過兩日想請了林府兩位娘子到國公府作客的想法。前幾日去林中書令府時，溫榮已邀請了瑤娘與嬋娘一道來府裡弈棋的，只是未定時日而已。

林氏笑著點點頭，說道：「嬋娘與瑤娘都是脾性極好又好相與的小娘子，一會兒便去遣了帖子，那日阿娘親自下廚裡為妳們做龍鳳糕與玉露團。」

「阿娘，我也想與妳學。阿娘的水晶龍鳳糕是再好吃不過的了，榮娘也想學會了阿娘的手藝。」溫榮難得地褪去了比他人多活一世的成熟，只是孩子般地與阿娘無憂無慮地撒嬌。

「好，那妳可不能睡懶覺了！」林氏笑了溫榮一句。溫榮平日裡確實是起得遲些，每日裡阿爺去衙門了，軒郎去書院了，她卻還在繡房的箱床上迷糊呢，不過卯時是不會起身的。

溫榮回到廂房便寫了帖子與中書令府的娘子，而嬋娘和瑤娘更是急性子，不過半日工夫溫榮就接到回帖了。林府娘子自然是歡喜地答應了，瞧著瑤娘字裡行間的意思，倒是巴不得今日就來似的。

黎國公府西苑裡的主子皆因溫世珩趕上了參朝而鬆口氣，有驚無險後倍顯輕鬆和悠閒，與此相較，那大明宮興慶殿裡的朝會卻是兩般景象了。

興慶殿朝會伊始，只是例行地參奏納諫，可沒一會兒，重臣之間即開始相互指責彈劾，再不久指責越演越烈。長孫太傅作為聖人長輩，在朝上訓斥的氣勢是聖人也不敢駁逆的。而一頭霧水的溫世珩也被無辜地捲入了這場口舌之戰，好在朝堂之上皆君子，都只是動口不動手。

對比兩派裡氣急敗壞的太子和舌粲蓮花的二皇子，三皇子與五皇子很是閒適自得，兩位皇子皆束嵌寶遠遊三梁冠、一身紫色盤龍蟒科官袍，在一旁一言不發，至多同情地看一、兩眼面色絳紅、正不斷擦拭冷汗的溫世珩。

朝堂裡，林中書令亦未參與到爭執中，雖眼見溫世珩早已招架不住、冷汗淋漓，可溫世珩之上有黎國公擋著，且長孫太傅是針對黎國公府家教有欠與品性不佳為因斥責的，他如何去干涉國公府家事？朝臣中不乏有將太子過錯全部推予他人、將莫須有之罪強加於黎國公府的偏頗言論，林正德同樣置若罔聞。

林中書令從始至終以局外人自處，雖令部分朝臣不滿，暗地裡恥其為狐狸，老奸巨猾，可如此一來，關於林中書令與溫世珩有偏幫結派的流言便不攻自破了。

下朝後，聖人單獨留下了中書令至書房說話，而黎國公溫世鈺稱恙，連廊下食也未吃便匆匆離開了。

睿宗皇帝喜靜，偌大的書房陳設幽雅古樸，狹長的進深只用楠木雕花隔扇分成了南北兩室，幾處松柏劍蘭旺盛而青蔥鬱然。牆上懸掛了兩幅墨寶，一幅「快雪時晴帖」，一幅「中秋帖」。兩幅墨寶皆出自前朝琅琊王氏家族中的書法大師之手，是聖人的心愛之物，也是王賢妃、王淑妃兩姊妹自琅琊王氏貴族嫁入皇家時的陪嫁物。

「林愛卿，今日朝堂之事你有何看法？」睿宗一身明黃龍袍，負手而立，望著書房御座後方的雄勁書法——懷抱觀古今，深心托豪素。睿宗是冷血寡情的帝王，卻也是舐犢情深、心懷冷暖的父親。

林正德雙手作揖，緩聲說道：「回稟陛下，今日朝堂之上臣不敢妄言，但臣亦有幾句肺腑之言。太子自幼聰穎敏慧、心地純良，如今行為雖有偏差，卻非不可正；二皇子才華橫溢，《攘海志》的編纂更是受到廣泛稱頌……」

睿宗轉身看著林正德，眼神晦深莫測。若只是一味讚譽，林正德如何能成為聖座近臣？

「然陛下正值繁盛之年，平定隴西、收復並汾，依然大有可為。」林正德未多言，聽似奉承，卻已說出了看法。

睿宗寬心大笑，不愧是朝臣中的老狐狸啊！如今這天下是他睿宗的，而太子與二皇子既然難以選擇，不如依時而勢，不急於這一時。

「前日某見琛郎與奕郎、晟郎同練騎射，實是弓馬嫻熟，矢無虛發，已是英偉好兒郎了，某看奕郎與晟郎都多有不如。」睿宗並不等林正德作揖說惶恐，又問道：「愛卿認為奕郎與晟郎如何？」

林正德眉頭微皺，睿宗這是拋了難題了，但三皇子、五皇子行事低調，故不過即好。「三皇子心寬可容人，五皇子正直有膽識，皆是人中龍鳳。」

心寬可容人。睿宗雙拳微握，不過尋常的一句話，卻如石入深潭，雖不見太多漣漪，但直沈潭底……

黎國公府西苑。庭院一處栽著焰色南天竹，葉子隨風搖擺，沙沙作響，盛夏裡火紅的顏色耀目卻不驚心。溫榮閒來無事，將冬日在杭州郡靈山寺裡收集陰乾的梅花花蕊細細地碾做了粉，再用銀座壺門紗羅子篩上數遍，然後摻入已煉煮好的紫草蜜蠟，輕輕攪勻了，小心地灌入越窯青瓷花口牙筒裡。這妃紅色的口脂，做那洛兒殷的唇妝花樣是極好的，只不知林家二位娘子是否喜歡？

「娘子，還是妳這兒清靜！」綠佩笑嘻嘻地從庭院月洞門處一路小跑了過來。

溫榮見綠佩像是撿著了寶貝似的，笑著問道：「可是去偷酒喝了，在這兒傻樂呵！」

「偷酒喝可都是靜悄悄的，哪有這般熱鬧？」綠佩湊近了溫榮，附耳小聲說道：「老夫人的祥安堂鬧將起來了，大郎君和二郎君吵得正凶呢，阿郎勸都勸不住。」

溫榮一聽，便知是為了何事，只未曾想到長孫太傅如此捺不住性子。此時申時未到，大伯父與阿爺卻回來了，可想今日是被氣得不輕。

「阿娘可是去祥安堂了？」火燒至溫老夫人那兒，作為兒媳婦的阿娘自然要過去，好歹做個勸架人。

「彩雲才去和夫人說，一會兒也該路過娘子這兒的。」綠佩的眼睛忽閃忽閃的。

溫榮猜到了綠佩想去看熱鬧的心思，只是自己口脂未做好，不便離開了，遂說道：「一會兒阿娘過來，妳跟著一道兒去看看，記得管好了嘴，該說、不該說的都別說，知道嗎？」

綠佩連連點頭。

這時林氏急急忙忙從穿堂處而來，溫榮只再次小心交代了，讓阿娘等人一口咬定昨日裡未曾見到太子與祺郎。阿娘與綠佩出了月洞門後，溫榮又慢悠悠地繼續做口脂。阿娘是真的擔心溫老夫人、大伯父與二伯父，只是阿娘的真心善意，又能否換來他們的坦誠相待？

溫榮不知他人的心是否會變，故只能將自己的心思，如有著絲縷幽香的梅花蕊一般，碾細了，小心翼翼地融在生活的每一處，不叫散落了一地……

過了用晚膳的時辰，溫世珩、林氏、溫景軒才回到西苑。溫榮帶著茹娘去阿娘廂房，綠佩一路上繪聲繪色地將祥安堂裡發生的事說與溫榮聽。

溫老夫人要家法杖責祺郎，卻被二夫人董氏、三夫人林氏攔住了，董氏哭著求溫老夫人原諒，只說祺郎年紀尚幼，攜妓一事又是太子帶了去的，求老夫人饒過這一回。

溫老夫人被氣得渾身亂顫，看著內堂裡哭喊跪求的一家子，一口氣堵在喉嚨口，嚥不下去也吐不出來，手一鬆，雷摩羯祥雲紅木枴棍掉在了地上，沈悶的撞擊聲驚醒了吵鬧的眾人，溫老夫人已虛脫倒在矮榻上。見此情形，白嬤嬤忙去請了醫官，而溫世鈺、溫世珀、溫世珩皆嚇得不敢再多言，直等到溫老夫人用了湯藥，緩過來後，才各自散去。

「娘子，妳是沒見著溫老夫人怒斥祺郎君的樣子，可有氣勢了！祺郎君也要被關禁閉了呢！還有三娘子，她還當自己是老祖宗的寶貝呢，上前去勸，白白吃了一棍子，看她以後還敢不敢那麼橫了！」綠佩歡喜的語調突然一轉，愁悶地說道：「就是連帶著阿爺與夫人也受氣。聽說阿爺在朝堂上，被昨日我們在東市見著的白鬍子太傅指著罵呢，可沒面子了……」

阿爺確實是冤了，不過剛從杭州郡回來，連老夫人都瞞著的事情，阿爺又如何能知曉？偏偏遇上逢五參朝日，白白地替二伯父挨訓。

廂房裡，溫世珩還在感嘆與痛心祺郎的不學好，更不忘再三地叮囑溫景軒，反覆地說「見賢思齊焉，見不賢而內自省也」。溫榮聽了挑挑眉，看來阿爺是否認了祺郎的品性了，如此才會與軒郎說見了不賢的要多多自省，斷不能犯那同樣的錯誤。

因為早過了晚膳時辰，故廚裡只能做一些簡單熱湯餅，溫世珩揉著脹疼的攢竹穴，皺眉直說胃口乏陳。除了昨日酗酒後症，更多是因白日在朝堂被長孫太傅指責得胸悶鬱結。

溫世珩午間是在宮裡吃廊下食的，聖人體恤參朝官，特命內侍送來了冷淘與哀家梨，本該是榮耀歡喜的，可溫世珩卻如鯁在喉、如坐針氈，擔心長孫太傅會再過來指責黎國公府家教無方、縱子頑劣。

胡亂地用過晚膳後，溫景軒與溫榮一道出了廂房。

溫景軒想起昨日裡榮娘說過的話，遂問道：「榮娘，妳可是早已知了祺郎的事？」

溫榮並未打算隱瞞軒郎，頷首說道：「是昨日在東市看見的，只是那時我們在茶樓吃茶，故祺郎不曾見著我們罷了。」

「如何不告訴了阿爺？」溫景軒隱約察覺到了不尋常的地方，而溫榮的處事也令他猜不透。

「若阿爺事先知道了，漫說阿爺是否會去斥責祺郎，白白得罪了二伯父一家，便是今日在朝堂上就會陷入兩難的境地。」溫榮見溫景軒依然面有疑色，又解釋道：「若是阿爺知曉祺郎品性，在朝堂上是昧心與大伯父一道針對長孫太傅，還是與長孫太傅一起站在國公府對立面呢？倒不如什麼都不知道，只聽不說，反而不會錯。」

「凡不通的事到妳這兒都能說出個理了！」溫景軒笑道，卻也不得不嘆服榮娘的心思。

中書令府也知曉了今日朝堂上長孫太傅與黎國公針鋒相對一事。家教偏差的指責是很嚴重的，因此甄氏有些猶豫，是否該同意嬋娘與瑤娘去國公府。

嬋娘與瑤娘倒是毫不在意，她們認定眼見為實，何況黎國公府行為不檢的是二房，與三房有何干？林中書令與琛郎亦是不以為意，且已回了帖子答應去國公府，如何能失信？

琛郎又悄悄交與嬋娘一道中盤棋，這局是三皇子與五皇子下的，棋至中盤三皇子已處劣勢，雖認輸，卻想看看是否有破解之法？因知曉林子琛表妹、黎國公府四娘子深諳此道，故請琛郎將棋局帶回一解。

第五章

次日一早，溫榮到祥安堂探望溫老夫人，溫老夫人半靠著福祥雙吉素錦引枕，雕福壽愜昌紋紫檀案几上擺著一只綠釉香玉牡丹碗，濃郁的藥味瀰散於四周，令人止不住地皺眉。幾名婢女垂手立於一旁，白嬤嬤還在勸老夫人吃藥，溫老夫人半合著眼，一副不耐的表情，聽婢子報四娘子來時，才睜開了眼。

溫榮碰上了溫老夫人的目光，恭敬地走上前。「老祖母可好些了？」

做小輩的，不能勸老祖母放寬心。溫老夫人看著溫榮那含瑩瑩水光、明澈透亮如一汪清泉的雙眸，心裡有幾分不是滋味，淡淡地說道：「年紀大了，老毛病罷了。」

「四娘子幫著一道勸勸老夫人吧，不吃藥可如何是好。」白嬤嬤擔憂地說道。

溫老夫人心裡密密麻麻地扎著刺，碰一碰便鑽心的疼。當年她費了多少心思，才為鈺郎謀到了國公爵位，可說到底，總歸是對珩郎有愧疚的，畢竟國公爵位本該是珩郎的……原想將珩郎一家閒閒地養在了府裡，如珀郎一般，靠門蔭得個閒職，放在了眼皮子底下，她也好安心，偏偏鈺郎與珀郎都不及珩郎，讀書人朝馳暮走、窮極一生都不能如願的進士科，溫世珩卻一次及第，金榜題名！那一聲金鼓鬮金扉的放榜日，國公府羨煞了旁人，而她這國公府老夫人卻只能強作歡顏，硬生生吞下那口氣。及第了也罷，畢竟為官外放了；哪怕回京了也罷，溫老夫人一直以為好歹孫輩壓過了原來的長房一家，可不承想祺郎也是個不爭氣的！難不成就眼睜睜地看著國公府爵位又落入長房之手嗎？

溫榮的品貌，不說在府裡，就是放在了盛京，也都是數一數二的，既知進退又明事理，真不知林氏那直訥的性子，如何教養出溫榮這樣的娘子？將溫菡放在溫榮身邊，根本不夠看！

溫榮走至案几前，正要端起牡丹碗，卻顰眉不悅地說道：「這黑黝黝的湯藥，叫老祖母如何入口？」

「這、這……四娘子……」白嬤嬤一時愣住，本以為溫榮會幫著一道勸的，沒想到卻是在嫌棄。

溫老夫人也抬起了頭，訝異地看著溫榮。

溫榮轉頭衝溫老夫人調皮一笑。「良藥苦口，老祖母還是得委屈委屈。不過白嬤嬤也真是的，怎不知備上蜜果子？吃了藥後拿蜜果子壓味是最好的。」

溫老夫人無奈地搖搖頭，卻也露出了一絲笑。「四丫頭鬼靈精的！」

「是奴婢疏忽了，多虧了四娘子提醒！」白嬤嬤輕拍額頭，一副恍然大悟的樣子，忙差了婢女去拿蜜果子配藥。

溫榮慢慢走至溫老夫人身側，半跪於溫老夫人箱床前的暗色紫霞點翠納錦錦杌上，取出一只盤金繡佛緯絲香囊，香囊散發著淡淡的清香，聞之心怡氣寬。「老祖母，榮娘無甚可孝敬您的，只一只百草香囊，香料是榮娘親手做的，用了白芷、川芎、芩草等數十味藥，雖只是尋常藥材，常用卻能理氣解瘀，還望老祖母不嫌棄。」

溫老夫人望著那只香囊，佛像輕拈密宗手印，金絲明暗繡出了法相金身，佛繡四周是連珠團窠紋，使佛像更顯得莊嚴肅穆。

「好精巧的香囊！四娘子說是用了草藥做成，如何卻有冬日裡的梅花香？」白嬤嬤好奇地問道。如此精緻的香囊，怕是宮裡的繡娘子都做不出。

「兒擔心老祖母不喜單一藥味，特意加了紅梅蕊粉與青邊蘭蕊粉，如此一來，香囊不但可做藥用，又有了淡淡的花香。」溫榮笑著說道。藥與花合做香囊，是宮裡的秘方，若不是上一世的經歷，溫榮亦是不懂。香囊是阿娘繡的，阿娘的繡工堪比宮中繡娘子。

白嬤嬤眼裡是不掩飾的欣喜和讚賞。「四娘子可真是心靈手巧！」

「這些孩子裡，四丫頭是最懂事的。」溫老夫人握著溫榮的手微微顫抖。

溫榮心裡一動，她可以感受到老祖母的苦澀，雖無法與老祖母親近，卻也會心痛。

溫老夫人留了溫榮在屋裡，問了些話，表情也舒朗了些，直到二夫人董氏帶著菡娘過來，溫老夫人才又沈下臉。

見了屋裡的情形，溫菡恨得銀牙暗咬。先前進屋時分明見老祖母與溫榮有說有笑，如何她們來了就擺臉子？縱使祺郎偶爾做錯事，那也是國公府的嫡長孫，半道回府的三房算勞什子？溫菡一臉焦急地撲到溫老夫人身邊，兩眼噙著淚。「老祖母，菡娘可擔心您了！」聲音綿軟哽咽，頗楚楚可憐。

溫老夫人只淡淡地說了聲「起來吧」，便不再搭理，只吩咐婢女將溫榮送的繡佛香囊掛在了床帳上。

溫菡斜睨了溫榮與香囊一眼，很是不齒。平日裡不聲不響裝清高，不過是沒找著機會罷了，現在巴巴兒來獻殷勤比誰都勤快！

溫榮起身與董氏見禮，董氏看著溫榮，親熱地說道：「真真是個貼心的可人兒，平日裡常和茹娘到羅園坐坐。妳阿姊菡娘就是嘴巴倔，可心裡卻天天唸叨著妳們的好。」

溫榮笑著應道：「菡娘熱情直爽，榮娘倒是想去尋了阿姊一塊兒玩的，到那時二伯母可千萬別嫌我們吵得慌。」

董氏忍不住笑了，輕輕捏了捏溫榮那能掐出水來的俊臉，捂嘴嗔道：「妳這孩子說的話都得人疼！妳與茹娘來了，我們高興還來不及呢！平日裡就該常來常往、互相幫襯的，菡娘若是說錯了什麼，妳別與她一般見識，都是一家人，千萬別生分了。」

溫榮笑著點了點頭，並不再多說什麼。二伯母那些話是說與老祖母聽的，祺郎行為不檢，並非單單是他二房的事情，如今三兄弟尚未分家，皆在黎國公府裡，大房與三房同樣逃不了干係，不過是一榮俱榮、一損俱損罷了。

溫老夫人房裡漸漸熱鬧了起來，方氏與林氏也到祥安堂探望溫老夫人來了，方氏見到溫榮亦是滿臉喜意，直說有溫榮陪著阿家，她們可謂是多餘的了。

「聽說中書令府二位娘子要與榮娘學棋？可想榮娘棋藝一定甚佳。」方氏伺候了溫老夫人用藥後，坐在溫榮身旁的紫檀圓墩上，牽著溫榮的手問道。

溫榮羞愧地應道：「不過是略懂罷了，蒙林府二位娘子看得上眼，故說了一道弈棋。」

方氏顰眉，無奈地嘆道：「說來蔓娘也是喜歡下棋的，可惜她那性子……哎，妳們是知道的，很是膽小，不敢與人親近。」這般憂心的語氣，彷彿真在為蔓娘擔心。

溫榮想起了溫蔓垂首惶恐的模樣，自回府那日家宴後，便未再見過她了，遂解意地說道：「先前二伯母還說呢，大家是一家人，都是自家姊妹，有什麼敢不敢的？若是蔓娘也喜歡，明日一塊兒過來，人多了可不是更熱鬧？」

方氏聽了更加歡喜。「榮娘真真是難得的大方寬和！如此我回去與蔓娘說了，可不知她要高興成怎樣了。」方氏看似在幫溫蔓，可心裡卻有另外一番思量。

本以為三房是好拿捏的，不承想卻出了溫榮那樣心思精透的人兒。溫榮雖處處禮數周全，實際卻難親近，如此小的年紀，也不知是真有雙能看透了世故人情的雙眼，還是說碰巧的。可若是碰巧，如何幾次事情都叫三房躲了過去？如今溫榮的笑容明豔耀眼，心性恬淡柔和，旁人若是真心結交，自會被折服，可方氏等人卻是如芒在背。

方氏與溫榮畢竟隔了輩分，想要親近是不可能的，故方氏思來想去，大房裡只有溫蔓能用了，可畢竟嫡庶有別，若是她開口，漫說三房是否介意與庶女親近，就是旁人亦會覺得她是在用主母的身分壓人。於是話不如只說一半，溫榮是個聰明人，接了剩下一半，順水做好人也是不虧的。

溫榮知道蔓娘在方氏心裡不過是芒草，可她對蔓娘卻是真有幾分憐惜。溫榮頓了頓，又看向溫菡，笑著說道：「菡娘喜歡下棋嗎？若是喜歡——」不承想溫榮話未說完，就被冷冷打斷。

「哼，可是想贏了好提高自己名聲？」溫菡又不屑地說道：「可惜了我卻是不會！」

溫榮並不駁斥，而是柔聲回道：「不過是打發時間的消遣罷了，輸贏哪裡有那麼重要。明日菡娘若是得空，可以一道過來玩。」

溫菡帶刺的話自然許多人聽不過耳，好劣個人心中已自知，且溫老夫人生病需要清靜休養，故就算是溫菡阿娘董氏也忍了不在祥安堂裡訓斥。

不多時，眾人見溫老夫人面露倦色，陸續起身告辭。

林氏與溫榮回到了西苑，一起準備明日裡要招待嬋娘與瑤娘的茶點材料。

方氏回到嘉怡院，將溫蔓叫到了主屋交代事情。溫蔓素著頭面，一身栗色半袖襦裳、紮黑白相間腰裙，方氏見了直皺眉搖頭，這副樣子哪裡像國公府娘子？還不如貴府那些得眼的婢女！如此模樣豈不是叫林府娘子笑話了去？方氏吩咐婢女去庫房裡取了一盤金飾與兩套原先為菱娘做的、卻一次都未曾穿過的衫裙。雖然溫蔓相較溫菱清瘦些，但是衫裙本就寬鬆，倒也無妨。金飾是一對翡翠滴珠耳鐺、白銀纏絲雙扣鐲、一支赤金鏤花瑪瑙流蘇簪、五支燒藍鑲金花鈿，衫裙是一套洋紅連珠錦半臂襦裳，下身配著粉紅荻花鳥紋長裙，一套丁香色藕絲廣袖襦衫，配月青色織金絹裙。

溫蔓見了婢子手裡捧著的金飾與衫裙，越發侷促不安，面色微微泛紅，垂首低聲向方氏道謝。

方氏眉眼不動，端起茶吃了一口，慢慢地說道：「明日去三房與榮娘、林府二位娘子弈棋，妳想法子和她們親近了，別叫我丟了臉面。妳年紀也不小了，若是得用，我會考慮將妳過到正室，與溫菡、溫榮一般，做名正言順的國公府女娘，妳可明白？」

「謝謝阿娘提攜，兒不會令阿娘失望的。」溫蔓的聲音依舊很小，只是手心已微微出了汗。溫蔓雖是大房娘子，可自她知事起，便過著連婢女都不如的生活，生娘日日唉聲嘆氣，總用那掛著重重烏青色眼圈的哀怨雙眼盯著她看，別說各房的夫人與娘子不待見她了，就連侍婢都敢對她呼呼喝喝的。

「好了，妳回去吧，明日我會差人在大門守著，林家二位娘子來了再使人通知妳。」方氏揮了揮手，像是要趕走什麼麻煩似的，不願再多看溫蔓一眼。

次日一早，中書令府的油壁馬車停在了國公府大門前，婢女將兩位娘子迎進國公府，溫榮亦早早地帶著綠佩與碧荷在庭院遊廊處等候。

嬋娘與榮娘相見正要寒暄，卻被瑤娘扯開，大大咧咧地說道：「我說了榮娘是最好的，頂著日頭在園裡等我們！」

溫榮忍不住噗哧一笑，順道：「那可不是？巴不得早早去中書令府接了妳們呢！」省去了見外的禮節，三位小娘子有說有笑地到了西苑。溫榮先引著嬋娘與瑤娘去阿娘廂房，林氏見了娘家兩位小娘子自是歡喜不已，拉著手說了一會兒話，又問了甄氏的好，才讓溫榮帶了兩位娘子去玩。

溫榮廂房佈置得潔淨素雅，比起一般貴家娘子，少了熏香花飾，卻多了筆硯墨寶，書案上摞了滿滿的書，正牆上掛了三幅牡丹圖——一幅單瓣紅雲飛片硃砂壘，一幅托桂胡粉藍田玉，一幅百花展翠瑤池春。皆色彩明豔，線條柔和逼真，美妙絕倫得如置身牡丹盛宴一般。

瑤娘盯著百花展翠瑤池春呆愣了半晌，吶吶地說道：「我今兒算是明白了，什麼是剪裁偏得東風意，淡薄似矜西子妝。」遂又去尋墨寶的落款，卻發現三幅畫作皆未留名。「榮娘，這牡丹三色，妳是打哪兒得來的？比真的還要好看，不愧為花中首冠！且作畫之人還不留名，想必是淡泊名利、心性高遠的。」瑤娘揹著手，搖頭晃腦地點評著，一副老道在行的模樣，而溫榮坐在小圈椅上，早已笑個不停了。

嬋娘不忘揭瑤娘老底，笑怪道：「瑤娘不過不懂裝懂，自己不會畫，還喜歡去評說人。榮娘妳是不知，兩年前她迷上了一幅奔馬圖，纏著琛郎要認識作畫之人，鬧了大笑話呢！」

溫榮為嬋娘與瑤娘斟了茶，笑著問道：「瑤娘可是如願認識了作畫之人？叫我說了，瑤娘可得把畫學了，好互贈墨寶做信物，不知是哪位大師能有幸得到瑤娘的珍罕墨寶。」

「還說呢，被瑤娘一鬧，那位大師可是不敢再送畫與琛郎了，奔馬圖都巴不得收了回去呢！」嬋娘捂嘴嗤嗤直笑。

瑤娘早已臊得面紅耳赤，嘴巴一噘，飄忽著眼，口是心非地說道：「那幅奔馬圖還不如榮娘房裡的牡丹三色呢！」

溫榮眉眼含笑地看著兩姊妹，並不多搭話，只是好奇那被瑤娘嚇著的大師是誰？

「叫我說，也確不如這牡丹，只是某人怎麼天天唸叨——」嬋娘話未說完，就被瑤娘捂住了嘴。

嬋娘好不容易掰開了瑤娘的手，又笑著與榮娘說道：「今日是不敢說了，說了回去我可沒安生日子過！過幾日說不得榮娘便能親眼見著那位『奔馬』大師……」

溫榮見瑤娘臉紅得快滴血，也不強問，只抿嘴狡黠一笑，再用意味深長的眼光打量瑤娘。京中不乏善畫之人，不論是濃彩風光仕女，抑或水墨花鳥蟲魚，各派系皆名家輩出。溫榮擅長的是花草仕女的靜景，尤善國色牡丹，她亦知道三皇子李奕擅長動景，狩獵奔馬、鷹嘯長空，不可不謂豪放大氣。

「瑤娘心中的奔馬，想必不是颯露紫便是玉麒麟，我可真是迫不及待求一見了！」溫榮一邊吩咐綠佩將一大早做好的水晶龍鳳糕、玉露團與新鮮果子端來，一邊不忘嘲笑瑤娘幾句。

「哼，妳們都渾說笑話我！」瑤娘噘嘴瞪眼，氣哼哼地一屁股坐在了圈椅上，只是臉頰上的嬌羞粉紅與眼裡的熠熠生輝，出賣了她萌動著情愫的心思。瑤娘緩了緩，心情平復後才又說道：「榮娘還未告訴我，這牡丹三色是出自誰之手呢？」

「我可不敢說，若是瑤娘不再喜歡奔馬，轉而看上牡丹了，我豈不是罪過？」溫榮搖著團扇，神色凝重，故作了一本正經。

「才不會呢！我對他——」瑤娘的臉再次唰地通紅。「我道妳是貼心的，一心與妳親近，妳卻來取笑了我！」瑤娘別過臉，當真不再理溫榮與嬋娘。

溫榮與嬋娘相視一笑，默契地眨了眨眼。

溫榮扳過瑤娘的肩膀，笑著道歉道：「好瑤娘，是我們錯了，榮娘給妳賠不是了可好？我不但告訴妳這墨寶出自誰手，還贈妳一幅如何？」

聽聞榮娘肯贈畫，瑤娘才抬起眼，又驚又喜地說道：「如此墨寶當真肯送與我？」

「一言既出，駟馬難追。這廂房裡的畫作，只要是瑤娘看中的，隨意拿。」廂房裡的墨寶皆出自溫榮之手，畫作得到了認可，溫榮也是高興的，又故作神秘地說道：「牡丹三色的落款姓溫名榮，字湘蕪君，可有疑問否？」

嬋娘與瑤娘面面相覷，很是驚訝，只是驚訝不多時即成了驚羨。榮娘本就聰慧過人，不似一般貴家娘子，若非如此，她們亦不會真心想與她交好。

「榮娘，若是妳畫的，那我也要帶一幅回去。」嬋娘可不客氣。

溫榮自不會吝惜，答應了得空特意為嬋娘與瑤娘畫上一幅。

瑤娘纏著榮娘現在就畫，見此嬋娘急壞了，慌忙說道：「今日是來與榮娘學棋的，琛郎那道棋局還要榮娘幫忙解呢！」嬋娘迷棋，溫榮善畫於嬋娘而言是錦上添花，傳授棋藝才是雪中送炭。

瑤娘聽了只好作罷，心裡盤算著下次來國公府的時日，或是何時再請榮娘過府去。又嬉鬧了一會兒，溫榮與二位娘子說起了蔓娘的事，雖然知道嬋娘與瑤娘是爽快不拿捏做喬的，但亦擔心她們會在意蔓娘是庶出。

「人多了更熱鬧的！」瑤娘聽了不但沒拉臉子，反而很開心。

嬋娘亦是笑著頷首。

溫榮感激地望了她們一眼，這才吩咐惠香去嘉怡院請蔓娘。

嘉怡院裡，溫蔓早已接到了方氏使人與她的消息，收拾妥當了安安靜靜地坐在遊廊下首處的廂房裡。

方氏聽聞溫蔓半晌不曾去西苑，心有不耐，帶了釧兒去尋溫蔓，見溫蔓閒閒地坐著，氣不打一處出，冷笑了一聲。「還真當自己是貴娘子了，等著人拿轎子抬妳去不成？」

溫蔓見是方氏，急忙起身拜禮，惶恐地說道：「阿娘的吩咐蔓娘不敢有絲毫怠慢。」溫蔓微微抬眼看了看方氏，怯弱地說道：「林府二位娘子是來探望三房的，到西苑後需先去三伯母那兒問安，且榮娘只是答應了兒與她們弈棋，蔓娘與她們並無交情，遂不敢唐突地過去。榮娘是守信的，合適時必會遣婢子來尋蔓娘，還請阿娘莫怪。」

方氏想想亦覺得有道理，冷聲說道：「哼，心思還挺細。」又與釧兒打了眼色。

釧兒將雕花鳥紋楠木盒遞與了溫蔓，裡面裝著一支金累絲卷草紋嵌寶簪。

「妳可明白了？」方氏把玩著手腕上的脂玉鐲。鐲子是頭年過生辰時滕王世子與世子妃送的，方氏思及風光得意的世子妃菱娘，心裡勉強有了幾分慰藉。

方氏本想借三房之口，讓溫老夫人知曉二房祺郎的品性，不承想她打聽了清清楚楚太子將去瑞錦綢緞莊的消息，卻一絲用也沒有，反而是鈺郎回來同溫世珀吵了一架。被祺郎那事一鬧，拋去溫老夫人遷怒大房不說，如今整個黎國公府都成了別人眼中的笑柄……細細想來，林氏東市之行，恐怕不是沒見著，而是見著了卻故意不吱聲。

三房的心思和態度拿捏不準，而林氏阿爺林中書令如今在朝堂上炙手可熱，故暫時不能與三房瞬應，不如借此次府裡來貴客，徹底撕了二房臉面，說不得大房和三房還能挽回名聲，之後的事再從長計議便是。

溫蔓細弱卑微的聲音又響起。「阿娘放寬心，兒與菡娘的都是卷草紋嵌寶簪，獨榮娘的是牡丹步搖，宮制步搖只有榮娘戴著才是最好看的。」方氏雖未明說，但溫蔓心裡是知道的。

不一會兒，果然見溫榮房裡的惠香過來請蔓娘，方氏見到惠香，遂笑著問了幾位娘子的好，又命人取了一籃子新鮮櫻桃，令蔓娘的婢女芳柳一道帶過去。

西苑裡，三位娘子已照琛郎交予的中盤棋擺開了棋陣。嬋娘昨兒想了一晚上，可未有破解之法，故滿懷期冀地問道：「榮娘認為白子還能贏嗎？」

溫榮仔細看了看，黑白兩子實力不相上下，只是執白子之人在開局後分了神，下錯了一步，雖想挽回劣勢，可黑子步步緊逼，寸步不讓。

「嬋娘妳執黑子，我執白子，我們將這局棋下完可好？」觀棋時榮娘心中微微一動，此次的白子棋法，與前次去中書令府時見到的中盤棋中黑子走法有共通之處，前期無一絲殺氣，包容謙和，而後凌厲之勢漸顯，柔處成利劍，緩處成陷阱，如此棋法與李奕頗為相似，只是還太稚嫩，遇到高手即被輕易破解。

溫榮的提議正中嬋娘下懷，兩人開始全神貫注地弈棋。

瑤娘對棋無太多興趣，在旁看了一會兒便坐不住了，還好綠佩將新做的糕點端了上來，瑤娘聽聞糕點是榮娘親手做的，起了興致，雖是尋常水晶龍鳳糕，可糕點別緻的外形卻令瑤娘又驚又喜。晶瑩剔透的水晶糕被捏成了一朵朵精巧小花，和了棗泥的是石榴花，嵌了小粟米的是忍冬花，瑤娘看得直眨眼，反而捨不得下口了，鬱鬱地說道：「榮娘，這水晶糕捏得栩栩如生，成心不讓人吃了！」

溫榮偏頭看了看，噗哧一笑。「妳甩開腮幫子吃便是，廚裡還有呢！」

瑤娘嚐了一只，口感細膩嫩滑，甜而不膩，糯而不黏，趁著另兩人下棋的空檔，瑤娘一人吃了小半盤。

「不愧是榮娘，僅二十子就挽回了劣勢！」嬋娘盯著棋盤，明明是有優勢的黑子，卻生生落敗了。雖有不甘，但不得不佩服溫榮的棋技。

瑤娘見嬋娘輸了，眉開眼笑地說道：「嬋娘該用心準備了束脩，三叩九拜地拜榮娘為師了。」

「小蹄子嘴巴真真討人嫌！」溫榮笑斥了瑤娘一句，轉為嬋娘耐心地解說這局棋，並教了好些看棋、探路、窺勢之法，直到院廊婢子傳大房蔓娘來了，溫榮才起身去迎接溫蔓。

蔓娘裝扮不似往日那般樸素，一身簇新丁香色襦衫，雖寬鬆了些，但好歹襯得人多了幾分亮色。

「打擾妳們了。」溫蔓小心翼翼地說道。

「都在等妳呢，快進來！」溫榮牽著蔓娘的手進了廂房，將蔓娘介紹給了林府的兩位娘子。

嬋娘與瑤娘皆是隨和不擺架子的，聊了一會兒，溫蔓臉上漸漸有了笑意。

嬋娘忍不住又纏著溫榮講棋法，溫蔓雖會些，可與瑤娘一樣只是粗通，早覺得寡然無趣，可溫蔓性子隱忍，旁人倒覺得蔓娘學得認真。

另一處，方氏房裡的侍婢秋紋捧著錦匣先去了二房羅園，溫菡正帶著婢子在庭院裡蹴鞠，見到大房使了人來，溫菡收了腳，沒好意地看著秋紋。

秋紋與溫菡行了禮，恭敬地說道：「大夫人前兒得了幾支新製宮簪，特意命婢子送與幾位娘子。」說罷，從錦匣裡取出一只楠木盒奉與溫菡。

溫菡打開看了看，一臉不屑。「我說呢，大伯母能有什麼好玩意兒予我？不過是支粗製簪子，也好意思說是宮簪！」

溫菡走至秋紋面前，見錦匣裡還有一只嵌八吉祥紋樣鎏金紅木匣，眉頭一皺，問道：「府裡幾位娘子的宮簪都是一樣的？」

秋紋面露驚慌之色，支支吾吾地說道：「娘子與二娘子的，是、是一樣的。」

溫菡聽了心底一沈，伸手去拿紅木匣，秋紋嚇得直往後退，卻被溫菡的婢子扯住了。

溫菡打開紅木匣子，見是一支極名貴的金累絲嵌三色寶石雙千葉攢牡丹赤金步搖，當下厲聲問道：「這支是與誰的？」

秋紋戰戰兢兢、結結巴巴地說道：「是……是給三、三房……三房四娘子的。」

溫菡心下火騰地升起，咬牙將紅木匣連帶金步搖狠狠地擲在地上。「哼，我倒是要去問問大伯母什麼意思！府裡娘子偏偏我與蔓娘是一樣的，拿一支卷草紋簪子打發乞索兒嗎？如此也罷，為何又給了三房溫榮上品宮制步搖？存心拿了骯髒東西來與我添堵嗎？」溫菡罵完了卻還不解氣，將先前收了的楠木盒與卷草紋簪丟到了地上，再狠狠地踩了兩腳。

秋紋哭喪著臉，跪著去拾金步搖，拾起時發現步搖上的雙千葉攢已被摔斷了，嚇得面色慘白，撲簌簌地掉眼淚，不知該如何是好。

「哼，那支簪子也一道撿回去，礙著我眼了！」溫菡走到還跪在地上的秋紋面前，那雙織金紋錦翹頭履晃得人眼都睜不開。

就在秋紋拾起簪子準備離開時，突然傳來二夫人董氏的聲音，令秋紋一陣心慌。

「何事在此吵鬧？」

「奴婢見過二夫人。」秋紋臉上淚痕未乾，紅腫的眼睛讓人一看就知道她受了莫大的委屈。

董氏瞧了眼一臉盛怒的溫菡，心下微微嘆氣，若是她不曾聽到聲響，只怕二房從此在國公府無立足之地了。「這是怎麼了？」董氏餘光掃過秋紋與秋紋捧著的錦匣，鎏金紅木匣上沾了些許泥，還有半截子的細草，倒是迫不及待地想讓他人看出這是從地上撿起來的。

秋紋惶惶不安，不敢胡亂回答，只低頭緊緊抱著錦匣。本以為可以順利離開羅園的，不承想董氏竟會突然出現。

溫菡已經在委屈地向董氏訴苦與抱怨了，溫菡所言確實一句不假，並毫不掩飾地表露了她對大伯母高看溫榮和低看了她的不滿。

董氏知曉始末後，皺眉衝溫菡呵斥道：「胡鬧！簡直胡鬧！」

溫菡面上剛有得意之色，又瞬間變得煞白。本以為阿娘會為她出頭、去與方氏理論的，不承想卻來訓斥自己。

「阿娘，大伯母她明擺著瞧不起我！溫蔓不過是賤民的庶出子，我可是——」

「閉嘴！」董氏打斷了溫菡不知是非輕重的論調，心下淒然。祺郎與菡娘都是令人不省心的，若沒有她護著，二房怕是早已被大房狠狠踩在腳底下了，遂怒其不爭地教訓道：「今兒這事是妳錯了，妳一錯在丟簪子辜負了長輩心意，二錯在不知姊妹之間該親和禮讓！溫榮是妳的妹妹，簪子好一些亦是在情理之中。」董氏頓了頓，見溫菡板著臉，無一絲悔改之意，又說道：「晚上妳必須親自去向大伯母與榮娘道歉，請求她們的原諒。」

溫菡驚訝地瞪大了眼睛，正要強辯，被董氏狠戾的眼神嚇著了，只能憤憤地攥著拳頭，心中戾氣更甚，恨不能令溫榮消失了！在溫菡眼裡，原本府裡一切都是順心順意的，大哥會過到大房襲國公爵，老祖母寵她疼她。可自從三房回來後，好日子便到頭了！溫榮一貫是假模假樣的，可偏偏長輩都稱讚她！三房必然也是盯著爵位的，事已如此，為何阿娘還要幫著她們說話？

董氏笑著走到秋紋面前，語氣緩和了許多。「給妳們添麻煩了，真是過意不去。」董氏端起了紅木匣，將匣面上的泥土與細草輕輕掃去，又說道：「聽說西苑裡來了客人，如今步搖壞了，再送過去怕是不妥。雖是菡娘不懂事，弄壞了步搖，但總歸是家醜，家醜哪有外揚的道理？」董氏將紅木匣放回了錦匣中。「依我看，不如先將步搖與我，晚上我會帶著菡娘親自去嘉怡院與西苑賠不是的。」

董氏使了眼色，羅園的婢子立即不由分說地將秋紋手上的錦匣搶走。秋紋愣怔著，不知該如何是好。還要去西苑哭訴嗎？可是步搖已經沒了，她的話如何令人信服？

董氏恍若看出了她的心思，說道：「妳先回了嘉怡院，大嫂那兒我自會去說的，不會令妳為難。菡娘此時也正要過去西苑，去與棨娘、林府兩位娘子一塊兒玩。」

秋紋不得已，只得悻悻地回嘉怡院。事情沒辦成，回去了不知要受到怎樣的懲罰……

見大房的侍婢離開，董氏才沈下臉，轉頭看著一副不知天高地厚模樣的溫菡，冷聲說道：「妳現在就去西苑找棨娘，不論她們做甚，一概順了她們的意思便是！若是再與我惹事，馬毬賽就不用去了，好好在房裡閉門思過吧！」

「可明明是她們的錯，為何要我順著、忍著？」溫菡不理解董氏的苦心，依舊不依不饒。

董氏閉眼深吸了口氣，不耐地說道：「今日若不是我攔住了大房的人，妳撒潑驕橫的惡名怕是要傳遍全盛京了，我看到時候還有哪個貴家正經的嫡出郎君願意娶妳！妳若是還不明白該如何做，我這當阿娘的也幫不了妳了！」

溫菡嚇一跳，怔怔地看著跟前案几上的團花紋青瓷果碟，眼底現出一絲陰狠，攥緊了拳頭，指甲深深嵌進肉裡。

西苑裡，溫棨與嬋娘正在對弈。由於棋技懸殊較大，故溫棨在對弈時並不一味地搏出輸贏，而是邊下邊教，在自己要布陷阱以及嬋娘下子未考慮周全時，皆做了提醒與指導，嬋娘知曉溫棨是真心教授，感激之餘，心裡更認定了溫棨做手帕交。

嬋娘是如願了，瑤娘卻閒得很是無趣，拉了溫蔓一道玩雙陸，可溫蔓時不時地朝院廊望去，一副心不在焉的樣子，因此瑤娘將雙陸板子一丟，丟下溫蔓，又去看溫榮下棋，看了一會兒倒也品出幾分味道。想來若是能學上幾招，說不得以後可與他一道弈棋的……瑤娘臉上飄起紅暈，好在無人注意到她。

突然，外間婢子通傳二房菡娘來了，溫榮詫異地抬起頭，昨日裡菡娘明明是說了不過來的，如何變了卦？溫榮歉意地衝三人笑了笑，正要起身接迎，溫菡卻已滿臉不耐地走了進來。

溫菡一句話不說，只乜眼掃瞧著四人，閃過溫榮時更是帶了絲絲恨意。

說來溫菡與嬋娘、瑤娘亦算相識，只是沒有交情，溫榮本要招呼溫菡一塊兒玩，溫菡卻擺著臉，顧自地找了處圈椅坐下。

溫菡懶懶地說道：「妳們玩便是，我只是過來看看。」

溫榮等人面面相覷，屋裡平白地坐了一人，既不一處玩，又不說話的，想想便令人覺得不自在。

四人一直被溫菡用異樣的眼神打量著，用過午膳不多時，不過未時中刻，瑤娘與嬋娘便興趣索然了。而溫蔓因心中不安，率先起身告辭，溫菡思量著大房不會再使人過來了，遂也起身離開。

溫榮實實地鬆了一口氣，對嬋娘與瑤娘很是內疚。

「縈娘，卻又不是妳的錯，只是那溫菡娘好生奇怪，不一處玩，為何要過來？」嬋娘握著溫縈的手，知意地安慰道。

瑤娘更是不屑溫菡的做派。「見了左僕射趙家娘子就巴巴兒地湊上去，我們倒像欠了她似的！」

溫縈只能苦笑，好歹是旁人都走了，三人還能放開了說些貼心話。

瑤娘心心念念著溫縈贈墨寶一事，纏著溫縈將得意的墨寶都取了出來，兩位娘子看得眼花撩亂，一幅幅都愛不釋手。

瑤娘看了半晌，還是挑了一進屋時便迷上了的百花展翠瑤池春；而嬋娘則選了一幅水墨畫，一簇簇牡丹黑樓爭輝、濃淡相宜的水墨，毫不掩飾地綻放了重臺黑花魁的魅力。

眼見過了申時，嬋娘與瑤娘不得不與溫縈作別。

溫縈令廚娘將瑤娘喜歡的水晶糕裝進了食盒，又拿出前日裡做的妃紅色口脂，笑著說道：「這口脂是用加了梅花蕊粉的紫草蜜蠟做的，比起胭脂抹唇要好上了許多，只是不知妳們喜歡嗎？」

瑤娘急急地接過，瞧著釉色鮮亮的越窯瓷筒，再小心打開瓷筒上的香柏刻銀塞，妃紅色的細膩口脂便散溢出清幽的梅花香氣，瑤娘深深地吸了一口，一臉陶醉，喜不自禁地說道：「喜歡喜歡！比起我們在東市胭脂鋪裡買的要好太多了！」

嬋娘有些過意不去，今日是她倆來國公府學棋的，如何走時卻帶了滿手的好東西。

瑤娘倒是不以為意，將手裡的食盒提高了些。「榮娘與我們的都是心意，何況咱們府裡哪有見過如此精巧的水晶糕，可不得拿回去給阿娘嚐嚐嗎？」

溫榮笑著頷首。「若是喜歡，下次我特意做了與妳們送去。」

嬋娘雖對瑤娘那似蝗蟲的胃口頗為無奈，但亦是滿心歡喜和期待。

溫榮帶著兩位娘子去同林氏作別，林氏先前聽聞了溫菡至西苑卻不與溫榮一處玩的事，雖有疑慮，但當著嬋娘與瑤娘的面亦不便多問了。

三人一道行至國公府大門處，溫榮已無法再送，嬋娘這才拉著溫榮的手，真摯地說道：「榮娘，在妳未回京時，黎國公府裡溫菡娘的性子我們便已有耳聞了，雖不該在後面口舌他人的不是，可我真真當妳是最親近的，不想妳被欺負了去。」嬋娘低頭猶豫了一會兒，才又說道：「溫菡娘雖無甚太過之舉，卻是個眼裡見不得別人好的主，原本我以為妳們是一府裡的姊妹，妳又是那極好的性子，雖不指望她能幫襯了妳，卻也想她多多少少會收斂些，不承想今日一見，她依舊是那般模樣。平日裡有什麼委屈只管與我們說了，若是得空了便到林府來，林府內宅總歸是清靜些。」

溫榮感激地望著林嬋，握著二人的手也更緊了。將嬋娘與瑤娘送上了油壁馬車，直到車馬駛離視線，溫榮才帶著婢子回西苑。回到西苑，林氏問起了菡娘一事，可溫榮亦是滿頭霧水。若說菡娘是因為見不得蔓娘與她們一道兒玩，那為何來了又不說話？且溫菡性子倨傲，自視甚高，蔓娘是庶出，她是斷斷不會放下身段去與蔓娘爭的。

溫榮寬慰林氏道：「菡娘估摸著是想與我們一處玩的，只是過來了見我們在弈棋，沒了興趣，只好不參與了。」

中書令府裡，甄氏見嬋娘與瑤娘帶了許多東西回來，蹙眉嗔怪二人不懂事，倒是林中書令捋著鬍子，笑說不過都是孩子間的玩意兒，不妨事的。

甄氏打發嬋娘與瑤娘回廂房梳洗後，再打開了雕海石榴嵌貝紅木食盒，食盒裡是兩碟精巧新穎的水晶糕，因擔心天熱，食盒底層更細心地放了層冰。甄氏執起一塊，輕咬了一口，難得的絲涼爽口，甄氏看著越發喜歡，遂命婢子盛了一碟送去書房與琛郎。

林子琛正在書房裡看往年的試策文題，見婢子端來了糕點，才起身稍做休息。林子琛拿水晶糕時愣了愣，糕點不同往日的尋常模樣，而是一朵朵逼真的花朵，最討巧的要數那隻胖兔子了，圓滾滾的身子，用櫻桃碎做成的小眼睛活靈活現的，林子琛的嘴角忍不住上揚，他似乎能瞧見捏胖兔子之人那調皮含笑的雙眸……林子琛知曉府裡的廚娘，是必不會有這般懂得生活的心思的。

其實今日溫榮早起做水晶糕時，本是只打算捏女娘常用的簪花形狀，可一時心血來潮做了隻小兔子，溫榮特意藏著，想留給瑤娘做驚喜，不承想瑤娘沒見著，卻被送與林子琛了。

林嬋與林瑤回廂房梳洗了換上家常衣衫後，迫不及待地帶著今日從溫榮那兒得來的寶貝去尋琛郎。

瑤娘展開畫卷，隨著一池春色鋪至眼前，林子琛劍眉輕挑，滿眼驚豔。

瑤娘得意地問道：「這牡丹相較你原來帶回的奔馬圖，可是如何？」

林子琛頗無奈地看著瑤娘那滿懷期冀的雙眼，知曉她是在變著法子打探消息，可身在皇族與貴家，許多事是身不由己的。林子琛遂笑道：「墨寶所畫不同，自不好做比較，但單論筆觸、色調與技法，有過之而無不及了。」

瑤娘眼中閃過一絲失望，可依然笑得歡快。「大哥，你幫我在畫上題字，我借你於書房掛幾天。」

林子琛的書法在盛京頗有名望，只是文人骨子裡皆清傲，除非是至交君子，否則是不輕易贈墨寶的，可今日林子琛亦希望他的書法能與那瑤池春遙相輝映。

林子琛取出珍藏的、平日裡難得一用的岫岩玉通管銀燒藍雕麒麟紋羊毫，又新研了尚品徽墨，沈吟片刻後，揮毫而書——

遲開都為讓群芳，貴地栽成對玉堂。

瑤娘欣喜地說道：「這字與畫倒是般配，只不知榮娘看了是不是喜歡？」

林子琛聽了眉頭一皺。「畫是溫四娘子作的？」

「榮娘不但棋下得好，而且畫技也超群。」瑤娘環顧著琛郎的書房，看哪兒適合掛牡丹墨寶。

嬋娘在林子琛題字時，雖覺不妥，但轉念一想，她和瑤娘都是與榮娘交好的，若真如字畫那般相配，卻也是佳事，故不曾出面阻攔了。

林子琛搖頭直說胡鬧，瑤娘卻毫不在意，將畫卷留給琛郎後，便拉著嬋娘離開。

林子琛無奈地看著已留下自己字跡的牡丹圖，微微嘆口氣。如此天香夜染、國色朝酣，讓他如何捨得銷毀？林子琛自嘲一笑，若是銷毀，怕是瑤娘也要與他鬧了。

瑤娘將畫卷留下，實是醉翁之意不在酒，非真心要他掛在書房的，而是希望他將這幅畫卷帶去與那人看。可是，林子琛一不希望瑤娘越陷越深，二來他想將這份嬌豔獨留在心裡，他人若不曾看見，便不會去惦念。

溫榮用過了晚膳後，碧荷才從庭院的灑掃婢子處打聽到下午羅園裡發生的事。

盛夏的夜晚要來得遲些，火燒般的晚霞浸染了半邊天色，漫空的氛氳香綺卻難令溫榮心生詩意，只不過覺得那暮雲更加沈重罷了。溫榮本以為，令府裡知曉三房無意國公爵位，便可在內宅之爭中全身而退，可今日，不過是娘子之間的小聚，大伯母卻連她才結交的好姊妹都算計在內。

二夫人董氏並未去嘉怡院與方氏道歉，多少年的內宅生活了，大房和二房不過是維持表面的和諧罷了。如今於二房而言，是舊帳未銷，新仇又至。董氏因溫世鈺不顧臉面，不與二房事先招呼，便將祺郎一事告發到老夫人那兒而心存怨恨，今日方氏更是急不可耐地撕去了假善面紗！董氏看著殘缺的尚品金步搖，只覺得可笑。大嫂想的可真是容易呢，想借區區一支步搖壓制二房，她董氏如何能讓大房如願？

金步搖被送回了嘉怡院，金步搖上的三色寶石，鍍了廂房裡的燭火明光，熠熠生輝，倍顯名貴，可方氏卻覺得刺眼。方氏捂著胸口，那股子氣是散也散不去，在身體裡來回地流竄，連手指尖都是痛的。

下午去二房送簪子的秋紋，早已被方氏杖責二十，丟進柴房鎖著了。

溫蔓怯怯地站於一旁，一聲也不敢吭。她知曉方氏是藏怒宿怨，可礙於溫老夫人，又不能去與二房爭執。如今事情雖必須越鬧越大，但卻不能由他們大房來點這把火……

晚間，董氏不但命婢子捧了一盤首飾到西苑與溫榮，更親自登門道歉。

溫榮本不想收下那盤首飾的，可推拒不過，態度又不能太過強硬，不能真的駁了董氏的面子，不得已只能吩咐綠佩先收著了。溫榮心下微微嘆氣，雖是菡娘弄壞了大伯母要送她的步搖，可步搖並未真正到自己手中，二伯母若是真有歉疚之意，那也應該是去嘉怡院。

碧荷伺候溫榮梳洗休息時，說起了一件奇怪的事。遺風苑裡的伯祖母，今日遣人送了一份禪香與溫老夫人，雖說禪香非金貴之物，卻也是伯祖母的一片心意，更何況禪香有凝神、平心、養元之功效，溫老夫人現在的身子，用了是再好不過的。可碧荷自祥安堂得來的消息卻是，溫老夫人命人將禪香扔了，貌似很是嫌棄與不齒。

溫榮聽了也頗為驚訝，府裡的大伯母與二伯母是貌合神離的，難道老祖母與伯祖母之間的關係也不好嗎？可伯祖母性子淡然，如今更是與世無爭，偏居遺風苑一隅，只安安靜靜地過著潛心修佛的日子，都已這般了，為何老祖母還要與伯祖母置氣？

碧荷見溫榮不再說話，想娘子大概是想歇息了，便將秋香色幔帳放下，吹熄了廂房裡的燈燭。

伯祖母平靜祥和的笑容浮現在了溫榮腦海之中，伯祖母目光靜謐深邃，感覺很是熟悉。黑暗裡，溫榮瑩亮的雙眸閃過一絲笑意，得空了，要再去探望伯祖母的……

這日，前院的小廝送了封信至西苑，原來是洛陽陳府兩位娘子回信了。

收到月娘與歆娘的回信，真是這幾日裡難得的開心事。溫榮命綠佩煮了一壺上好的方山露芽，這才於書案前坐定，將壓了金線的雙鯉信封拆開。信尚未取出，信封裡先掉出一只紅色玉線編成的平安結。

溫榮見了平安結，忍不住噗哧一笑。手法實是粗糙了些，那一圈銅錢眼紋，不但大小不一，好幾處的線還開了，而「平安」二字風格迥異，溫榮真真看不出是借了什麼書法的。

信裡歆娘抱怨了一通，說是月娘瞧見了溫榮送的四色書籤，很是喜歡，打定了主意，定要親手做小玩意兒送溫榮，可無奈二人手拙，花了幾日工夫才做出一只上不得檯面的平安結。歆娘自己都看不過眼，說不好意思送了，可月娘偏說禮輕情意重，且榮娘是個心眼寬的，不會在意了這些，想是令溫榮笑話了。對著字裡行間的情誼，溫榮覺得平安結是越發的討巧和喜氣。信裡還說了，九月陳府一家人都會進京，一來探望長輩，走訪親朋好友；二來送陳大郎進京上學。而兩位小娘子自是迫不及待地想見到溫榮。

溫榮也不耽擱，研了墨，執筆回了信，這次不往信裡放小玩意兒了。月娘是實誠的，總不好再讓她們費心思。溫榮想起四不像平安結，又忍不住地發笑。等到九月裡，月娘、歆娘來了，再叫上林府兩位娘子，一道去曲江賞花，才是正經的。

溫榮寫好信後，起身至外間時，見到綠佩正翻檢一套新做毬衣。「難得妳心細了許多。」溫榮笑著去看那身毬衣。

綠佩嘖嘖稱讚道：「不愧是夫人，最瞭解娘子喜好了！」

溫榮很是滿意，命綠佩細細收好了。瑤娘昨日裡遣人送來書信，說是明日辰時就到國公府門口接自己，溫榮雖不明白為何要如此早過去籬莊毬場，畢竟擊毬再早也是巳時正才開始，可溫榮知道瑤娘那心血來潮、拉也拉不住的性子，只好應了。

而此時中書令府裡，瑤娘正死死地纏著琛郎。阿娘與阿爺都不同意琛郎明日去馬毬場，他們要求琛郎安心在國子監上學，哪兒都不許去。瑤娘明白若琛郎不去，自己便只能在場邊的望亭裡坐著，漫說能否與「他」說上話了，怕是連面都不能一見的。故瑤娘背著阿爺與阿娘，在書房裡磨琛郎，希望他明日能偷偷地去，回府若是挨阿爺責罰，她定會在前面攔著。

第二日辰時未到，溫榮便急急忙忙地戴上幃帽，帶了綠佩與碧荷兩名婢子，匆匆向國公府大門走去。前院小廝一刻鐘前來傳話，說是林府二位娘子已到國公府大門了，溫榮是哭笑不得，瑤娘性子忒急了些，不過是場擊毬罷了，弄得火急火燎的。

見到榮娘，嬋娘與瑤娘撩開帷幔下車接迎。瑤娘是著意打扮過的，一身鵝黃影金錦緞袍褲，綴黑珍流蘇尖頂蕃帽，腳蹬鹿皮小馬靴，很是俏麗明豔與出挑；而嬋娘是丁香色織金單絲羅圓領袍褲，紮綴桃紅瓔珞珍珠腰飾。

嬋娘牽起溫榮的手，笑得和煦燦爛。「實是拿瑤娘的急性子沒轍，害妳也白白跟著早起了。」

溫榮打趣地笑道：「早起是無妨的，只是如此時辰去了那籬莊，可是有耍猴看？」

「妳這嘴真真討打！」嬋娘朝瑤娘努努嘴，附溫榮耳邊悄聲說道：「今日某人正慪著，可別與她一般見識。」

溫榮亦注意到瑤娘雖一身鮮豔，卻耷拉著臉，平常是話最多的，此時卻一聲不吭地拿眼瞟自己，像受了什麼委屈似的。

溫榮隨二位娘子上了馬車，才開口問道：「嬋娘可是搶了瑤娘的早膳，害瑤娘餓肚子才這般沒精神的？」

「我哪兒搶得過她？」嬋娘忍不住笑著掐了把瑤娘。「妳倒是吱個聲，別糟我名聲！」

林瑤對上溫榮關切的視線，鬱鬱地說道：「都怪大哥不好，他不肯去看擊毬！」

嬋娘亦跟著解釋道：「是瑤娘無理了，榮娘不搭理她便是。琛郎今日是要去國子監的，偏偏瑤娘不知趣，纏著琛郎去看擊毬，琛郎當然不肯答應，結果這小丫頭從昨日起就開始擺臉子給我們看了。」

見榮娘依舊一副蹙眉、不明所以的模樣，嬋娘捂嘴一笑。「君今入我夢，如何知君意。」

溫榮幡然大悟。

瑤娘又羞又惱，只垂首盯著小馬靴上的纏金枝花結，任由嬋娘與榮娘嘲笑了去。

籬莊在盛京郊外，臨渭水之濱，馬毬場是用黃土一寸一寸砸實砸平的大片空地，東西兩面皆用矮牆攔起。距籬莊毬場不到十里地即是終南山腳，年年春秋兩季，勛貴家郎君、娘子皆相邀於此狩獵。

時辰尚早，但毬場邊已三三兩兩聚起了人，為貴家女娘搭蓋的望亭在毬場南邊的一處高地上，望亭四周不但懸著薄紗帷幔，亭裡更設了案几坐席，與庭院裡休憩的涼亭並無二樣。

瑤娘遠遠瞧中了地處正中、視線最好的望亭，拉了溫榮與嬋娘過去，才到跟前，正要撩帷幔時，卻被人搶了先。

待瑤娘看清來人，眉頭一皺，憤憤地大聲質問道：「嵐娘，此處是我們先看上的，妳如何進去了？」

那位著杏紅錦緞袍褲女娘橫眉得意地掃了瑤娘三人一眼，並不搭理，只朝著另一處揮手。

溫榮隨之望去，旋即心狠狠一揪，雙手不自禁地緊緊握起。此時向她們走來的、一身妃紅團花錦緞毬服的年輕女娘，是禹國公府大娘子韓秋嬏，非旁人，就是前世帶了太后賜死慈諭至紫宸殿的皇后！那世溫榮蹬了圈椅，意識漸漸模糊時，絕望雙眼對上的是皇后那埋了深深恨意、恨不能將自己挫骨揚灰的目光。溫榮覺得諷刺，無度寵愛自己的是李奕，可賜死自己的亦是李奕。此時韓秋嬏的眼神不過是慣常的驕傲與不屑，溫榮心底深處的自嘲和遺憾劃閃即逝。這一世，她不會再與韓秋嬏爭奪李奕的寵愛了，她會躲得遠遠的。

林瑤氣咻咻地應道：「這處望亭分明是我先見著的，妳卻使了人來搶，如何這般不講理！」

「不講理的可是妳們！是誰先撩起帷幔，又是誰先踏進了望亭的？識相的就快快走開了去，莫要掃了興子，弄得大家臉上都不好看！」韓秋嬏身邊著薑黃毬服的娘子冷聲說道。

溫榮知曉，她是薛國公府張三娘子。

林瑤氣不過，正要與她們理論，卻被溫榮與嬋娘拉住。

溫榮雖聽不過耳，卻低聲勸道：「我們換一處便是，犯不著大庭廣眾起爭執，沒了臉面。」

林嬋也忙著勸阻。「若是再不尋了別處，好位置的望亭怕是都沒了。」

林瑤是想不依不饒的，只無奈被溫榮拉著，無法只能順著走了。

本以為如此便罷，不承想韓秋嬏冷不丁地又說道：「哼，也不看看自己什麼身分，縱是起爭執，沒臉面的也是妳們！」

溫榮回身鎮靜地望著翹唇冷笑、滿眼輕視的韓秋嬏，冷冷應道：「我們將望亭讓與妳，是因它不值得我們費心思去爭，妳既已占了便宜，又何必不饒人？」說罷，溫榮頭也不回地執起瑤娘的手離開。

身後那些勛貴女娘脹紅了臉，卻如鋸嘴葫蘆般，咬牙不能再罵。

見林瑤等人走遠，那先前搶望亭的娘子才憤憤地說道：「那個是誰？居然敢這般與我們說話！」

「擊毬要開始了，莫要在外面丟人現眼。」韓秋嬏率先走進望亭，想起先前著碧青色毬服的女娘，眼中閃過一絲惡毒。

待各處娘子都進了望亭後，不遠處雲錦圍成的幛房走出兩位郎君，著緇色團蟒錦袍的正是那日將長孫太傅引至東市的二皇子李徵，另一位著暗銀色大科羅紗長袍的則為尚書左僕射府的趙家二郎。

李徵嘴角輕勾。「不知是哪家娘子？牙尖嘴利，頗有膽識，敢與禹國公府大娘子對上。」

趙二郎微合起那雙滿是戲謔的鳳眼，言語輕薄。「倒是個妙人！二皇子可想親近一番？」

「哼，我可沒你的閒工夫。」李徵滿含興味地環視一周後，指著一處望亭笑道：「那不是黎國公府溫三娘子嗎？你不過去招呼則個？」

趙二郎登時斂笑，沒好氣地說道：「好生進幃房吧，還要準備了擊毬的事。」

李徵微微挑眉，轉身與趙二郎進了雲錦幃房裡。

第六章

溫榮與林府二位娘子又尋了一處望亭，待坐定後，林瑤望著榮娘，感激地說道：「榮娘，還是妳厲害，幾句話把那韓大娘子堵了回去，叫我好生出了這口氣。若不是妳，我都不知該慪成怎樣了。」

溫榮微微一笑，拉著瑤娘的手輕嘆道：「我們姊妹三人是一處的，她那般又何嘗不是針對了我們？只是瑤娘妳以後性子可得收斂些，勿要輕易與他人置氣，得饒人處且饒人，不理之則必敗之。」

瑤娘心裡雖還有氣，但亦是知事地點了點頭。

嬋娘蹙眉嗔怪瑤娘道：「妳總是個惹事的主，今日又累了榮娘，平日裡阿娘多次叮囑妳卻不聽，榮娘今日亦這般說了，妳倒是長長記性吧！」數落了瑤娘後，嬋娘面帶憂色地與溫榮說道：「榮娘，妳剛來盛京卻是不知的，先前妃紅毬衣的女娘是禹國公嫡出長女，她阿娘是安平縣主，姑母又是得聖人寵愛的韓德妃，周遭皆是捧奉她的娘子，被慣出的性子很是跋扈。先前她們處了下風，怕是已惦記上了，往後少不得找妳麻煩，平白為難了妳。」

溫榮只能苦笑。她如何不知韓秋娘的性子？本已打定主意，遠遠躲開了她們，只明哲保身的，可瑤娘是真真拿自己做貼心姊妹相待，嬋娘又是隱士般的清淡性子，若自己也一語不發，不肯出來，怕是以瑤娘的直烈脾性，必要不依不饒地鬧上一番了。且自己亦看不過韓大娘子盛氣凌人、咄咄逼人的作態。

前世溫榮與韓秋嬏第一次結梁子，是在乾德十四年的曲江關宴上。那日勛貴家女娘聚在杏園一處鬥詩，吸引了不少遊人駐足圍賞評看。韓秋嬏的膚淺詩作被許多依附於她的娘子誇讚為「驚世之作」，甚至還有人稱讚其「堪比青蓮居士」。

韓秋嬏周圍的讚揚之聲不絕於耳，還有娘子當眾懇求韓秋嬏贈詩作和墨寶。旁者不乏善詩與文采斐然者，嘲諷一笑，想來勛貴女娘也不過如此了，平日裡只喜珠釵脂粉，短見薄識，只是尺澤之鯢，怎可能有超俗之作？溫榮是心性高的，見不慣這等阿諛奉承的場面，遂起身緩行至鋪陳了羅紋重單宣的案几前，並不多言，執筆揮毫而作。

本只是作與韓秋娘相看，可不承想，詩作得了詩名遠播的翰林院學士杜樂天認可，更有好事之人將韓秋嬏和溫榮的詩作分別謄寫在團扇兩面，詩作的好劣，道中人一望便知。如此無異於結結實實打韓秋嬏巴掌，從此二人就結了梁子。

「榮娘，快看那兒！」瑤娘扯了扯溫榮，手指往一處。「德陽公主也來了呢！」

溫榮望去，莞爾一笑。「好大的排場。」

不過是來看毬，德陽公主卻盛裝打扮，一身海棠紅通花坦領輕紗大袖裳，寶藍繡金鳳連同心百結束胸長裙，搭銀羅幔紗花鳥紋袘地帔帛，望仙髻上簪九翅流蘇金鳳銜珠正釵，走路姿態婀娜風流，令人遐思萬千，身後更帶了數十衣著華麗的宮婢僕從，可不是氣派。

瑤娘捂嘴笑道：「聽聞德陽公主又和離了呢，都第四次了！」

「才和妳說了性子要收斂，要謹言慎行的，如何又在這兒嚼舌！」嬋娘急急地罵道。

在背後妄論皇族貴女，若是被有心人聽去，是要治大不敬之罪的！溫榮亦瞪了瑤娘一眼。

瑤娘卻噘嘴，毫不在意地道：「又沒了外人，何況本就如此，敢做如何不敢讓人說？」

溫榮和嬋娘蹙眉相視，無奈地搖搖頭，瑤娘的性子著實令人難安。

德陽公主是睿宗聖主長女，極得聖主寵愛，食封早踰於常制，達一千二百戶，綾羅錦緞、珍石異寶的賞賜不計其數，更有傳其在東都洛陽的宅邸，單池沼便占了三百畝地。

聖朝和離再嫁非罕事，可頻繁至此，不免引人猜測與議論了。

德陽公主的僕從在北面高地的一處望亭中，放了金漆雕鸞鳳合鳴紫檀胡床，又撤去了懸掛於望亭的帷幔。

只見德陽公主半倚半坐於胡床，纖手輕攏髮髻，柔鬟垂至翡翠滴珠玉耳鐺，黛眉輕掃拂雲月，朱唇一點桃花殷，雲母蝴蝶花鈿如薄蟬般覆於德陽公主眉心，豔勝無雙。

北面高地正中是清芙樓，樓中夔龍鳳紋輕紗帷幔重重，今日聖駕更是親臨清芙樓觀看馬毬賽。

「毬賽要開始了呢！」瑤娘很是興奮，榮娘與嬋娘亦往場中瞧去。

場中吐蕃蕃士著深褐錦衣，聖朝侍衛著墨綠錦服，聖朝侍衛毬杖包了虎紋獸衣，黃黑間紋，一派威風凜凜。兩處郎君皆勒緊馬轡，手持毬杖，隨著一聲鼓響，吐蕃蕃士打到了第一杖，激起大片黃土。場上蹄聲陣響，如驚雷一般，兩處人馬皆朝地上的七寶毬追逐而去。場邊是驚呼連連，一時間好不緊張與激烈。

半個時辰過去，吐蕃蕃士已領先了五籌，場邊計分小旗獵獵招展，聖朝侍衛毬術雖精湛，可與吐蕃蕃士相較，又遜了一籌，若真輸了，大聖朝卻是要失了臉面的。

瑤娘早焦急地在望亭裡跳腳，連連埋怨，那仗勢倒巴不得親自上場了。

溫榮笑道：「妳卻是安生看了毬賽，這般咋呼也無濟於事的。」

瑤娘看得興起，心也癢了，說是過些時日，要聚了貴家女娘一道賽上一場。

嬋娘與溫榮問道：「榮娘可會騎馬？」

盛京勛貴娘子個個擅長馬術，漫說馬毬競技了，就是那春秋狩獵，亦是不輸於郎君的。而溫榮雖能騎馬，卻著實不曾如此激烈地打過馬毬，原先在杭州郡時，不過是騎驢擊毬罷了，相較溫和許多。溫榮自知不善馬術，真上毬場，約莫一個不小心就會有閃失。

溫榮頗為遺憾地如實說道：「不善騎馬，只能是瞧瞧熱鬧了。」

說話間，場中毬賽已暫停，不知聖主要做何變化。

「終於要換人了！」瑤娘長舒一口氣，不過一句尋常話語，自瑤娘口中說出卻語調漸高，雙目驀然間熠熠生輝。

溫榮會心一笑，必是瑤娘期盼許久的了。她並不點破，只應和道：「聖朝人才輩出，毬場上又怎會缺了英勇好兒郎。」
瑤娘兩頰不知何時飛起紅霞，玉手掩唇，雙目直勾勾地盯著毬場新上的郎君。待看清場中人時，溫榮一愣——是他！
聖朝馬毬隊一共換了四人——二皇子泰王李徵、三皇子臨江王李奕、五皇子紀王李晟、左僕射府趙家二郎。
大半時辰的毬賽過去，那灑油壓實毬場早已翻起了坑坑窪窪的黃土，風過之處，散揚起朦朧沙塵。
李奕俊美的面容，一如既往地掛著淡然悠遠的淺笑，目光深邃清澈，挺拔身姿配上赤色獅子驄，可謂少年鮮衣怒馬，叫人看得擺不開眼去。
嬋娘見瑤娘滿眼驚豔，一副癡癡呆呆的模樣，嗤嗤笑著拉過溫榮。「榮娘，妳快來瞧，奔馬郎君出現了！妳倒是比比，是妳的八寶牡丹招人疼，還是千里名駒討人喜歡？」
溫榮一時緩不過神，執著搧涼的團扇掉在了地上。
嬋娘偏頭看向溫榮，溫榮的雙眸早不復以往的翦水明亮，而是黯淡如暮色裡被薄雲擋住的長庚星一般。「榮娘，怎麼了？」嬋娘關切地問道。
溫榮這才發現了自己的失儀，眨了眨眼掩飾道：「那四位郎君如何與其他侍衛不同？」
毬場上侍衛都是著墨綠錦衣毬服的，可三位皇子和趙二郎卻是清一色精白壓平金雲海紋大科袍服，三位皇子束紫金冠，趙二郎紮繡金紋暗色頭巾。四位郎君皆容貌俊美，五皇子李晟與三皇子李奕頗有幾分相像，畢竟二人的母妃是孿生姊妹，只是五皇子的眉宇更為冷峻肅穆。

嬋娘知道溫榮初來盛京，自然還不識盛京裡的皇親貴胄，也不知曉他們平日裡的做派，遂一一耐心地為溫榮介紹，說罷又湊近了溫榮耳邊悄聲說道：「那趙二郎不過是個浪蕩子，妳以後見著了躲遠些。」

溫榮如何不知趙二郎是風流輕薄的性子？難得的是嬋娘肯細心提點，故連忙頷首。「多謝嬋娘了，我以後定遠遠地躲開。」

溫榮瞧著遠遠一處望亭，溫菡娘今日也來了，靦臉與趙家娘子坐在一處。菡娘是個任性妄為的，黎國公府與左僕射府不論是政見抑或是站派皆不同，左僕射府是支持二皇子李徵的。上一世菡娘為了趙二郎可謂是費盡了心思，見哭鬧威脅無法達到目的，不惜自毀名聲，令眾人瞧見她對趙二郎投懷送抱，如此才如願嫁去趙府。只不知，這也是二皇子算在內的一步棋。那時太子早因不端的行為招致各方朝臣群諫，睿宗雖意識到太子品行確不適做天下聖主，但因太子是他最疼愛的嫡長子而不忍易儲。

太子疑心越來越重，更忌憚懷謀嫡之心的胞弟李徵，在派人暗殺李徵未遂後，企圖勾結依附勢力謀反。恰逢此時，黎國公府與左僕射府聯姻，此變故令太子對黎國公府心生了猜忌。溫景祺見太子對己疏遠，且越發像窮途困獸，而二皇子羽翼漸滿，遂暗地裡投靠了二皇子，致使太子謀反事宜敗露……

一聲鼓響，溫榮又看向毬場，馬毬賽再次開始。二皇子李徵一馬當先，李奕、李晟亦是氣勢凜人，四位年輕郎君上場後，聖朝馬毬隊一掃先前劣勢，連連進毬，小半時辰即已反超吐蕃。毬場上比賽得激烈，可溫榮卻坐立不安，只想快快結束了回府去。前世之事雖已看淡，但總有那麼一人，見之便如掌扼喉。

瑤娘激動地拍手嬌呼，溫榮只心不在焉地說道：「四位郎君確實是英勇過人。」

嬋娘聽聞眉頭一皺，撇撇嘴道：「不過如此罷了，琛郎的騎射可是京中數一數二的，若是琛郎上場，我們聖朝毬隊才是真正的如有神助呢！」說罷，嬋娘老成地嘆口氣。「阿娘與阿爺就是對琛郎管教太嚴了，說是要以學業為重，及第之前不能讓旁物分了心思。其實今日來了亦無不可。」嬋娘聽溫榮誇讚毬場裡的郎君，擔心溫榮同瑤娘一般，被哪位皇子迷了心，這才替琛郎說了話。

溫榮不知嬋娘所想，笑著應道：「林大郎有家妹如此幫著說話，定是很欣慰的。只不過縱然妳不說，我也知道林大郎是好的，要不如何有妳與瑤娘這般出色的妹妹？」

嬋娘不滿地說道：「我是認真的，妳卻當玩笑！」又抬頭望了眼癡癡盯著毬場的瑤娘。「那幅奔馬圖是出自三皇子之手，琛郎不過是將墨寶帶回府，不料瑤娘從此心心念念……」

溫榮正要接過綠佩奉來的茶湯，手一顫，秘色粉桃瓷碗碰在地上摔得粉碎。

「娘子！有沒有燙著？」綠佩慌忙扶起溫榮，連連道歉。

瑤娘聽見聲響，回頭見灑了茶湯，這才收起心思，與嬋娘一道扶過溫榮。

「不過打濕了一小處馬靴，沒有那麼嚴重的，安生去看毬吧。」溫榮笑笑，不甚在意。

先前嬋娘喚溫榮看奔馬郎君，溫榮並不曾留意到瑤娘的目光，直到嬋娘明明白白地說出瑤娘鍾情於三皇子，溫榮才猛地驚醒。前世她嫁入臨江王府後，李奕便未再納妃，瑤娘的情意怕是平白送那江流水了……

林瑤見溫榮確實無事，又全心地望著場中執杖策馬的翩翩郎君。

溫榮輕聲與嬋娘說道：「無情最是帝王家，嬋娘好生勸勸瑤娘吧。」

林嬋點了點頭，溫榮說的話與她想的一般。「如何不勸？只是聽不進。先前韓秋娘之所以針對了我們，亦是有這原因的。」

那世韓秋嬏如願嫁與李奕，成了臨江王妃，雖說是政權聯姻，不曾得到李奕真心，但至少在李奕登大寶之後，得以母儀天下，比起自己的紅綃香斷、瑤娘的癡情難紓，不知好了多少倍。

突然，周遭傳來驚恐的呼聲，瑤娘更是不顧規矩，撩起帷幔，慌張地跑了出去。

溫榮與嬋娘亦重新望向馬毬場——

毬場中，二皇子李徵騎的赤龍駒已失控，猛甩首頸，紅鬃四散，四蹄不斷磨擦蹭地。李徵繃著臉，緊拉馬轡，竭力想使馬安靜下來。不承想事與願違，馬不但未安靜，甚至突然發狂，瘋了一般直直朝正護著七寶毬的李奕衝去！

李徵急得大喊。「三弟快快躲開了！」

毬場上，蕃士與侍衛嚇得目瞪口呆，驚駭地看著這凶險的一幕，三皇子此時再躲，已經來不及了。這般相撞，二皇子與三皇子都必定重傷！

高地望亭裡的各家娘子皆是花容失色，瑤娘更是急得要哭出來了。

溫榮雖知李奕能躲開，但心亦繃得緊緊的。

五皇子見狀急轉馬向，騎了皎雪驄飛奔而來，欲追上二皇子的赤龍駒，只無奈相隔了一段距離。就在赤龍駒即將撞上三皇子獅子驄的千鈞一髮間，三皇子一勒韁繩，獅子驄雙蹄騰空，幾近直立，險險避過。兩名駒擦鬃而過，赤龍駒繼續向西處矮牆狂奔而去，若是撞上，二皇子怕是少不得要筋斷骨折。李晟與李奕一道朝二皇子追去，在離矮牆不足十丈遠距離時，三皇子的獅子驄與五皇子的皎雪驄一左一右將赤龍駒夾在中間。二人不顧危險，伸手狠拉赤龍駒轡繩，雖然赤龍駒狂躁不安，但是兩位皇子的坐騎卻穩穩奔跑，未受絲毫影響。赤龍駒前行速度略微放緩了些，可依舊未停下，眼見三人將一起撞上西牆時，獅子驄猛地急停，仰天長嘶，鐵蹄狠狠跺地，幾聲勁響過後，赤龍駒終於煞住前蹄，雖依然焦躁難平，但二皇子已脫離了危險。

三位皇子翻身下馬，早候在四周卻不敢靠近的僕從、侍衛忙上前接過馬轡，眾人見三位皇子安然無恙，懸著的心才放下。任一位皇子受傷出事，馬毬場上之人便是死都難辭其咎。

「二哥，先去幃房稍作休息，叫醫官來看看才好。」李奕關切道。

李徵衝李奕與李晟抱拳相揖，嚴肅認真地說道：「今日多謝三弟與五弟了，若不是你們，我必不能全身而退。」

馬毬賽再次暫停，三位皇子入了場邊的蜀錦幛房內小憩。

趙家二郎此時也趕到，面上輕佻淺笑早已不見，慌張驚恐地垂首說道：「趙淳護泰王殿下不力，令殿下陷險境，望殿下責罰！」

「不必自責，事出突然，與你無關。」二皇子轉頭盯著不斷甩首打噴的赤龍駒，眼神一暗，對正跪在地聽候命令的僕從道：「將赤龍駒帶下去，叫了御馬侍好生照料，再將龍驤牽來。」

「二哥還要上場？」李奕皺眉問道。赤龍駒發狂得蹊蹺，若是不查清，怕有後患。

李徵衝李奕頷首，知李奕心中顧慮。「無妨，龍驤自我府牽出，未經他人手。」

趙二郎趙淳聽了二皇子所言，沈思片刻，轉身向僕從交代了幾句，命僕從去查赤龍駒的草料，隨行僕從退出了幛房。

這時，聖主身邊的盧侍監自清芙樓匆匆而來，向三位皇子卑躬拜禮後說道：「聖主在高處見此險狀，甚是憂惶，遣老奴前來探望。」

李徵勉強笑道：「某已無事，還請盧內侍回稟了聖主，多虧三弟與五弟傾力相助，兒才得以脫險。」

盧內侍抬首見二皇子確實無傷，只是面色青白，可見受驚嚇不小。與三位皇子轉達了聖主的意思後，便告辭離開。

盧內侍出幃房之際，先前由趙二郎遣出的僕從滿臉驚慌地回來。正如趙淳猜測的，赤龍駒的草料被人下了藥！趙淳眉頭一皺，卻不言語。

馬毬賽重新開始，經歷了先前駭人的一幕後，氣氛不免沈重。

溫榮見李奕安然無恙，鬆了一口氣。他雖非良人，卻是難得的好君王；而五皇子李晟亦是有大勇之人，臨危能不懼，無私無畏。溫榮將目光轉向了二皇子，不知是何人在那赤龍駒上動了手腳？二皇子素來心機極重，可先前若不是李奕與五皇子出手相助，二皇子現只怕是生死未卜，故若是二皇子自己布的局，不免太過凶險。如今朝堂上太子與二皇子關係微妙，嫌疑最大，但在如此光天化日與眾目睽睽下行事，實是令人覺得愚蠢。

溫榮思及嬋娘先前所說琛郎一事，平日裡琛郎時不時會至衡山書院指導軒郎功課，溫榮對琛郎是心懷感激的，如此可看出，琛郎對轉年進士科是胸有成竹，中書令府的管束亦不如傳聞那般嚴格。

琛郎不惜惹怒瑤娘也不肯到籬莊擊毬，怕是早已算到今日的馬毬場不會太平。二皇子有難，三皇子、五皇子自當竭力相救，救下了皆大歡喜，之後再暗暗尋查便是。可若是有何閃失，場上之人必逃不了干係，李奕與李晟是聖人寵愛的皇子，事後證明與己無關，即可置身事外，不會受到懲處，而他人呢？普通侍衛無辜受牽連自不必言，餘下的趙淳極得二皇子信任，只要尚書左僕射出面強諫，要求徹查此事，抓出背後做手腳之人，趙二郎自可免囹圄之禍。

可琛郎一旦在場上，這把火難免要燒至林中書令身上，逼得林中書令出面諫言，清晰了立場……罷了，溫榮苦笑搖頭，皇室謀儲與己何干？

如今黎國公府在盛京非議漸多，大伯父為能力所限，難得聖人器重；阿爺雖耿直清正，可剛至盛京，又不願依附老臣，鹽政官一案至今沒有明朗說法，也不知是否因此得罪了某些當朝重臣。阿爺中司侍郎一職是時時被人盯著，可謂如履薄冰。外事已不安穩，國公府內大房與二房又各懷心思……

三皇子與五皇子先前挺身而出的英姿，不知又俘虜了多少情竇初開的年輕女娘。瑤娘雙手相握置於胸口，眼裡灼人的熱度似是不惜將自己焚毀。

馬毬賽結束了，聖朝領先三籌，勝吐蕃蕃士。雖說是為慶祝廣陽公主下嫁吐蕃，是不拘輸贏的，可畢竟關乎大聖朝的臉面。中間雖有不愉快，但不影響勝利帶給每一個人喜悅，聖主命人賞賜了場上所有侍衛與蕃士。

幾位皇子未在場上多做逗留，依照先前盧內侍傳的聖人口諭，更換袍衫後速速前往清芙樓。

溫榮見瑤娘黏在地上似的，一動也不動，無奈地說道：「馬毬賽結束了，我們也該回去了，妳如此守著，毬場裡也長不出個人來。」

「時辰尚早，不如再歇息會兒？」瑤娘面上紅暈還未散去，訕訕地看看四處，望亭裡的女娘也幾乎都沒走呢！

嬋娘並不理會瑤娘，與溫榮說道：「籬莊過去不多遠，便是終南山腳的樊川了，是個奇峰秀嶺、碧水通幽的好去處，不如去遊賞一番？」

瑤娘一聽聞去樊川便來了興致，雖想再看看朝思暮想的郎君，可來日方長，今日是榮娘第一次到終南山附近，自是該陪伴了榮娘的，故歡喜地說道：「是了，一會兒使人牽了馬來，騎馬遊園，是再好不過的。」

樊川位於少陵原與神禾原之間，植被蔥蘢，繁花盛草。夏日裡雖驕陽難耐，可若能在綠蔭中騎馬慢行，享受林間的和煦細風，倒是別有一番情趣，故溫榮笑著頷首。

見溫榮答應了，林瑤忙遣婢子至樊川林府的私宅備馬。

三位小娘子撩開望亭帷幔，正要離去，一位宮人模樣的婢子前來傳話——

「奉德陽公主之諭，請各家娘子至樂園小聚，公主殿下已在園內擺好宴幄。」說罷，福了個身，並不多作停留。

三人一時不曾反應過來，直到宮婢走遠，嬋娘才嘆氣輕聲道：「不去怕是不行的。」

「不知德陽公主緣何擺席面？」溫榮蹙眉問道。前一世太子被黜，德陽公主欲染指政權，縱是再寵愛她的睿宗帝也忍無可忍了，雖不捨殺之，卻將其貶為了庶人。

「德陽公主是個喜熱鬧的，不過是一般宴席罷了，只是遊樊川一事怕是得改日了。」嬋娘頓了頓又笑道：「榮娘與我們一處便是，也不是什麼要緊的。」

樂園處河兩岸，倚原面水，擁有園池花亭，景色很是撩人。藉草圃已拉了三面刺玫瑰金雲錦幔幃，幔幃裡擺了食案與月牙瓷坐墩。侍婢奉上了一盤盤新鮮膾絲、新炙鹿脯，各色羹餚果品琳琅滿目。食案旁，還有幾罈上好的河東乾和葡萄美酒。

德陽公主斜躺在席案正首處的矮榻上，嬋娘牽著溫榮上前，兩人盈盈拜倒。「奴見過公主殿下。」

「起來吧，在我這兒無須拘禮。」德陽公主目光掃過林嬋，落在了溫榮身上，嘴角一挑，淺笑著說道：「嬋娘身邊這位小娘子面生得很。」

嬋娘忙應道：「回稟公主，這位是黎國公府四娘子溫榮，榮娘是才隨溫中司侍郎回盛京的。」

溫榮亦低眉順眼地拜倒。

眼前人容貌姣好，看似順從，眉眼卻帶了幾分傲氣。德陽公主心裡低笑，盛京裡又多了個招人疼的小娘子了。「原來是黎國公府四娘子，聽聞溫中司侍郎在杭州郡的鹽政貪墨案中立了大功。」

溫榮蹙眉思道，聖朝雖對女子束縛甚少，可女子干預或過問政事卻依然是大忌，德陽公主因有聖人寵愛，故無顧忌地並開府、置幕僚，可自己只是一般勛貴女娘，若說錯話，怕是要連累國公府的，遂惶恐謙恭地應道：「阿爺蒙聖主器重，自當盡心盡力效忠於聖主，為聖主分憂是應當的。」

德陽公主慢慢直起了身子，看向溫榮的眼神多了一分深意。這溫四娘子，年歲雖輕，卻是個謹慎的。她面上笑意更濃，道：「好一個效忠聖主！快快起來了吧，叫人瞧見了，倒要說我擺架子了。」

溫榮又拜倒謝過後才肯起身，而德陽公主亦笑令開席，宮中樂娘子在旁奏起了龍池樂助興。

娘子們三三兩兩圍在一起談笑作樂，溫榮環視了下卻發現溫菡不在幃房裡，趙府的二娘子是與另幾位女娘坐在一處的。

席面食了差不多後，德陽公主身邊的女史遵德陽公主的意思，領著幔幃中的女娘玩起了藏鈎與射覆。瑤娘精於此道，連連奪籌，只是贏了要連帶著吃酒，溫榮與嬋娘是攔都攔不住。

韓秋嬏身邊的張三娘子輸急了眼，放下話說要同瑤娘一較高下，一局定勝負。四周女娘見有熱鬧，紛紛圍了上來，德陽公主亦是興致頗高地瞧薛國公府和中書令府的兩位娘子爭勝。

德陽公主向女史交代了幾句，女史笑著上前說道：「公主殿下為讓各位娘子玩得盡興，特意備了三百疋絹，用於此局藏鈎的勝家。」

溫榮暗暗咋舌，不過是尋常小把戲罷了，德陽公主卻如此闊綽。

女史停了停，待女娘們議論後又接著說道：「贏者有賞，輸者自然是要受罰的。食案上有三只金獸首五彩纏絲瑪瑙杯，已斟滿了河東乾和葡萄美酒，輸者當豪飲三杯。不知張三娘子與林二娘子可願比了？」

那三只瑪瑙杯著實不小，溫榮本想勸瑤娘不要去的，可瑤娘已豪爽地應了。

倒是張三娘有些猶豫，瑤娘仰著腦袋，得意地瞧著要打退堂鼓的張三娘。

韓秋嬏見狀不耐，薛國公府雖同禹國公府交好，可韓大娘並不打算給張三娘面子，近前冷冷地說道：「妳先前的豪言壯語說得好聽，此時別妄想去做縮頭烏龜，連累我丟了面子！」

張三娘見韓大娘子如此說了，只好硬著頭皮應下賭局。

張三娘本就氣勢不足，且藏鈎本事又不如瑤娘，不多會兒便落敗了。德陽公主將三百疋絹賞賜與瑤娘，並命人送去中書令府，笑言往後宮中設宴，定要請了瑤娘一起。而張三娘望著食案上的瑪瑙杯，只覺得還未吃便已暈暈乎乎的，愣是不敢上前。韓秋娘早去了另一處，並不搭理張三娘。

德陽公主似笑非笑地說道：「張三娘可是輸不起？若是這般推託，先前如何又應了本宮？」

張三娘聽了心中大駭，忙跪在地上求公主饒恕，心一橫，從侍婢手中接過瑪瑙杯，不過才吃了兩杯，便已暈倒在地。

「哼，沒用的東西！」德陽公主語氣平淡地說道：「拖下去。」

不多時，德陽公主面露倦意，命席面撤去，見狀眾女娘跪拜謝過德陽公主後，才陸續散了。

見時辰尚早，且瑤娘又吃了些酒，縈娘三人決定在樂園四處走走，為瑤娘散酒勁。

三人騎著最溫順不過的胭脂駿，緩行在通幽小徑，園裡正盛放著芍藥，翠莖紅花，暄風頻動，蝶翅蜂鬚留戀於蕊塵。芍藥雖不及牡丹富貴，卻也是綺羅不妒傾城色了。

瑤娘指著一處粉蕊黃絲芍藥叢，嘻嘻哈哈地笑個不停。「縈娘、嬋娘，妳們快來看了，這處花開得甚好！」

若不是知曉瑤娘對李奕一往情深，溫縈真會將她認作是個沒心沒肺的。溫縈擔憂地與嬋娘說道：「雖說瑤娘贏了三百疋絹，可少不得讓府裡知曉了她在外與人打賭一事，不知瑤娘回去是否會受罰？」

嬋娘不悅地看了瑤娘一眼。「罰了才好，否則終有一日要出事的！」

瑤娘借著酒勁，越發的沒束縛，跳下馬摘一朵凌花晨玉藍色芍藥簪上，嬉笑地要縈娘與嬋娘一道簪了。

兩人見瑤娘一身鵝黃胡服，卻簪朵大藍花，撐不住笑將起來。

「妳自己做那花婆子去，沒得拉了我們一道！」溫縈笑得不停，指著瑤娘嬌聲說道。

那一邊修林突然轉出兩位郎君，見不遠處的芍藥叢裡，三位貴家娘子忘乎地笑個不停。

嬋娘見到來人，低聲暗叫不好，正想拉溫榮與瑤娘躲開，可瑤娘已紅著臉迎了上去，也不知將那芍藥取下，就先盈盈拜倒。「奴見過三皇子殿下、五皇子殿下。」

此時再躲是不可能了，溫榮與林嬋只能下馬拜見。

「這不是嬋娘與瑤娘嗎？聽聞公主席面已撤，如何還不回府？」李奕溫和地笑著問道，目光落在溫榮身上時卻微微一愣。

李奕、李晟與林子琛關係極好，自然也與林瑤、林嬋相熟。

「見此處景色甚好，便打算賞遊則個。」林嬋並不願讓三皇子知曉瑤娘吃多酒了。

「難得有如此興致了。」李奕望著溫榮，那股子熟悉感莫名的越發強烈。「這位娘子是？」

瑤娘將溫榮向前拉了一步，笑道：「這位便是連連解了兩道中盤棋的溫榮娘。」

「原來是溫四娘子，溫四娘子深諳棋道，某很是敬佩。」李奕望著溫榮的雙眼，慢慢地生出了光彩。

而在旁一直緘默不語的李晟，也多看了溫榮幾眼。

「三皇子謬讚了，奴不過是碰巧解開的罷了。」溫榮沒什麼表情，只淡淡地應道。不承想琛郎將是誰解開的棋局，都告知了兩位皇子。

李奕正要與溫榮說話，嬋娘卻福身道：「還請三皇子殿下、五皇子殿下見諒，因時候不早，奴也該回府了。」

李奕望著溫榮疏離的表情，只覺得悶悶的，卻依然笑著回道：「是該早些回去，別令府裡擔心了。」

三人聽聞，福身道謝。瑤娘雖不捨，卻被嬋娘死死扯著。

見三人已轉身離開，李奕突然心有不甘，清朗溫潤的聲音響起，如珠落玉盤一般——

「溫四娘子，我們是否在哪裡見過？」

溫榮腳步一滯，雖說比那世提前見到了李奕，可這確是第一次相見，緣何李奕會問出如此古怪的話？

溫榮回身，垂首淡漠地說道：「三皇子必是記錯了，奴才隨阿爺自杭州郡回來，未曾有幸見過三皇子。」禮數周全，卻拒人於千里之外。

「恕某唐突了，還望溫四娘子見諒。」李奕面上閃過一絲落寞，笑得很是勉強。

溫榮無所謂地笑笑。「天下之大，相似的人自是有的，三皇子無須自責。」

李奕感受到了溫榮話語裡的抗拒，怕是不願與自己多做交談的，無奈之下，只得與三位娘子再次作別。

上了馬車後，林府兩位娘子先送溫榮回國公府。

林瑤好奇地說道：「這世上居然會有與榮娘如此相像之人，連三皇子都認錯了。」

溫榮瞪了瑤娘一眼，忍不住笑道：「認錯了我事小，只是妳這花婆子的模樣叫兩位皇子牢牢記住了，怕是不會再認錯妳了。」

林瑤此時酒醒得差不多了，聽溫榮說罷，才想起自己髮束上簪著的晨玉大藍芍藥，臉一白，慌忙摘下，捏在手裡，悔不堪言。

嬋娘也不勸慰，火上澆油地說道：「妳趁早斷了念想吧，別令三皇子與大哥為難。還有，一會兒回府了，妳自己好生想想該如何解釋那三百疋絹，受罰時別指望我幫妳求情！」

溫榮見瑤娘被說得快要哭了，只得輕輕拉一拉嬋娘。

嬋娘悄聲與溫榮說道：「她臉皮子厚著呢！」

瑤娘耷拉著腦袋。念想哪裡是說斷便能斷的？回府被責罰了是沒打緊的，只是今日這般愚蠢模樣，定叫三皇子笑話了去，得讓大哥再去打聽了才好……

兩位皇子至先前休息的幃房，翻身上馬，緩緩前行，準備回宮。

李晟看了一眼李奕，三哥平日面上總掛著溫和淺笑，今日難得的面露煩悶之色。「三哥見過溫四娘子？」

兩人是自小做一處長大的，若是三哥見過的人，自己必然也見過，可三哥先前那句話又不似玩笑。

李奕只得苦笑，心不在焉地回道：「許是認錯人了，只不承想，如此年輕的小娘子能深諳棋道。」

「是了，我等甘拜下風。」李晟不再言語，想起先前在芍藥叢裡，第一眼見到溋榮時，她笑得毫無顧忌、很是歡暢，可轉眼見到三哥與自己，那本水光瀲灩、如豔陽下一彎碧湖的雙眸，卻突然波瀾湧動，深處泛起的是陣陣冷意。李晟皺了皺眉，溋四娘子的眼神不僅止是冷漠，似乎還有強烈的不耐和逃避。

李奕與李晟回到蓬萊殿，見過王淑妃後，各自回了書房。

李奕來回踱步，無法靜下心來。不知從哪天起，自己每晚夢裡都會出現一位女娘的身影，荷袂翩躚。初始，李奕會毫不猶豫地向那身影走去，可還未靠近，她便如墨畫入水，一點點散開，越發模糊，夢裡的自己很著急，努力伸手去抓，卻是鏡花水月，漣漪蕩盡，一切消失不見。反覆數次後，李奕不再向前走了，只是默默站在原處，雖看不清，可李奕知道，那位娘子眉眼如畫，靜靜地立於江南煙雨下。今日初見溋四娘，那柳煙般的眼角眉梢，如驚雷一般，直直地闖入了心裡，夢中人的模樣慢慢清晰，不是溋四娘，又會是誰？

李奕覺得書房太悶，遂信步走至太華池旁的亭榭裡，此處亭榭是難得的、能令心情平復的好去處。碧清池水泛著層層漣漪，一片紅葉落入了水中，李奕眼見紅葉打著旋漸行漸遠，忽覺一陣恍惚，好似有什麼重要的記憶，被灃河之水一道帶走了……

「三哥，下一盤棋如何？」李晟至蓬萊殿東處的李奕書房，沒有見著人，便徑直過來了。除了蓬萊殿，此處水榭是三哥近段時日最常來的地方。

李奕又想起深諳棋道的溫四娘，不知何時能與她親自對弈？他笑了笑，道：「好。」

雖應下，可李奕的心思全然不在棋盤上，不過走了數十步，李晟便凝眉說道：「三哥，這盤棋無須再下，任誰也挽不回你的劣勢。」前日兩人對弈，棋至中盤，李奕認輸，可猶抱了一絲希望，將棋局交與琛郎，不承想，真叫溫四娘轉圜了棋勢。那日對弈，李奕不過一時失誤，其餘是一步一步穩紮穩打的。雖說在棋局裡，有一步錯即滿盤皆輸的論斷，可那是於一般人而言，故李晟對溫榮能反敗為勝的棋藝也非常感興趣。

「罷了，三哥，回蓬萊殿吧。今日毬場一事，聖人並未要求徹查，只不過予二哥的賞賜已超過了太子。」李晟說完，起身離開水榭，任由李奕盯著棋盤沈思。

李奕深嘆口氣。這盤棋，毫無章法，絲毫不見往日的冷靜與睿智，輸得如此徹底，無顏交予溫四娘求解局了……

溫榮回到國公府裡，見林氏也才剛回來，且面帶倦色。

林氏牽著溫榮進了內室，緩聲說道：「妳祖母經了數日將養，卻不見好，今日我與妳大伯母去了昭成寺抄寫佛經。」

「阿娘辛苦了，下次兒也隨阿娘一起去。」溫榮扶著林氏坐下，又斟了杯茶。

「不妨事的，抄經是枯燥的，妳又如何耐得住？現只盼妳祖母身子快些好了。平日裡，妳若是得空了，去中書令府尋了嬋娘與瑤娘一道玩便是。」林氏想起甄氏前幾日試探的話，雖沒法作決定，可心思也略有些活絡。

溫榮笑著點點頭，好奇地發現茹娘今日不曾過來尋自己。「怎麼不見茹娘？」

「那孩子，白日裡沒人看著，定是玩瘋了，受了暑氣，剛使人煎煮了解暑湯，才吃過，這會兒回屋歇息去了。」林氏頗有些無奈，見溫榮臉頰也紅撲撲的，擔心地說道：「解暑湯還有多的，涼在了井水裡，妳才從外面回來，也吃一碗才是。」

不一會兒，鶯如捧了碗解暑湯進來，溫榮正要接過，祥安堂裡打發人過來道——

「四娘子可回來了？我們老夫人叫去祥安堂一道用晚膳。」

除了三房回國公府的首日，府裡聚在一起吃了次席面外，其餘日子皆是各自在各自園裡用的。

來西苑尋溫榮的是溫老夫人陪嫁侍婢白嬤嬤，林氏不敢怠慢，起身笑著說道：「煩勞白嬤嬤親自走一趟，我們收拾了一會兒就過去，只是茹娘身子不舒服，恐怕……」

「三夫人無須多忙，老夫人只是請了四娘子，祥安堂裡有大夫人照看著了。」白嬤嬤陪笑說道。

林氏愣了愣，一時不明白為何老夫人只請了榮娘。

溫榮淺笑問道：「老祖母可還請了誰嗎？」

「還有三娘子。」白嬤嬤微微低首，如實回答。每次與溫榮對視，白嬤嬤便會不自覺的心虛，四娘子眼睛一片清明，從不閃躲，總能令白嬤嬤想起原黎國公府大夫人謝氏，四娘子眼神與她一般，波瀾後是寵辱不驚的自信與慧黠。
溫榮欣喜地與林氏說道：「阿娘，定是祖母身子好些了，覺得身邊冷清，才叫了我與三姊一塊兒去用晚膳的。」
說罷，溫榮又衝著白嬤嬤笑道：「白嬤嬤，時候不早了，我們這便過去吧，總不好令老祖母等。」

還未進內堂，溫榮就聽見了菡娘撒嬌的聲音。
「老祖母，這事您可一定得管管！」
溫菡平日裡訓人的聲音尖銳高亢，氣勢十足，在溫老夫人面前，聲音卻壓得很軟很綿，倒是像貓兒一樣。侍婢通傳後，白嬤嬤帶著溫榮進了內堂，就見方氏小心翼翼地、親自從食盒裡將菜品捧出，而菡娘已坐於溫老夫人左側，虛靠在溫老夫人身上，眼圈兒還有些紅紅的，似乎受了什麼委屈。溫榮只作不見，大方地與溫老夫人和方氏見禮。
「過來坐吧！」溫老夫人笑得很是祥和。
溫榮面露難色，躊躇著不敢上前。
方氏見狀，連眉角都帶上了笑意，放下手中的事，上前牽著溫榮走至溫老夫人身側，殷殷地說道：「阿家前幾日就唸叨了要妳們過來陪，只是擔心妳們年輕娘子要嫌棄了她老人家無趣。今日可不是又在唸叨了？我想著乾脆先斬後奏，便自作主張將妳們請了來。」

溫榮順著方氏，恭順地踞坐在溫老夫人右手處，說道：「兒亦是想來看望祖母的，可醫官說祖母需靜養，這才不敢唐突過來。」

大伯母也在內堂裡，雖說是請了自己與菡娘陪伴溫老夫人，可二人終歸是小輩，左首座已被溫菡坐去，若自己大剌剌地占去右首座，恐怕大伯母會心生不悅。

溫老夫人笑了笑。「我不過是老毛病，將養幾日便沒事的，倒是辛苦了妳阿娘，特意去昭成寺抄寫佛經。」

「阿娘見祖母身子不爽快，很是著急，卻又幫不上忙，昭成寺還是大伯母帶了阿娘去的，府裡都是盼著祖母身子快快好了呢！」

溫榮不過說了實話，只是溫菡聽著刺耳，厭煩榮娘一味地討好大伯母。

飯食擺上了食案，一碟金齏玉膾、一碟串脯、一盆剔縷雞、一碟鱸魚炙、一份渾羊格食，每人跟前還有一小碗粟粥與一小碟槐葉冷淘。

方氏正要伺候擺箸，溫老夫人與方氏說道：「妳也辛苦一日了，這些叫婢子做便是，妳坐下一道用晚膳吧。」

方氏眼眸一閃，溫老夫人的眼神不如往日那般尖銳，只透著絲絲疲倦，方氏鼻子一緊，酸酸的不大舒服，轉身細心地交代了婢子幾句，這才謝過溫老夫人，坐於席上。

溫菡殷勤地為溫老夫人挾了一片鱸魚炙。「我知道老祖母喜歡吃新鮮鱸魚。」

溫老夫人慈祥的聲音道：「難得妳都記得。」

溫菡眼珠子一轉，又親熱地為溫榮挾了一塊渾羊格食。「想來榮娘在杭州郡不曾吃過，很是鮮嫩。」好似一派和樂融融的景象。

溫榮瞧著魚藻紋青瓷碗裡的、被加了重料的渾羊格食，哭笑不得。若是照菡娘的說法，冒失地咬下去，怕是要被裡面一層的花椒與酸橘嗆得直冒淚花了。

用過晚膳，溫老夫人斜靠在紫檀胡床上，溫菡主動從白嬤嬤那兒接過美人槌，跪於矮榻，輕輕地為溫老夫人搥腿。

「妳們今日去籬莊毬場看馬毬賽了？」溫老夫人半合眼問道

菡娘眼裡閃過一絲狡黠。

溫榮小心地捧了一碗茶放於胡床旁的案几上，笑著說道：「是呢，毬賽好不精彩！」溫榮好似發現了什麼，面露好奇之色，望著菡娘道：「阿姊也去了嗎？」

溫菡愣了愣，僵直地點點頭。白日她在望亭裡瞧見了溫榮，就料定溫榮也是看到她了，而榮娘初至盛京，必不認識趙府娘子，故她才有此算計，想令溫老夫人反感了溫榮。

「原來阿姊也去了！今日中書令府兩位娘子來接了我，阿姊可曾見著我們？如何不來了一處看毬？」溫榮說得很是坦蕩。溫榮料定今日菡娘會提前走，是因為和趙府娘子鬧不高興了。

「我……我是一個人坐的。」溫菡有些結巴。「本約了太常寺卿家魯娘子，可她今日身子不適……」卻也說不下去了。

溫老夫人斜瞥了溫菡一眼。

方氏心裡冷笑，心思不如溫榮一半，卻還想倒打一耙。

原來今日與趙家娘子交好的一位娘子，說起了前幾日趙二郎在左僕射府裡辦的櫻桃宴，而櫻桃宴並未請溫菡。幾位娘子遂拿此事說項，嘲笑了溫菡，溫菡聽了越發覺得委屈，毬賽才結束就哭著回國公府了。

溫菡到了溫老夫人這兒，又自編了另一番說辭，說是有娘子對國公府出言不遜，她聽不過耳，上前去理論，無奈勢單力薄……還說溫榮也是在場的，卻故意置身事外。

溫老夫人心裡覺得厭煩，打算將正事說了，便打發她們走。「今日宮裡下了帖子，德陽公主出資修建的德光寺將於下月落成，請了我們國公府女眷去觀禮，妳們那日隨了我一道去，這幾日好生準備了。」溫老夫人說罷，擺了擺手。「我也乏了，妳們各自回去吧。」

溫世珩與林氏正說著什麼，見溫榮至廂房道安，即令婢子拿出了一份淺絳山水織錦泥金名帖，頗為驚喜地說道：「妳伯祖母下月去德光寺落成禮，遣了帖子要帶了妳去。」

溫榮見了帖子，詫異地問道：「伯祖母的帖子是何時送來的？先前在祥安堂用晚膳時，祖母亦說了那日要兒陪了一道去德光寺落成禮。」

林氏愣了愣。「妳才過去祥安堂不多時，前院小廝便送了過來。」

林氏未想到兩處會如此碰巧地撞上，更為自己貿然接下帖子而自責，不安地望著溫世珩道：「珩郎，如今帖子已應下，該如何是好？」

溫世珩一時也拿不定主意，雖說伯母如今與國公府來往甚少，可畢竟是長輩，且伯母已鮮少出門，難得的一次，如何推拒……

溫榮笑著寬慰道：「阿爺、阿娘不用擔心，伯祖母願意帶兒一塊兒去，是伯祖母的心意，既已接了，便不能隨意退回。如今離下月德光寺落成禮還有些時日，過兩日兒打算去遺風苑探望伯祖母，不如到時再做了打算。」

「也只能如此了。」溫世珩頷首道：「時候不早，你們也快回去歇息吧。」雖見溫榮能處理好此事，可溫世珩心下依然生出一絲不悅。阿娘一直不喜伯母，幼時每次去長房尋伯母玩耍回來後，阿娘雖未責罰，但都不會給他好臉色看。溫世珩知曉，伯母的性子與為人都是極好的，非但不曾得罪過阿娘，即使是兩房有分歧，讓步的也都是伯母。

溫榮望著泥金帖子上樸素的淺絳山水紋風景，心知此事並非碰巧那麼簡單。別府送至國公府的帖子，都會先經過了前院，負責府內中饋的大伯母只要留心，便可知各房都有何信件與遺帖來往。

「榮娘。」

溫榮正走在回廂房的穿廊上，被軒郎輕聲喚停。

「軒郎可是還有事？」溫榮先前已察覺軒郎雙眼比往日更清亮些，似乎有什麼好事似的。

溫景軒欣喜地說道：「今日下學，收到了林家大郎遣的帖子，說過幾日約了三皇子、五皇子弈棋，若是我得空，讓我一塊兒過去。」

才回盛京不多時，便能得到與皇子一道弈棋的機會，無怪軒郎會受寵若驚了。可溫榮不希望家人與三皇子、五皇子有過多牽扯，不只是因前世自己同三皇子的糾葛，更是為了府裡免遭日後的覆滅之災。

溫榮不滿地蹙眉說道：「與皇子弈棋，雖說機會難得，可非明智。如今大哥祺郎是太子侍讀，若此時你與三皇子和五皇子走得過近，難免會遭人非議。琛郎是表兄，平日裡親近些是無妨的，可宮裡的人，我們還是避些則個。」

軒郎面露不捨。「聽聞三皇子並無爭儲之心……」

溫景軒早知兩位皇子是難得的青年才俊，文騷武德俱佳，再加上先前親眼見了五皇子，五皇子品貌更證實了傳聞，故早盼望了能與他們結交。

「此時無爭儲之心，難保以後不會有，這些事卻不是我們能妄論的。」溫榮冷聲說道。三皇子表面看起來溫和儒雅、與世無爭，可不論是在生活抑或是在皇儲爭奪中，他走的每一步看似無害，實則早布好了陷阱，只等對手一步步走入其中，再無轉圜餘地。

溫榮甚至有懷疑過，前世李奕接近自己，是否也不過是他下的一步棋？

軒郎見溫榮面色冷厲，很是錯愕，直覺榮娘對兩位皇子有偏見。

溫榮知曉語氣重了些，緩了緩，尷尬地笑道：「我只是見前朝歷代，每一次帝王更替都伴著蕭牆之禍，想來還是小心謹慎點為好。更何況阿爺一心盼你順利考上進士科，如今學業未成，斷不能起了玩心。還有那林家大郎，亦未及第，林府若是知曉你們做一處弈棋玩樂而非用心上學，怕是會不滿的。」

軒郎猶豫了，其他姑且不論，耽誤林家大郎學業的責怪他擔不起，遂想了想後，艱難地點頭道：「那我推了，只安心在書院裡上學便是。」

第七章

兩位娘子離開祥安堂後，方氏還留在內堂照顧溫老夫人。方氏仔細看了四處窗紗，夏日裡有細小蠅蟲，糊窗的軟煙羅是少不了的，方氏瞧著一處舊了，頗為不滿，命婢子將庫房裡新備的雨過天晴軟煙羅取出來，叮囑明日換上，很是知冷知熱。

溫老夫人輕嘆口氣說道：「我知曉妳是沈得住氣的性子，辦事也得力，偌大的國公府由妳打理得井井有條。我這當阿娘的知道，大郎是個靠不住的，這些年難為妳了。我與妳說的事，妳只藏在了心裡，莫要與他知曉。」長房至今無子嗣，故國公府承爵一事，溫老夫人雖屬意祺郎，可為以防萬一，不得不早做打算。

方氏初始知曉易子時大為震驚，可驚訝過後，便全心想著要如何維護得來不易的爵位了，更何況茲事體大，若傳將出去，漫說由誰承爵，怕是黎國公府都要保不住了。

「兒定會小心的，阿家莫要太過憂心，先養好了身子才是。」方氏體貼地說道。有些事急不來，且自己本就沒打算將爵位讓與三房，只不過是要令二房與三房互生間隙罷了。

溫老夫人斜睨了方氏一眼，方氏的心思她如何能不知曉？遂冷冷說道：「若妳還有別的打算，就將大郎的外宅婦都給照顧好了，否則妳就仔細想了，如何大郎姬妾都無所出？」

方氏聽了溫老夫人所言，心裡只覺委屈。開始時她是逼著姬妾用藥，以免她們懷上子嗣，可這麼多年過去，她也是著急了的，因此邊拭淚邊說道：「阿家，妳定要相信我，我知曉自己不曾為溫家生下子嗣，故凡事都更加小心謹慎，每每聽聞姬妾有孕，都是細心伺候照料，如今我更是不敢有半分私心。」

「好了，我也不是就怪了妳，只是提醒妳罷了。去德光寺一事要盡快準備起來，如今依附太子的朝臣雖不少，但成氣候的卻沒幾個。聖主身邊能說上話的，除了長孫太傅那幾位老臣，就剩下中書令林正德了，既然他是林氏阿爺，這層關係可不能浪費……」溫老夫人眼眸裡閃過一絲寒光。她這般做也是為三房謀榮華的，如今在一府裡，自是一榮俱榮，一損俱損。

方氏會意一笑，至於溫榮，說不得以後要更巴結她了……

西苑這幾日並不順意，茹娘中了暑氣後又發起了低燒，吃了藥卻不見好。茹娘畢竟年幼，幾日不退燒總擔心會有好歹，林氏與溫榮白日裡都在茹娘房裡照顧，並不得閒，更無暇他顧。三日後，茹娘精神終於好了許多，吃了藥，只鬧著要榮娘陪著玩耍。

方氏聽聞茹娘生病，特意來西苑探視。

照顧病人辛苦又休息不好，林氏紅著眼睛與方氏說道：「請了幾位郎中，也換了幾味藥，如今還未好完全了。」

方氏聽聞滿臉焦急，忙讓林氏帶了一起進裡屋看望茹娘。只見茹娘嫩白的臉頰上泛著紅暈，雖還在低燒，卻是清醒的。溫榮正陪在茹娘身邊玩魯班鎖，任茹娘一塊塊肆意拆散，再細心為茹娘裝好，處處都哄著順著。

方氏不滿地對林氏說道：「如何不早與我們說了？外邊的郎中怎是管用的，一會兒我差人去請了宮裡的醫官，叫醫官看過了才好。」

林氏感激地看著方氏。

茹娘生病一事三房並未出去說，府裡關心三房的人多了去了，願意幫忙的自會主動過來，不願意的，求了亦無用。溫榮見茹娘病情已好轉，燒雖未完全退，可精神和食慾都在慢慢恢復，自己小時候也這般生病發燒過，故心裡並未太緊張，而阿娘自是希望茹娘身子恢復越快越好，故溫榮亦起身謝過了大伯母。

太醫署的醫官很快到了國公府西苑。醫官為茹娘診斷後，說病情已穩定，不過是小兒常得的熱滯罷了，不出兩日必會痊癒。而後又看了看先前郎中開的藥方子，並無不妥之處。

醫官臨走前留下了一錦盒。「此清滯丸可宣肺氣平熱，一日一丸，縱是病好了，用了也是對身子好的。」

溫榮瞧見錦盒上貼著尚藥局的黃簽，很是驚異，這是難得的宮製藥，黃簽上的標符意指此藥是專為皇子、公主所用。溫榮前世有宮裡生活的經驗，知曉大伯母即使能請來太醫署醫官，卻也不能得到尚藥局的宮製藥。溫榮福身謝過，猶豫了片刻，還是趁阿娘離開的空隙輕聲問道：「此藥名貴，不知醫官為何贈了此藥？」

「我並無權贈藥，是宮裡人知曉五娘子病情後，託了一併帶來的，不過是受人之託罷了。」醫官收起藥箱。「五娘子病情已無礙，這便告辭了。」

溫榮知多問無益，差人備了肩輿送醫官出國公府。

按醫官的意思，茹娘明後日可痊癒，又能生龍活虎地在外鬧騰了。三房五娘子身子能如此快恢復，多虧了大伯母賣面子請來了太醫署醫官，溫榮心下無奈一笑。

吃了尚藥局的清滯丸，當日晚上茹娘的燒就全退了，見茹娘無事，溫榮才開始考慮去遺風苑探望伯祖母一事。若是沒猜錯，伯祖母應該已知曉自己如今是左右為難的。前次伯祖母送了祖母的對症禪香，祖母非但未領情，反而棄之如敝屣，溫榮想後才明白，這裡面有另一層意思——伯祖母已然奉佛以求精神寄託，但不忘告訴祖母，她是與世無爭，而非又聾又啞，國公府裡的事，她是知曉的，只不插手罷了。

溫榮看透了一層，卻無法知曉裡面的深意。單論德光寺一事，在旁人看來，無論親疏遠近，溫榮都應隨祖母一起，而非陪了伯祖母。

溫榮還有一事不明白。伯祖母幾近閉戶不出，這些年幾乎推去所有請帖與拜帖，時至今日，送往遺風苑的帖子已是屈指可數。此次德光寺落成，雖說是宮裡下的帖子，但伯祖母是年過半百的老人，大可如往常一般推去，必不會有人為難，可為何又接下了？

溫茹燒退了，林氏總算鬆了口氣，輕鬆地在園裡與珩郎一道吃茶納涼。

溫榮陪茹娘玩了一會兒，見茹娘睏了，命文茜好生照顧茹娘歇息後，才去庭院找阿娘。

「阿爺、阿娘。」溫榮向二人走去。她的笑容明媚純淨，如冬陽化雪般令人舒暢。

林氏心疼地將溫榮拉進懷裡。「這幾日辛苦妳了。」

溫榮還是在長身子的年齡，與先前在杭州郡相比，不過幾月工夫，又出落得越發端麗可人，可令林氏擔憂的是，盛京的吃食日日上佳，溫榮卻是清瘦了不少。

溫榮笑著回道：「兒不過是在阿娘身邊幫忙照顧茹娘而已，阿娘才是要注意了休息。」

溫榮殷切地望著溫世珩，又說道：「茹娘病好了，兒也放心了許多，明日兒想去遺風苑看望伯祖母，行嗎？」

溫世珩與林氏相視一望，雖說為了帖子一事遲早要去，可不承想榮娘如此焦急，故頗有些為難。溫世珩白日要去公衙，而茹娘身子還未完全恢復，林氏不放心將茹娘一人留在府裡。

溫榮明白阿娘的顧慮，笑得很是自信。「阿娘在府裡照顧茹娘，兒一人去遺風苑便可，畢竟伯祖母的帖子是單叫了榮娘陪伴去德光寺。」

「可是……」林氏並不擔心溫榮，溫榮年紀雖輕，卻處處知禮、事事得體，倒是她這作姪媳的，還不如榮娘知孝。

「伯祖母不會怪阿娘的，待茹娘身子好全了，我們可以再一塊兒去遺風苑。」

清朗的聲音輕緩悅耳，溫榮總能令林氏心安，林氏終於放心點頭。

知阿娘無法一同前往，溫榮心裡是竊喜的，明日若阿娘在場，有些話並不好問。溫榮對大伯父襲爵一事早已疑惑重重，總覺得多多少少與日後國公府被奪爵和查抄有關。

第二日一早，溫榮換一身秋香色半臂襦裙，只帶了綠佩一人，乘肩輿前往遺風苑。

進了遺風苑，如前次一般，一路穿廊過院向西處山丘行去，本以為伯祖母依舊在山頂殿外等自己，不想才繞過竹林，走上曲徑，遠遠就見著伯祖母了，不變的檀色寬袍，輕拈念珠，立於山腳處茂密蔥蘢的槐樹下。一串串橙黃蝶形金枝槐花綴於枝頭，幽幽甜香隨著微風而至，沁入心脾，似乎能喚醒人沈睡的心。

溫榮見到伯祖母，慌忙令放下肩輿，起身捻裙急急向伯祖母走去。

謝氏撚著十八菩提子念珠的手微微收緊，如今這局面，說得好聽了，是她心性淡薄，不爭不搶，說得不好聽，不過是逃避。珩郎是有了更廣闊的天空，可溫榮終究只是女娘，再出色也成了他人手中的提線木偶，她這親祖母卻給不了庇護。

不多時，溫榮走至謝氏跟前，福身與謝氏問安，柔聲說道：「伯祖母，外頭暑氣重，兒扶妳回殿。」溫榮知道伯祖母是特意在這兒等自己的，故不必再虛情假意地多問了。

聽言啞婆婆慌忙讓至一旁，激動地瞧著溫榮小心翼翼扶過謝氏，一步步慢慢向山頂走去。

石階兩旁也種滿了槐樹，風吹時枝葉相拂，沙沙作響得熱鬧，時不時落下蝴蝶花瓣雨，洋洋灑灑散滿一地。溫榮想起了歷朝的一首關於槐樹的詩，「旖旎隨風動，柔色紛陸離」，嘉樹吐出的翠葉嬌花，在落與不落間，已是雙闕天涯。溫榮為伯祖母輕輕掃去肩頭粉瓣，謝氏淺笑不言語，可溫榮能看見伯祖母雙眸深處的真情與希翼。

到了後殿禪房，啞婆婆在食案上擺了數樣精緻點心吃食，又捧一只三彩複瓣蓮花紋碗與溫榮，咿咿呀呀地說著。

雖然聽不明白，但溫榮能感覺到善意。接過瓷碗，就見碗中盛著清透碧瑩的湯品，湯水上飄著數十金銀兩色桂花瓣，十分誘人。溫榮好奇地端起吃了一口，清甜中帶著濃濃的花果香，味道很是別緻，是從未嚐過的美味。溫榮抬眼欣喜地瞧了瞧伯祖母與啞婆婆，一臉饞樣，連連吃了好幾口。

謝氏欣慰地說道：「與妳阿爺一樣，愛喝這百朝露。」

百朝露的做法費心思，必須是寅時中刻凝於花瓣上的露水，金銀二色桂花也只能取桂樹首冠上的寥寥數枝，如此百朝露的味道才能純粹。謝氏與溫榮目光相對時，溫榮嘴角上揚，眯起的雙眸如月牙一般，明輝湧動。謝氏有一霎時的愣神，溫榮的神情與夫郎、珩郎如出一轍。夫郎還在世時，自己每日都會備好百朝露等待夫郎下衙，因夫郎公衙裡事務繁忙心火重，故夏日裡自己會特意在百朝露裡加些含蕊未放的杭白菊。沒有了可以等的人後，自也沒心思再做百朝露了。數十年時光看似一成不變的匆匆而過，直到前幾日知曉溫榮會過來，謝氏心裡才升起期盼，這才想起百朝露，好在榮娘也是喜歡的。

溫榮突然皺眉，精緻小臉擠作一團。「原以為夏日裡酸梅湯是最好的，可今日嚐了伯祖母的百朝露後才知道，酸梅湯在百朝露面前是小巫見大巫了。」

謝氏先見溫榮皺眉時，心裡一緊，再聽到溫榮孩子氣的說法，被逗樂了。「妳這孩子，說的話真真討人喜歡！」

溫榮輕靠在伯祖母身上，頑笑道：「才吃了一次伯祖母的百朝露，嘴便給慣刁了，往後還有什麼湯水能入得了口？看來要時時到伯祖母這兒討吃了！」

謝氏笑道：「喜歡常來便是。」

又頑笑了會兒，溫榮說起茹娘生病一事，知曉茹娘燒已退，謝氏蹙緊的眉頭才舒展開。不一會兒，溫榮又開心地說道：「阿娘今日還得照顧茹娘，故無法一道過來，但阿娘說了，等過幾日茹娘身子好全，會再帶我們來看望伯祖母的。」

「難得妳們還記得我這老人家。」謝氏苦笑。

雖然榮娘知孝也親近，可謝氏明白，溫榮今日來是為了德光寺一事。有些事如蓮子心一般，不碰不嚐，好似與己無關，可一旦吃了，苦不苦？有多苦？只有自己知曉。

溫榮並不扭捏，照實將那日的事情告知了伯祖母。「……伯祖母，那日我恰巧去了祥安堂……」溫榮垂首不言，看似自責。

謝氏慈祥地說道：「不怪妳與阿孄，有些事偏生就是那麼湊巧的。」

於林氏母女而言，此事是湊巧了，只是於另一些人而言，卻是算計得準準的。如珩郎出生那日一般，兩房孩子湊巧的有緣分……謝氏不在意溫老夫人的那些小伎倆，她只在乎榮娘究竟如何打算，遂溫和地說道：「是我的帖子令你們為難了，既已如此，只當沒送過去便是，別內疚了，榮娘苦著臉沒有笑著好看。」

謝氏將溫榮輕攬在懷裡，輕輕拍撫。蓮子心再苦又何妨？孫女開心了才好。

溫榮聽言，抬頭誠摯地望著謝氏。「伯祖母千萬別這麼說，其實祖母還叫了三姊陪同，所以，兒覺得和伯祖母一起也是無妨的。」

溫榮的雙眸期冀裡還帶了一絲狡黠，像是孩童偷吃了糕，卻碰巧沒被大人發覺的神情一樣。謝氏不禁好笑，榮娘知道自己有辦法。「我會與妳祖母說的。」謝氏想起溫老夫人傲慢的神情，眼裡閃過一道凌厲目光。溫老夫人是尊貴的郡主，自小只有她不想要的，沒有她得不到的，年輕時恣意妄為、不知禮法，倫常宗法何曾放在過眼裡？

溫榮故作不見伯祖母的異樣，眼裡笑意更濃。溫榮也是在試探，雖然自己更喜歡與伯祖母親近，卻把不準伯祖母的心意，若陪伴去德光寺一事只是隨口一說，便算了；可若伯祖母與自己是一樣的期許，那必會親自出面。長輩之間縱然有恩怨，可畢竟是勛貴之家，為了做給外人看，也必須維持表面的和睦，溫榮自樂得兩邊都不得罪。

「伯祖母，榮娘一直有件事不明白，不知當不當問？」溫榮笑意褪去，顰眉面帶疑惑。

謝氏笑著頷首。

「當年大伯父過繼到了長房，為何不與伯祖母住在一起？」遺風苑的庭院裡，不只有槐樹，還有許多茂密蔥蘢的石榴樹，每一株石榴樹的枯死橫生小枝都被細心修剪了，倒是槐樹，任由其肆意生長。石榴寓意開枝散葉、多子多孫，伯祖母對石榴樹的細心照料，又何嘗不是伯祖母對小輩的祝福？既然有此心，為何不留了人在身邊陪伴？

謝氏一愣，她知溫榮心思靈透，可卻沒猜到溫榮會如此相問。本以為溫榮只是想知道自己為何要接下帖子的……謝氏心口有幾分澀酸，故交好友也曾問過一樣的問題，當年自己的回答令好友非常不滿，可出於尊重與信任，也未再追問了。相隔數十年，孫輩再問起，答案理當相同，只信念不如當初那般堅定了。

謝氏不在意地輕笑道：「人多了鬧。」

伯祖母回答得敷衍，可溫榮能明白話裡的深意。人與人之間，心意不同，自然嫌鬧。

謝氏抬頭望著禪房窗欞外張牙舞爪的枝影，略微說了關於溫氏一族的事。「……溫氏在前朝並非大族，不過是一般的莊上人家，是你們曾祖父，在高祖打江山時立下了汗馬功勞，才有了今日的富貴。富貴來之不易，理當珍惜，只是我老了，兒孫自有兒孫福吧。」

富貴來之不易，理當珍惜。如今黎國公府裡，大房與二房都珍惜這看似長盛的富貴，只是他們的珍惜，扭曲了本該相安的人性。前世國公府被查抄，府內男丁於市坊口處決，女眷沒入賤籍……溫榮心下自嘲一笑，不知她的自縊，是否令皇后心情好了，留下溫六娘和溫七娘做良籍？真是兒孫自有兒孫福嗎？溫榮不可能將前世之事說出，畢竟說了也不會有人相信的，故終究是福還是禍，只能走一步看一步了。

見溫榮沈默不語，謝氏笑著問道：「榮娘可善畫。」

溫榮點點頭，如實回道：「擅長花草靜景。」

謝氏頷首道：「離德光寺落成禮尚有近一月時日，能否畫出春江景？」

「是伯祖母要嗎？」伯祖母禪房裡供奉了一幅成道像，佛祖掌心向內，手指指地，敦厚祥和，神情不怒自威，拜望之不禁肅然起敬。

謝氏搖了搖頭。「德光寺落成禮之日，我要帶妳去見一位故交好友，是送她的。」德光寺落成禮，宮裡下到遺風苑的帖子有兩份，一份是德陽公主請參禮的，另一份是故交好友相約在德光寺敘舊的。謝氏是看在了故交好友的分上，才接下德陽公主的帖子。

謝氏本未打算讓溫榮畫春江景，只是被溫榮先前的問題提醒了，與其眼見溫榮成他人提線木偶，不如為溫榮謀一個庇護。是否能成，還得看緣分。

「不知伯祖母的故交好友有何喜好？」溫榮謙遜地問道。

素日的文墨字畫，皆是隨興而作，而此次以送人為目的，伯祖母的故交好友定已過了知天命之年，溫榮惶恐自己的膚淺之作入不了長輩眼。

「與平日一般，隨心而做即可。」謝氏知道故交好友的喜好和脾性，故已點名春江景了，只是春江之上與春江之濱該有何景，要看溫榮的心了。心意相對，自然能得故交好友青睞，若是不對，她不能強求託付。

「榮娘自當盡力而為，不會令伯祖母失望的。」

溫榮雙眸流光溢彩，謝氏很是滿意。

「伯祖母也是接了公主殿下的帖子嗎？」溫榮拈起一顆蜜果子，不經意地問道。蜜果子外包裹的糖油泛著誘人光澤，放入口中甜香膩滑。

「接的是故交好友的帖子。」謝氏未做隱瞞。

溫榮似乎覺得有何處不妥，只暫無法細想。

臨告別時，啞婆婆拿了一只食盒與溫榮，食盒裡裝了盛滿百朝露的瓷白單色釉細口瓶與一碟蜜果子。

肩輿已在山下等候，溫榮數次轉身同謝氏揮手，人影漸遠，這才拈起裙裾，優雅離開。

直到再看不見溫榮身影，謝氏才回禪房。「禾鈴，幫我準備了筆墨，我要修封信與弟媳。」謝氏面色一暗，這封信到了國公府，弟媳怕是要坐立不安了。

黎國公府西苑。

林氏見溫榮帶了百朝露與蜜果子回來，很是驚喜，那百朝露的名頭可是聽珩郎說了不下十次。

前幾年，林氏見珩郎饞得緊，也試著做過，可每次珩郎都說味道不對，久而久之，溫世珩不再抱希望，林氏也冷下了這顆心，但對百朝露的好奇依舊不減。

林氏將白瓷瓶取出涼在井中，待珩郎回來了再取出，蜜果子盛在果碟子裡，做溫榮與溫茹的點心。

溫榮因記掛伯祖母交代的畫作一事，故未在阿娘身邊久留，早早回了廂房。

說到江景，多半會想到江帆樓閣，而春意便是繁花盛開。

可有人喜歡煙雨下的迷濛風景，小橋亭榭、垂柳弄水，水墨適宜，雖不熱鬧但別有一番詩意；還有人喜歡江泛華麗檀木畫舫，顏色多彩明麗，濃墨重染，畫舫上自然還需要羅薄凝脂的簪花仕女。究竟是該用水墨作畫，還是下重彩？

想得越多越無從下手，溫榮單手托腮，蹙眉癡望擺放在書案旁的各色顏料。

在杭州郡時，曾瞧見人用大片的石青、石綠、硃砂三色做風景畫，初始溫榮覺得如此混色十分可笑，不但顏色不合適，而且畫作會因濃豔而落於俗套。溫榮都已做好看那人笑話的準備了，可不承想整幅畫落成時，色彩的搭配令人驚豔，溫榮更為之振奮。如此大膽的用色得到了意想不到的效果，令人佩服，既同為愛畫人，溫榮自是主動上前求教。此時畫法、畫風、畫意在溫榮腦子裡攪作一團，溫榮不禁嘆了口氣。

在旁伺候的綠佩見溫榮一副柳眉欲顰、將言卻休的宜嗔宜喜模樣，愣愣地說道：「娘子畫幅自畫像好了，不知比那春江景要好看上多少倍。」

溫榮忍不住笑嗔道：「伯祖母都說了要風景畫的，妳在這兒信口渾說打攪了我，若是畫不出，可得叫妳好看！」

「娘子蕙質蘭心，有什麼畫不出的？就是大長房老夫人怎麼不說了故交好友是什麼人？要不娘子也不用費這許多心思。」綠佩將書案上的筆硯擺正了些，不滿地說道。

綠佩一句無心之言，倒是點醒了溫榮。伯祖母的故交好友究竟是什麼人？溫榮細細回憶起今日伯祖母說的話，突然雙眸一亮，吩咐綠佩道：「顏料留下銀朱、石青、赭石三色便可。」說罷，起身親自將六尺徽宣展開。溫榮心中已有數，只是時日不足一月，可得加緊畫了。

祥安堂裡，溫老夫人陰沈著臉，閉眼深吸了口氣，先前在手裡把玩的銀鎏金香囊已被擲在了地上，球囊銜接處的金鉚子母釦摔成兩段，香囊腹內雪樣霜灰散落一地。溫老夫人睜開眼，目光尖利。「真小看了四丫頭，回京沒幾日就讓那老東西瞧上，今日不但沒去推帖子，反而請來了老東西的親筆書信！」

「或許大長房老夫人只是想找個人陪她去德光寺，畢竟深居簡出十幾年，身邊也沒有伴靠。」白嬤嬤雖知道溫老夫人的顧慮，但也不能說了別的。

溫老夫人神色一肅。「妳倒是同情起那老東西了！」

白嬤嬤驚得慌忙跪地。「老夫人知道奴婢是最忠心的！」

溫老夫人悶哼一聲。當年大丫頭菱娘全大禮時，八抬大轎都請不動她，推說什麼修佛要清淨，現今卻巴巴兒地和三房越走越近！

溫榮回府不多時，遣風苑的書信便送到了祥安堂。信裡謝氏也不與溫老夫人客氣，直接說看溫榮那丫頭伶俐，謝氏還強調了她身邊得用的人越來越少。尋常一封信而已，言辭也是極為客氣的，旁人看了都會認為大長房老夫人在示弱，溫老夫人的不安和憤怒，不過是源於心虛。

方氏並不氣憤，只擔心她們的計劃會落空，故在一旁攛掇道：「阿家不要理這封信了，只說妳也瞧上四丫頭，這才放在身邊一起去德光寺的。憑什麼說讓就讓？」

「說得簡單，妳可別忘了，那老東西才是鈺郎的嫡母，妳的阿家！」溫老夫人斜睨了方氏一眼。大郎媳婦的心思只會用在大房上，從未顧全大局，更不曾想過如今黎國公府的境況。今日謝氏是在明明白白地提醒自己，過去那些事是她不爭而已，並非黎國公府站得住理。

方氏不屑地說道：「她可從未管過我們，凡事都是阿家幫襯，兒心裡只認了妳一個阿家的。」

「算了，讓四丫頭陪她吧。」溫老夫人靠在紫得發亮的矮榻上。溫老夫人並不怕謝氏，可顧忌她身後的人。有一點溫老夫人是能確定的，謝氏修佛就該講慈悲，縱使知曉當年真相，在沒惹急了之前，一切都將照舊。

「那日該如何是好？」方氏心一沈，若是溫榮與大長房老夫人在一起，還能由她們擺布嗎？

溫老夫人從鋪綾羅軟褥的壼門矮榻上站起身。「晚膳叫三丫頭到我房裡來，我自有交代。」

為了伯祖母交代的春江景，溫榮在廂房裡關了近乎一月，其間林府娘子邀請了一起去東市，還遣了帖子請溫榮去林府做客，溫榮都一一推了，畢竟心中的春江景畫成不易，要畫滿六尺畫卷，短短一月是很吃力的。終於，在德光寺落成禮前兩日完成了春江景。落下最後一筆銀朱色，溫榮長舒一口氣。作畫時溫榮只留下綠佩與碧荷在屋裡伺候，縱是阿爺和阿娘也未親眼見到畫作。

大房方氏打聽到的消息，不過是說四娘子天天將自己關在廂房裡，都已畫癡了，未見不妥之處。

綠佩與碧荷望著畫卷上綿延伸展的南北河山，早已驚呆了。綠佩揉了揉眼睛，只喃喃地不斷說好。

溫榮叮囑綠佩將畫卷鋪陳開，小心晾乾。一切收拾妥當，才起身離開廂房去庭院休息。庭院裡，阿爺與軒郎正在弈棋。

溫景軒見到溫榮，笑言道：「丹青妙手肯出廂房了，不知又作了何墨寶，可否容我們一見？」

溫榮半仰著腦袋，得意地說道：「不行，那是要送人的。」

溫榮張狂的模樣更討人喜歡，軒郎輕笑一聲，懶得強求。溫榮一向畫些花花草草，相比之下，溫景軒還是更喜歡磅礴氣勢的。

溫榮在旁觀棋不語，阿爺的棋藝比軒郎要高上一籌，一局棋結束，阿爺以半目優勢贏了軒郎。

吩咐婢子將棋盤收起，溫世珩同溫榮說道：「聽軒郎說，妳勸他推了林家大郎請弈棋的帖子？」

溫榮瞪了軒郎一眼，怎麼什麼都與阿爺說了！她無奈地解釋道：「林家大郎不幾月就要進貢院，在這節骨眼上，兒認為做一處玩樂不妥。」

溫世珩朗聲大笑。「弈棋可不能算是玩樂，不過妳想得確實周全。」

溫景軒不好意思地說道：「帖子我是推了，」說罷停了停，眼裡忽閃的光芒倜促而欣喜，說的話有些語無倫次。「本以為這事算了，可前幾日，林家大郎和兩位皇子親自來了書院，林家大郎檢查了我的功課，檢查時我還是心虛得很，不巧書院裡夫子認出了三皇子，這幾日我書背不出，夫子都沒訓我！」

溫世珩頷首道：「三皇子與五皇子性情高潔、親民恤憐，平日言行皆君子。」溫世珩想到參朝時，三皇子與五皇子都是恭敬地與他說話和請教。五皇子雖總板著臉，可禮數周全，相較五皇子，三皇子親和力要好上許多。難得的是兩位皇子踏實勤勉，無野心他意，溫世珩對兩位皇子是讚譽有加。

溫榮心下生疑，只不表示，淡淡地問道：「林家大郎去書院檢查功課，兩位皇子去了又有何事？」

溫景軒搔頭道：「大概是因為兩位皇子與林家大郎交好，所以順道一起過來的。對了，原來三皇子也擅長經帖與詩賦，三皇子對進士科考察的想法與榮娘一致，說要以儒學經典做鏡正身，憑詩賦文采修辭作撰，最後還鼓勵了我。」

溫榮看得出阿爺與軒郎都認可了三皇子，若此時站在對立面指責，只會讓阿爺和軒郎覺得自己在以小人之心度君子之腹。溫榮想不明白李奕為何會去衡山書院，按如今局面，兩位皇子同黎國公府結交無半點益處，引起太子警覺不值當。而阿爺不過是四品中司侍郎，與其在阿爺身上下功夫，不如像二皇子一樣去巴結長孫太傅。若是看上林中書令與三房的關係就更可笑了，他們和林家大郎那般交好，根本不用擔心關鍵時刻林中書令會不幫忙。

「對了，三皇子還與我說了太子的事，」溫景軒滿眼疑惑。「三皇子說，太子不喜歡白檀與白豆蔻的氣味……」

白檀常用於做香料，能治中惡鬼氣，而白豆蔻也非罕見物。對於三皇子所言的太子好惡，溫榮半信半疑，只是奇怪李奕為何要與軒郎說這些？

「三皇子還有說什麼嗎？」溫榮問道。

「沒有了。」溫景軒頗為無奈。就是因為沒頭沒尾的，他才想不明白，更擔心是否是因自己愚鈍，才理解不了三皇子的意思。

溫榮笑著說道：「或許三皇子是隨口一說的，叮囑我們往後見到太子，不要犯了忌諱。」溫榮知曉，李奕是不會平白無故地說無意義的話、做無意義的事，唯一的可能，是他在提醒軒郎。話說一半，則是因此事非定數，聽者有心可留意，無心亦無傷大雅。溫榮輕淺一笑，李奕也是在未雨綢繆，防範於未然。再活一世，許多事果真看得更透澈些。

時辰已晚，溫榮回到廂房後又檢查了一遍畫卷。她是鐵了心要避開李奕的，如此才能避開他的一層層算計。

溫榮連夜寫了拜帖，吩咐次日一早坊市開門時便送往林府。

綠佩見娘子如此焦急，疑惑道：「聽聞後日德光寺落成禮，林府兩位娘子也是要去的，娘子為何急著與她們見面？」

溫榮說道：「我這才想起後日去德光寺還缺了些東西，盛京裡女娘都慣用花鈿，我打算去東市看看，故邀了林府兩位娘子作陪。」

第二日，溫榮起身見春江景上顏料已乾透，遂細心捲起，特意用綴五福色如意結穗子的寶相花緞帶紮上，再裝進塗金匣，塗金匣上篆書鐫刻了「翠管繪玉窗，丹青染君山」的清俊小詩。

拜帖送出不到兩個時辰，林府的馬車就到了國公府門前。溫榮只帶了碧荷一人去東市，綠佩追了兩步也想跟著，卻被溫榮攔下，吩咐看好了房裡。綠佩躊躇了一會兒，想到自己見識短淺，擔心會令娘子被人笑話，才轉身回了廂房。

馬車上，溫榮見瑤娘噘嘴別臉，猜瑤娘不悅定是因為自己前幾日推了她相邀的帖子，故將明日自己要隨伯祖母去德光寺，以及伯祖母令她作畫一事如實說了。

瑤娘知曉溫榮確實是有事抽不開身後，表情才緩和了些，好奇地問道：「明日榮娘的伯祖母要親自去嗎？」

瑤娘一雙黑白分明的杏眼瞪得圓圓的，溫榮笑著點了點頭。

嬋娘遺憾地說道：「我聽阿娘說起過原黎國公府的大長房老夫人，只可惜老夫人鮮少參加席宴，且聽聞老夫人不喜歡人去打擾，故一直未能親自拜見了。」

「明日我為妳們引見了便是，伯祖母很是慈祥的。」

聽溫榮這般說，嬋娘與瑤娘才笑將起來

東市裡一如往常的熱鬧喧譁，三位小娘戴上帷帽，嬋娘挽著溫榮笑問道：「榮娘來東市是要看了什麼？」

「想去逛逛香料鋪子，還想順路買些花鈿。」

溫榮才說完，瑤娘就急急接道：「只兩家鋪子，不多時便逛完了，一會兒我們再去鞍轡店可好？」

說罷又靠近溫榮，附耳說道：「聽我大哥說，店老闆老安從東海郡新進了兩套鈎連雷紋的水牛皮馬鞍，去遲了必叫別人買走的。」

聖朝嚴禁宰殺馬牛，故慣常用的皮質多為渾羊或山鹿的。溫榮了然一笑，認為是瑤娘自己想要了。

而嬋娘早猜到瑤娘打的什麼主意，雖想訓斥瑤娘，可見她滿臉期待，又硬生生忍下話頭，只無奈蹙眉。

溫榮要的不過是尋常香料，隨便進一家香料鋪子都有。掌櫃娘子對溫榮的要求很是詫異，可依然照溫榮的意思，做好了一只織金玄鵝素綾香囊。

瑤娘站遠遠地說道：「這香囊味道也太辛了些，榮娘做何用處？」

溫榮拿出早備好的卷草紋銀盒，將香囊裝了進去，合上了銀盒，辛刺的味道才消失。溫榮滿意地瞧著銀盒，笑回道：「趕蚊蟲用的。」

到首飾行挑花鈿時，溫榮只拿了菱形、圓形、月形等最普通的花樣，瑤娘和嬋娘倒是選得興起，挑了彩紙、綢緞、羽毛等料子的各色花鳥紋花鈿，瑤娘還挑了一對黏在面靨處的金箔鴛鴦。溫榮本想打趣瑤娘的，可一想到瑤娘芳心繫的是三皇子李奕，便不再多言了。

逛完香料鋪與首飾行，瑤娘一步不停地拉著溫榮去鞍轡店，才拐進胡裡巷，溫榮就聽見各處馬肆的胡商吆喝叫賣聲。胡裡巷多是郎君來的，除了鞍轡店還有馬肆行。

瑤娘毫不在意地進了一家鞍轡店，老練地說道：「老安，東海郡的新做馬鞍拿與我看看！」

老安先還在愁今日沒有生意，這會兒就來了幾位帶著婢子、著錦緞胡服的小娘，為首的小娘子更直接點了店裡最貴的鞍轡，連忙笑迎上前。「一聽小娘子就是行家！東海郡鞍轡統共就兩套，其中一套還是人早定下的。」說著，老安將東海郡鞍轡取了出來，水牛皮製的馬鞍要比一般的更加柔韌，馬鞍環周處皆以銀鈎雷紋為地，間飾飛鳥流羽，紋飾極其細膩精美。

瑤娘仔仔細細地檢查了一遍，很是滿意。「就要這套馬鞍了，老安包起來吧！」

一套馬鞍要一百金！溫榮搖了搖頭，還未來得及勸瑤娘，便聽見店外傳來聲音——

「我出二百金，那馬鞍我要了！」

著殷紅胡服的韓秋娘目不斜視地走進鞍轡店，身旁淺紫胡服的薛國公府張三娘鄙薄地斜睨林瑤娘，面上掛著幸災樂禍的笑。

老安恭敬地說道：「對不住兩位娘子了，馬鞍已被這位娘子先買得。娘子再看看店裡的其他鞍具吧，也都是上好的。」

「哼，我就看中了這套鞍轡！若是嫌錢少了，我再加便是，你說多少就多少。如此精緻的馬鞍，豈能區區一百金便宜了旁人？」韓秋娘走到櫃面前，直接將瑤娘擠到一旁。

瑤娘是受不了激的，立馬跳腳爭執上了，面紅耳赤地與韓大娘子對罵不休。

老安兩邊都開罪不起，勸又沒人聽，急得是直冒冷汗。

溫榮與林嬋是寧願受些委屈，只求息事寧人，故想將瑤娘拉走，無奈瑤娘在氣頭上，力氣也大了許多，更可惡的是韓秋娘身邊的張三娘，非但不勸，反而煽風點火，巴不得兩邊打起來才好。溫榮冷冷地瞪了一眼張三娘，目光如出鞘的利劍一般，張三娘一驚閉上了嘴。

沒一會兒，韓秋娘突然眸光一閃，收了話鋒，面掛笑容說道：「這般爭執多沒臉面？既然妳一定要了，我割愛讓與妳便是。」

見韓秋娘反客為主裝大度，瑤娘火氣上頭，作勢就要衝將上去。「本來就是我先買了的，憑什麼是妳讓我了?!」

溫榮慌忙拉住瑤娘，強壓下不耐說道：「老安，幫我們包起來！」

韓秋娘與張三娘徑直從溫榮身邊走過，恍若這場鬧劇與她們無關，就聽婉轉如鶯的聲音自身後響起——

「五皇子殿下安好！」

溫榮三人回過頭才知道是五皇子李晟來了！

張三娘面露羞澀，雙手輕扯著繡亭亭玉立四季蘭的縑粉錦帕，扭捏地向李晟走去。「五皇子殿下也是來此處買鞍轡嗎？」一聲音嬌弱綿軟，先前的威風半點不見。

溫榮心下冷笑。張三娘子可真是能套近乎，來鞍轡店不買鞍轡，難道還買筆墨紙硯嗎？瑤娘沒有她們那隨機應變的本事，面上怒氣依舊，牙也恨得癢癢的，只是礙於面前是天潢貴胄，不敢無禮了。

韓秋娘倒不似張三娘那般惺惺作態，穩穩地與五皇子見禮後，目光不斷向店外瞟去，確認了只有五皇子一人，才低下頭，很是失望。

相比那兩位端方柔弱的名門閨秀，林瑤娘三人就顯得咄咄逼人、蠻橫無理。見張三娘靠近，一身銀白金海紋蟒袍的五皇子李晟皺眉嫌惡地向後退了幾步。

五皇子並未搭理裊娜娉婷的張三娘，冷眼瞧了一周鞍轡店裡的幾位貴家女娘，目光落在溫榮身上時略微點了點頭，而後繞開張三娘，直直走向老安。「某來取馬鞍。」

「是是！」老安鬆了一口氣，先前那幾位娘子的架勢，似要將他的店給拆了，還好五皇子來得及時，兩廂火氣才被壓下去。

原來其中一副東海郡馬鞍是五皇子定下的，溫榮想起了五皇子那日在毬場上騎皎雪驄的翩朗英姿，好鞍寶馬配五皇子倒是不浪費。

張三娘不懼五皇子的冷面肅眉，再次怯怯地走向五皇子，嬌滴滴地說道：「先前奴與韓大娘也看中了這副馬鞍，可真是巧了。」

五皇子「嗯」了一聲，命僕從接過馬鞍後便轉身離開，一眼也不瞧張三娘那滿是希冀的緋紅俏臉。

直到五皇子翻身上馬，連翩翩衣襬都瞧不見了，張三娘的臉才漸漸黯淡下來。

韓秋娘見是五皇子拿走了那副馬鞍，興致立馬沒了，看了眼還愣怔著的張三娘，不耐煩地說道：「走了，杵這兒自討沒趣嗎？」

老安陪笑地將包好的馬鞍奉於瑤娘，瑤娘瞅著銀光爍爍的馬鞍，只覺得沈甸甸地壓在胸口，透不過氣來，萬般無奈下令婢子拿過了，訕訕的很是無趣。

已走到門口的張三娘突然折了回來，走近瑤娘，低聲說道：「這馬鞍妳拿著也無益，不如轉給我，要多少金，妳開口便是。」

林瑤怒目圓睜，切齒道：「我砸了也不會讓與妳的！」

張三娘一時下不來臉，可見韓秋娘板著面孔在外等她，只好憤憤說道：「妳等著瞧！」見人都走乾淨了，溫榮蹙眉問道：「瑤娘可知今日在此會遇見五皇子？」

瑤娘一愣，狠狠地眨了幾下眼睛，不肯滴落的淚珠沾濕了密長如扇的睫毛。「不是的，我不知道會遇見五皇子。」

嬋娘數落瑤娘道：「花了許多錢買副馬鞍，既然五皇子也有一副一樣的，妳還如何將這送去給三皇子？回府仔細阿娘再叫妳跪內堂！」

溫榮心裡有幾分不是滋味，看向瑤娘的目光也更深了些，不承想瑤娘買馬鞍是存了這般心思，那人真值得她費如此多的心思嗎？

三位娘子去茶樓休息了會兒，便乘馬車回府了。

溫榮想起嬋娘先前說的「仔細阿娘再叫妳跪內堂」，詫異地問道：「那日馬毬賽後瑤娘真受罰了？」

嬋娘見瑤娘不過才委屈了小半時辰，此時又恢復了老神在在的模樣，很是來氣。「那可不是？在內堂跪了好一會兒！」那日瑤娘與薛國公府張三娘賭藏鈎，贏了三百疋絹，林中書令知曉此事後很是生氣，要求甄氏嚴加管教瑤娘，只可惜甄氏疼惜愛女，不捨重罰，只是令瑤娘在內堂跪了一刻鐘，做做樣子罷了。如此輕的跪罰，根本沒法兒讓瑤娘長記性。

羅園裡，溫菡正在妝鏡前試著描化明日妝容。一早她聽說溫榮特意去東市買花鈿，不禁在心裡嘲笑溫榮果然是個田舍奴，在杭州郡居然連花鈿都未曾用過。

聖朝崇尚鬢雲欲度香腮雪，故溫菡向來重重敷粉施朱，天氣燥熱，執錦帕擦下的皆是紅泥香汗。敷粉後再暈一道蛾翅眉，點上聖檀心櫻桃紅唇，眼角黏雲母黃蕊花鈿，溫菡見妝鏡中的自己「膚白似雪」、「紅妝色鮮」，很是滿意。

溫菡眼裡是藏也藏不住的笑意，明日之事若是成了，她就無後顧之憂了！

「去將那身新做的大袖衫取來！」溫菡得意地說道。

鵝黃坦領大袖衫，配織金牡丹紋袘地長裙，披單絲月白地銀芝草帔帛，簪一對累絲嵌寶銜珠金鳳簪。溫菡在妝鏡前來回照著，不知明日趙家二郎是否也會去德光寺？

董氏走進內室，見到盛裝打扮的溫菡，皺了皺眉頭，吩咐婢子道：「明日為娘子準備那套海棠半臂襦裳。」

溫菡看那半臂襦裳不過是極尋常的款式，還不如了她平日穿的，不滿地撲在董氏懷裡撒嬌道：「阿娘，明日我是陪祖母一起去的德光寺，若是不穿好看些，豈不是丟了祖母的臉面？」

紅花要有綠葉襯托才會更嬌豔。董氏心裡雖不願意自己女兒成為他人的綠葉，但為了祺郎前程，不得不順了這個理去妥協與謀劃，故耐心地勸道：「妳好好想想祖母交代妳的事。」

溫菡聞言，頹唐地坐在胡床上。明日溫榮定會穿得花枝招展，如此一來，她是要被比下去了！

·

溫榮回到西苑，見到鋪陳在曲香矮案首上、綠佩為她準備的衫裙時嚇了一跳——柳花廣袖藕絲長衫、桃紅底織金天香湛露銀藍大牡丹束胸裙。溫榮不耐地翻了翻，伯祖母是喜歡素淨的人，豈能穿得如此花稍？

「綠佩，這是怎麼回事？」溫榮不滿地問道。

綠佩望著衫裙，滿眼驚豔，欣喜地說道：「夫人命人送過來的，聽說是老夫人特意交代了娘子明日穿得體面些。」

溫榮心下有幾分無奈，若真這般穿了，哪裡是去參佛，倒像去曲江宴尋郎君了！這次德光寺之行本已與祖母沒有了關係，可祖母還是管了過來。

德光寺落成之禮特意挑選在了七月十五佛歡喜日，黎國公府裡卯時不到便已處處掌燈，闔府上下都忙將起來。

綠佩正準備伺候溫榮梳洗更衣時，突然一聲驚呼，外屋伺候的文杏、惠香等婢子皆聽見了聲響，面面相覷，不知發生了何事，又不敢上前探看。

碧荷端著水急忙走進屋。「一大清早就咋咋呼呼的，驚了娘子該如何是好？」才說罷，就看到散亂在書案上的衫裙，登時也愣住了。昨日夫人送來的藕絲長衫束胸大牡丹裙，不知何時落到了娘子平日寫書作畫的案臺上，書案上正攤晾著娘子昨晚才畫了一半的百花爭春圖！碧荷拿起衫裙，果見衫裙上沾了紅紅綠綠、已被風乾了的顏料。

「我記得昨夜將窗都關好了的……」綠佩急得要哭了。

碧荷知曉這身衫裙不能再穿了，轉身見娘子眼裡閃劃而過的毫不在意，心裡一鬆，笑問道：「娘子打算換了哪一套？」

「那套蓮青色半臂襦裳。」溫榮起身安慰綠佩。「是我昨日嫌悶，將窗打開了，不怪妳的。」

綠佩看著糊作一團的百花圖，歉疚地說道：「娘子的畫也毀了……」

溫榮有幾分不好意思，書案上壓根兒就沒有什麼百花爭春，不過是她潑的幾團顏色而已。

溫榮到內堂見三娘子溫菡身著海棠圓領輕紗半臂襦裳、下配條新染石榴裙、梳了雙向百合髻、簪八寶如意對花釵，頗為驚訝，直到瞧見溫菡娘那副不甘平庸的嵌寶滴珠綴綠玉牡丹金耳鐺，才暗暗笑道，難為溫菡娘能忍讓至此了。

而溫榮是一襲蓮青色半臂短襦，著單絲碧羅籠裙，籠裙上蹙金繡數枝忍冬花，髮髻上只簪花鳥紋白玉梳。

溫老夫人見了，面露不悅，轉向林氏問道：「不是叮囑過妳要為四丫頭新做一套衫裙嗎？今日如何穿得這般素淨？德光寺落成禮上請了許多皇親貴戚，若是陪著我一起，好賴都是不打緊的，可今日四丫頭是陪大嫂子去，如此不是叫人指著我們國公府笑話看？四丫頭年輕不懂事便算了，妳這當阿娘的也如此不曉事！」

林氏先前見到溫榮時已是滿眼疑惑，這會兒又被溫老夫人訓斥了是更加委屈，自己昨日明明令婢子送去了盛京時興的束胸長裙衫，且也交代了綠佩，可為何榮娘沒有穿？雖不解，但又擔心自己照實說了，老夫人會去責怪榮娘，若是這般，她寧願自己扛下。

溫榮惶恐地拜倒回道：「昨日阿娘確實送了一套衫裙給榮娘做落成禮之用，只怪兒不小心了，夜裡貪涼，趁婢子不注意時將窗打開，不承想昨夜颳起夜風，將衫裙吹落在了兒新畫的百花爭春圖上，還請老祖母責罰榮娘，莫要怪阿娘了。」

溫菡心裡早樂開了花，想溫榮不過是團爛泥，祖母、三嬸再怎麼捧她都是扶不上牆的，再好的衫裙給她也是糟蹋！溫菡又瞧了瞧溫榮那素淨的臉龐，不但未黏貼花鈿，連粉黛亦未施，遂撇撇嘴，怕是老祖母打錯算盤了，如此俗氣的小娘，有誰會看得上？

「罷了罷了……」溫老夫人嘆氣道，溫榮道歉得誠懇，且溫榮今日是隨那老東西一起，故再不滿也不能發作，只是見溫榮的百合髻上只有白玉梳，實在是少了幾分貴氣，遂說道：

「將那支貓睛石赤金花簪拿與榮娘簪上。」

溫老夫人拉著溫榮的手，又細細地交代了許多，叮囑千萬不能給伯祖母添麻煩，若是有什麼事，第一時間過來與自己說了才是，很是一副關心孫輩的用心祖母形象。

溫榮認真地點頭，並一一應下了。

第八章

遺風苑的馬車已在國公府門前等候，統共不過兩輛馬車，一輛謝氏乘坐的黑楠木掛帷幔大輪馬車，一輛供啞婆婆等婢子乘坐的輕便四輪馬車。相較遺風苑的簡單，黎國公府是浩浩蕩蕩的數輛車馬隊，光跟車隨行伺候的僕從便有數十人。

溫榮與溫老夫人、方氏、董氏、阿娘一一作別，才帶了綠佩、碧荷匆忙去了伯祖母那兒。

啞婆婆見到溫榮，忙擺上腳凳，撩起帷幔簾，扶著溫榮上了馬車，謝氏伸出手，滿是笑意地牽過溫榮。

馬車搖搖晃晃碌碌前行，溫榮靠在伯祖母身上撒嬌道：「伯祖母，那日妳給我的百朝露，都叫阿爺給吃了！」那語氣倒似阿爺與溫榮搶食了似的。

謝氏慈祥地笑道：「傻丫頭，下次伯祖母再特意為妳做了。」謝氏看著溫榮純淨如晨露的笑顏，很是滿足。本以為這輩子都享受不到天倫之樂了，不承想如今幸福卻悄然出現在了身邊。

伯祖母並不因受邀請去德光寺參禮而特意裝扮，如往常一般的樸素檀服，手戴綠松石十八羅漢手串，矮髻上只簪梅花竹節碧玉簪，雖不如祖母貴氣，卻有令人一望便安的親切，溫榮心下很是喜歡。溫榮轉身獻寶似地捧出了金絲楠木塗金匣。「伯祖母，那日妳叫我作的春江景，兒已經完成了，伯祖母可要看看？」

裝匣素雅但不失金貴，謝氏只覺滿意，溫和地說道：「馬車晃得厲害，千萬別碰壞了榮娘的畫作，一會兒到了德光寺後院休憩的廂房裡，再打開與祖母看可好？」

「還是伯祖母想得周到。」

德光寺修建在盛京南郊，四處山巒環抱，寺院自山門向東，隨地勢而闢，望去是漸次升高的三層臺地，大殿覆單簷四阿頂，出簷深遠舒展，鴟尾遒勁，整座大殿可謂是恢弘大氣。德陽公主是斥巨資修建了此殿的，溫榮亦聽聞，光殿前的三尺四門、雕鏤奇窮的百寶香爐，便需資三萬金。

溫榮扶著謝氏小心地下了馬車，立馬有迎客僧上前合十作揖，在前引路請溫榮等人前往寺內。

中書令府的夫人、娘子早已到了德光寺，甄氏見到前黎國公府大長房夫人，忙迎上前。前黎國公於中書令府有恩，這份恩情是林中書令一直掛在嘴邊、叮囑家人不能忘的。只無奈前黎國公夫人如今修佛養心，並不接見外客，令中書令府想報恩卻苦無機會。

甄氏帶著林嬋與林瑤向謝氏行了拜禮後，親自上前攙扶，而嬋娘和瑤娘則樂滋滋地跑到溫榮身邊。

瑤娘與溫榮咬起了耳朵。「聽說大禮之後還有鬥茶呢！我剛見幾家王府和禹國公府、薛國公府都帶了好些茶娘子來，今日可有好戲看了。」

嬋娘撇嘴道：「鬥茶有甚可看的？倒是大雄寶殿後的塔林有名頭，公主殿下特意修了很大的荷花池，與其看鬥茶，還不如去賞荷花。」

溫榮見兩位娘子玩心上來了，笑道：「今日可是來德光寺落成禮的，不管鬥茶還是賞荷，之前都要聽誦經，妳們可不能瞌睡了！」

迎客僧特意在後院為謝氏等人開了一間做休息用的廂房，並命小沙彌奉上了新煮禪茶湯，一切安排妥當，才合十作揖道：「請諸位檀越（注）在此歇息，待大禮開始，小僧再來接迎。」

因是第一次見到原黎國公府夫人，故嬋娘與瑤娘初始有幾分拘謹，可不多時，便發現原黎國公夫人真如榮娘說的那般慈祥溫和，沒有一絲長輩架子。

瑤娘眼尖，早瞧見溫榮帶著的塗金匣，眼巴巴盯著，琢磨那被榮娘寶貝般拿在手裡的匣子會是裝了什麼？

謝氏見嬋娘與瑤娘不似一般貴家女娘那般矯揉作態，早已喜歡，而那幅畫卷，與林府夫人和娘子看了，也是不打緊的，遂說道：「榮娘，將畫卷與我們看看。」

注：檀越，佛家語，即施主。

「是。」溫榮從塗金匣中取出畫卷，心下惴惴不安，若是猜錯了，這幅畫卷便無法送出，怕是要辜負伯祖母心意的。

溫榮小心解開五福結，嬋娘主動上前幫忙，與溫榮一左一右將六尺畫卷鋪展開了。

一幅跨越南北萬里疆域的大好河山圖驀地展現在了眾人面前，縱是積澱豐厚的謝氏，也不禁屏住了呼吸。溫榮的笑容淡定從容，眼神裡的不驕不躁、不卑不亢令人覺得踏實穩重，謝氏很是安慰，自己未做點撥，榮娘卻已猜到了那位故交好友的身分，如此聰明的孩子，怕是無人能將她做提線木偶。謝氏想起弟媳嘉宜郡主半含敵意的雙眼，若她內心尚有良知，便該好好待三房一家，如此才能保一府平安。

廂房裡一時陷入靜默，誇讚之詞說多了，也不過蒼白。最後還是瑤娘的直性子打破震驚後的靜謐。

「榮娘，這幅便是妳將自己關在房裡大半月畫的春江景嗎？真真大氣，比我大哥畫的可是好太多了！」

謝氏讚許地望著林府二娘子，想這小娘不但心直口快，且不避疏重親，林中書令教養出的子女確實心術平正，如此看來林家大郎必也是錯不了的。

甄氏卻不滿地瞪了瑤娘一眼，榮娘畫作雖上乘，可稱讚便是了，何須扯上琛郎？若是叫榮娘她們小瞧了琛郎，該如何是好？

「是呢，足足畫了近一月。」溫榮謙虛地低下頭。甄氏望著她的目光越來越熱，溫榮心裡有幾分不安與羞澀。

「榮娘也幫我畫上一幅，我要掛在了書房裡！」瑤娘向來不客氣。

嬋娘聽聞嘲笑道：「我怎不知瑤娘何時有書房了？莫不是堆了些簇新宣紙的小耳房？」

被幾位小娘子一鬧，廂房裡又都笑將起來。

見伯祖母衝自己頷首，溫榮知曉自己是猜對了，才放心地將畫卷收起，交於婢子妥善保管。

不多時，廂房外傳來了叩門聲，寺院小僧前來迎請眾人至大殿參加德光寺落成之禮。

溫榮扶著伯祖母，與中書令府的夫人、娘子入了席，瑤娘看著數丈高的講經臺嘖嘖驚嘆。

宮中貴人亦陸續在上首落坐，瑤娘羞怯盼看著上座裡著紫色錦緞蟒袍、束玉帶紫金冠的三皇子李奕，本說個不停的嘴，突然就安靜了下來。

大禮開始，僧人撞響殿前大銅鐘，鐘聲渾厚深遠，餘音繚繞於山間，久久不散。大雄寶殿殿門大開，謝氏撚轉佛珠手串，隨寺院眾僧默唸《妙法蓮華經》。

眾僧人打坐唸經畢竟枯燥，果如溫榮先前說的那般，瑤娘是百無聊賴，甚至想拉溫榮一道偷偷離席，可見溫榮聽得認真，只好作罷。若不是偶爾小心翼翼地抬頭能望見三皇子，怕是真已經睡著了。

好不容易捱到為佛像誦經開光完畢，之後是年輕小娘盼的鬥茶會，坐席上窸窸窣窣的交談聲漸漸多了起來。

許多與原黎國公府是舊識的老夫人，見到謝氏親來德光寺參禮，都頗為驚訝，紛紛上前說話敘舊，而謝氏亦將溫榮介紹與那些同前黎國公府交好的貴家、閣老親眷。

夫人們見外面日頭大，三三兩兩地回廂房歇息。

另一處，菡娘因前次馬毬賽與趙府娘子相處不愉快，故帶著太常寺卿家的魯娘子來尋了榮娘。

今日菡娘妝扮尋常，話也不多，倒不如往常那般惹人厭煩，瑤娘和嬋娘也笑著與她說了幾句話。

率先上場鬥茶的是禹國公府和薛國公府帶來的茶娘子，林瑤瞪著眼睛與對面席上的韓秋娘、張三娘打了好一會兒眼神仗，直到溫榮扯了扯她，才將注意力轉到場上，心裡只盼禹國公府和薛國公府快快輸了。

突然，有侍婢上前走至溫榮與溫菡身側，通傳道：「公主殿下請溫三娘子與溫四娘子於殿後草堂說話。」

溫榮不經意地掃了眼溫菡，溫菡眼裡透著幾分志在必得的笑意，溫榮奇怪她的自信是打哪兒來的？先前落成大禮告畢後，德陽公主確實是說乏了，起身帶著侍婢，由高僧陪同去寺院四處走走，只是德陽公主的侍婢溫榮略微有印象，眼前的陌生得緊。

林嬋蹙著眉頭，輕輕拉了拉溫榮的袖襬，低聲說道：「這侍婢眼神飄忽，小心有異。」

溫榮回握了嬋娘，小聲應道：「放心吧，我心裡有數。」

說罷，溫菡與溫榮隨著引路婢子一路向大殿後院走去。至後院要經過一段天然岩壁狹道，岩壁處處磨崖造佛像，足有數百餘尊，很是莊嚴肅穆和壯觀。到了寺後院，穿過一處清雅的竹林，溫榮嗅到了陣陣花香，枝頭的翠鳥啼鳴，令此處更加幽靜。

往前不幾步就到了草堂的木質拱門前，引路婢子停下腳步，福身道：「公主殿下已在草堂等候二位娘子。」說罷，婢子未做停留，自行從小路繞向了草堂偏門處。

木質拱門題著長聯，溫榮才見著「人來合意高談道……」幾字時，便被溫菡推了一把。溫菡見溫榮磨磨蹭蹭的，頗不耐煩地說道：「快走了！」

溫榮朝前踉蹌了幾步，而溫菡只慢慢地跟在後面。

草堂拱門到舍居竹屋還有一段青石子路，兩旁流水縈迴，木橋勾連，隨風輕動的花草亦是秀麗明美，古樸典雅的景致看得溫榮很是歡喜。

溫菡越走越慢，只待溫榮走進那道竹門，事便成了！溫菡想著，心情越發好起來，就連身上的尋常衫裙也順眼了許多。

突然，溫榮停下腳步回身，望著數步以外的溫菡，粲然一笑，回走了幾步，親熱地挽起溫菡手臂。「三姊，妳說公主殿下找我們會有什麼事呢？」

此變故令溫菡臉色都變了，想將手抽出，卻發現已被溫榮挽得死死的，轉眼二人一起跨進了舍居竹門，溫菡這才慌了神，連忙說道：「此處不像是有人在的，會不會那婢子弄錯地方了？」

溫榮故作不解地指著青石子路拐角處的羅漢松道：「那松樹後的風景很是好看，公主殿下定是在那兒了！」

溫菡只覺得腳下的塵香翹頭履沈得像石頭似的，墜得她一步也不想往前走，只是被溫榮拖著，她無可奈何。待走至青石子路的轉角處，身襲朱紅錦袍、束玉帶朱金冠的太子便出現在溫榮與溫菡的視線裡，太子身邊還跟著數位面容清秀柔美的小倌。

溫榮一臉驚訝，抓著溫菡的手也更緊了些，驚慌地看向菡娘道：「三姊，是……是先前在上座的太子殿下！」

不說倒還罷了，兩人一起離開或許還來得及，可此時太子聽見聲響，轉身發現有兩位貴家女娘闖進了竹舍。

今日德光寺落成禮請了許多皇親貴戚，故寺院外圈安排有重兵把守，外人壓根兒無法進入，太子來此作樂，亦命了武衛看守，眼前兩位不過是手無縛雞之力的女娘，如何躲過武衛眼睛，進入了草堂？太子眼中閃過一絲陰狠，正要命人拿下，卻發現其中一人是祺郎胞妹溫三娘子，面上表情略微鬆了些，眼裡的戾氣也漸漸收起。

太子的目光落到了溫三娘身邊著蓮青色襦裙的小娘子身上，雙目微合，嘴角上挑，露出玩味神情。這小娘面生得很，年紀雖小，可面容嬌美清俊，不幾年長開了怕是絕色，那驚慌的模樣令人心疼得緊。不愧是黎國公府和祺郎，知曉自己的喜好，特意送來了這麼棵嬌花嫩苗孝敬自己。只是妝扮太過普通了些，也不知給人家小娘子一身好衫裙。太子一步一步向二人走去，眼神直勾勾地盯著溫榮。

溫菡一驚，拉了溫榮跪拜在地。「太子殿下安好，奴不知太子殿下在此，驚擾了太子殿下！」

太子在離溫榮與溫菡數步之遙時突然停下腳步，濕熱的空氣中夾雜著絲絲令他作嘔的白檀與白豆蔻氣味，太子後背沁出絲絲冷汗，雖是在驕陽之下，可太子卻覺得周遭陰森森的，令人膽寒。太子雙目猩紅，皺眉怒喝道：「誰用了白檀香?!」

溫榮戰戰兢兢地將香囊捧了出來。

太子面色驟暗，不承想眼前這小娘蠢鈍不堪，不知好歹。「給我滾！」太子嫌惡地看了眼溫榮，一甩袍衫轉身離開，若不是礙於黎國公府與祺郎的面子，早命人將她拖下去亂棍打死！

太子走遠後，溫榮還未來得及慶幸，已先覺得悲涼，周身亦是陣陣發冷。菡娘的資質溫榮是知道的，若不是背後有人指點和佈局，她必不能帶著自己如入無人之境般接近太子。溫榮捧著素綾香囊的纖手慢慢收緊，白檀香沫相簇相傾，咯吱作響。溫榮準備白檀香囊的心情與李奕相同，不過是為了以防萬一、未雨綢繆罷了，可心裡一直抱著希望和僥倖，許是自己多心了，香囊是用不到的……同為親孫女，如何能這般狠下心利用自己?!

昨夜裡，溫榮覺得白檀與白豆蔻辛味過重，特意摻入暗梅香粉掩蓋刺激的味道，如此周聞人縱是聞到，也不過覺得是一般女娘用的香囊而已，更重要的是不會引起溫菡的懷疑。雖然一般人不會注意，但對白檀和白豆蔻敏感的人卻能一聞便知。先前引路婢子帶她們經過岩壁時，溫榮即不動聲色地將香囊自銀盒取出，掛在了腰帶上。

溫榮不在意地拍拍裙襬起身，再看了眼被嚇得不輕、依舊低頭跪地的溫菡，心裡冷笑。原來她也知道隨意接近太子是件很可怕的事，一個不小心，就可能丟掉性命。若不是自己死死拉住溫菡作伴，今日怕不是從了太子，便是又死一次！

溫榮眼中寒意褪去，蹲身扶起了溫菡，無辜地問道：「三姊，我們還要去找公主嗎？」

溫菡半個人的重量都搭在了溫榮身上，溫榮幾乎又要被壓垮下去。

溫菡聲音顫抖地抱怨道：「找什麼找？要找妳一人找去，差點被妳害死了！」說罷將溫榮甩開，左右張望著落荒而逃。

溫榮隻身一人回到大殿，見嬋娘與瑤娘還在原處看鬥茶，笑著去問鬥茶結果如何了。

嬋娘見溫榮安然回來，才放下心來，低聲問道：「真是公主嗎？」

溫榮搖了搖頭，無奈地說道：「好在有驚無險。」

見瑤娘一臉喜氣，可知禹國公府和薛國公府的茶娘子在鬥茶中落敗了。溫榮望向站在禹國公府韓夫人身後、滿面驚恐的茶娘子，輕嘆了口氣。鬥茶於貴家夫人、娘子而言，輸贏不過是臉面的問題，可那些茶娘子，怕是要為此賠去了身家性命。

溫榮與嬋娘、瑤娘坐在一處看了會兒鬥茶，伯祖母身邊的婢子便過來傳話，說是伯祖母請了溫榮過去。溫榮告知嬋娘後，同婢子一起離開。

溫榮笑問道：「伯祖母是一人在廂房休息嗎？」

「老夫人是與貴人在一處，故特意命婢子來請娘子。」侍婢是在伯祖母跟前伺候的汀蘭，行事穩重得體，頗為得臉。

「我先回廂房拿上畫卷。」溫榮歡喜地說道。若沒猜錯，伯祖母的故交好友是當今聖人睿宗帝的生母——朝武太后。溫榮猜到了這一層關係後，前世的許多事似乎都串連了起來。李奕繼承大統，即以鐵腕治理朝政，大伯父因玩忽瀆職被削職，雖保住了國公爵位，卻沒有實權，黎國公府已然沒落了。至永慶二年，伯祖母與太后相繼逝世。伯祖母在世時與國公府來往甚少，但憑藉同太后的關係，暗護了國公府周全，可惜那世無人感恩和珍惜。

溫榮回到先前休息的廂房，只見綠佩手忙腳亂地四處翻找，綠佩看到娘子，人一軟，跪倒在地，泣不成聲，惶惶地說道：「娘子，畫卷不見了！」

溫榮大驚失色。

汀蘭知事情嚴重，喝道：「老夫人與娘子先前吩咐妳保管好畫卷的，如何這時與娘子說不見了?!」

綠佩煞白了臉。「娘子……奴婢對不住娘子！先前奴婢見沒人過來，故出去討了口水吃，可不承想、不承想……」

「是什麼時候的事？」溫榮的心猛地一沈，意識到是自己大意了。知曉自己畫春江景的只有國公府和林府的夫人、娘子，會是誰將畫卷拿走？

「半個時辰前。」綠佩跪在地上瑟瑟發抖，抽噎道：「奴婢發現畫卷不見，便四處去尋，可怎麼都找不著。奴婢想去大殿鬥茶處找娘子的，可娘子也不在……」

畫卷一時半會兒是找不回來了，見事已至此，汀蘭不得不提醒道：「娘子，老夫人已在等候，現在該如何是好？」

溫榮深吸一口氣，並不責怪綠佩。若是有人早盯上畫卷，縱是綠佩一直守著，有心人也會想了法子下手的。溫榮勉強衝汀蘭笑道：「煩請帶路了。」說罷，擔心綠佩心眼實，一人留在廂房會生出個好歹，又說道：「綠佩隨我過去。」

汀蘭帶著溫榮主僕，匆忙走過穿廊，行至後院東處的一處堂房前停下。

立於遊廊、衣飾華麗的侍女史見到來人，起身攔道：「請娘子稍後。」

不多時，侍女史回到遊廊，滿面笑意地通傳溫榮入內拜見，綠佩與汀蘭則在外等候。

侍女史撩開珐瑯串珠簾，溫榮款步姍姍走進內堂，低眉順眼，只用餘光淺淺打量周遭——正位漆金紫檀雕側金盞鶯羽黃壺門矮榻上斜倚著一位雍容華貴的老夫人，著繡大牡丹薑黃緞袍，手握燒藍掐絲銀玉盞，溫榮知曉這位老夫人即是朝武太后了；謝氏坐在右首位；德陽公主亦不過在右二席而已，此時正似笑非笑地看著自己；左首位是二皇子李徵，三皇子李奕與五皇子李晟依次延坐二、三席。

溫榮盈盈拜倒在地。「奴見過太后，太后萬福金安。」

「抬起頭來。」朝武太后的聲音不徐不疾，內含威嚴，令人不敢違逆。在一旁伺候的侍女史小心翼翼地接過朝武太后手中的銀玉茶盞。

溫榮直起身子，微微抬起頭，垂眼淡淡地望著籠裙上的蹙金忍冬花。

太后打量著眼前不過十二、三歲，面容清麗出塵的小娘子，一身打扮不張不揚、素淨恬淡，見了自己非但不驚慌膽怯，神態氣度反而從容不迫。朝武太后眼中閃過一絲訝異，意味深長地看了謝氏一眼。仔細瞧了好一會兒，朝武太后才同謝氏笑道：「這孩子與妳兒時幾乎一模一樣，尤其是那眼神，看著不冷不熱，卻將人吸了進去。」

謝氏不禁笑怪道：「好好一個孩子，叫妳說得怪嚇人的！榮娘比我當初伶俐多了。」

太后面上生出喜意。「孩子快起來，我與妳伯祖母是自小就在一處的手帕交，於我，妳就如德陽她們一般。」

溫榮謝過太后才起身。

德陽公主親熱地說道：「榮娘過來與我一塊兒坐！」說罷，德陽公主親自牽著溫榮到身旁坐下，又同太后笑道：「祖母不知，我與榮娘是相識的。」

太后聽言很是歡喜。「如此便好，在一起是不拘束了。」

左席二皇子亦認出了溫榮正是那日在籬莊馬毬場望亭處頂撞禹國公府韓秋嬏的小娘子。李徵心裡有了底，面色大霽，朗聲同朝武太后說道：「某卻是第一次見著娘子，祖母可不能偏心了德陽，見德陽認識了，就不介紹與我們了！三弟、五弟，你們說是不是？」

李奕面上笑得和煦，可心裡卻空落落的。先前德光寺落成禮，李奕就已注意到靜靜踞坐於席上的溫榮，只可惜溫榮從始至終都未抬眼看自己。李奕自詡心性穩斂，可現在卻會不自覺地失神，甚至因某人而波動了情緒。

五皇子李晟冷冷接道：「某與三哥亦見過溫四娘子。」

「五弟還是這般清冷，若是嚇到小娘子該如何是好？」德陽公主言語頗為輕佻。

可朝武太后不但未責怪，反而舒心暢笑。「德陽說的是，晟兒是該好好向你二哥與三哥學學，莫要擺了架子。」

「兒不敢。」李晟垂首應道。

德陽公主牽著溫榮的手緊了緊。「前日裡我見妳便喜歡得緊，只是礙於人多，不能和妳親近，今日可好了！」說罷又看向朝武太后。「兒可得好好謝謝祖母與老夫人，了了德陽一樁心事！」

「這孩子，嘴巴就是招人疼！」謝氏嘴角噙著一絲笑。

謝氏對德陽公主脾性並不瞭解，可德陽公主四嫁四和離一事早傳遍了全盛京，謝氏不喜如此輕率的做法，但不反感溫榮與德陽公主接觸。謝氏自信溫榮在與他人相處時能把握分寸，而且有朝武太后在，德陽公主亦不能做出太過出格的事。

朝武太后望著溫榮，慈祥地說道：「聽婉娘說妳特意作了一幅墨寶丹青要送與我。」

婉娘是謝氏閨名，謝氏面上雖平淡，可心下很是期待。朝武太后初見溫榮印象不差，如此已是難得了。

見眾人目光都轉向了自己，溫榮心中一顫。朝武太后是看在了伯祖母的面子上，才接見了自己，雖表現親切，可溫榮能感覺到朝武太后眼中的探究。伯祖母正是知曉無法輕易得到朝武太后青睞，才特意命自己作春江景的。

溫榮咬了咬牙，走至堂中，跪拜在地，惶恐地說道：「請太后恕罪，榮娘不慎將畫卷弄丟了。」

朝武太后聽聞，面色陡然一變。

二皇子心下冷笑，這小娘子可真真有膽識，事先知曉要送與太后的東西，居然敢不妥善保管好。本以為能得太后另眼相看的前黎國公夫人必有過人之處，未想不多時就犯了錯誤，太后已面露不豫，自己倒要看看牙尖嘴利的溫四娘子今日如何轉圜？

謝氏垂眼看著跪在地上的溫榮，雖蹙眉焦急，可目光依舊溫暖。「是怎麼一回事？」

溫榮將被人引往後院草堂一事略去，只自責不該讓畫卷離了身，眼裡更委屈得要滾下淚珠兒。

三皇子正要開口為溫榮說上幾句，德陽公主鶯啼婉轉的聲音已裊裊響起——

「不知榮娘所畫何物，竟招了賊人惦記？」

溫榮身子一僵，德陽公主與自己表面做親和，實際卻極難相與。如今畫卷已不見，縱是自己妙語如珠、舌粲蓮花地將丹青墨寶繪聲繪色地描述了，也不過令他人覺得是在浮華自誇；可若說得普通，必然被輕視。如此不論好說或歹說，都將辜負伯祖母的一片心意。

溫榮心下思定，冷靜回道：「回稟公主殿下，伯祖母交代奴作畫，奴不敢大意，更不敢草率而作，畫卷首尾以盛京護城河引水源渠河做牽連，兩岸北至恆嶺以北，南至夷山以南，只是奴技藝不精，筆下的普通山水風景囊括不了聖朝的地廣物博，還未能畫出天下歸一與四海一家的宏大。」

「好一個恆嶺以北、夷山以南！」朝武太后雖不滿溫榮將畫卷遺失，但溫榮所言卻直中心坎。恆嶺以北、夷山以南，固為聖朝疆土，可韃虜突厥卻屢屢進犯，並汾等地近年難得安寧。睿宗帝煩憂之事，自然也是她這睿宗帝生母的心頭刺。太后心底亦期盼聖朝真能如溫榮娘所言，天下歸一，四海一家。

德陽公主輕笑，是個伶牙俐齒的，如此避重就輕叫她躲了過去。

「起來吧，不過是一幅畫卷而已，難得的是妳有這片心意。」太后笑著說道。

溫榮心頭一塊石頭落了地，小心回到德陽公主下首端正跽坐，雖有不甘，可總算未因此惹下大麻煩。侍女史為眾人奉上了茶湯，是新煮的峨眉雪芽，溫榮淺淺吃了一口，難怪祖母嚐了後會惦記，峨眉雪芽比恩施玉露要多上幾分清芳，可相較起來，溫榮還是喜歡衡山石廩的清亮與闊朗。

「溫四娘。」一盞茶湯吃完，五皇子李晟突然開口，向來寡言少語的五皇子難得主動與人說話。

溫榮忙欠身道：「五皇子殿下有何吩咐？」
李晟冷冷說道：「敢問娘子墨寶用何物裝存？」
「畫卷是用金絲楠木塗金匣收存，塗金匣上鐫刻了『翠管繪玉窗，丹青染君山』的小篆。」溫榮不知五皇子問裝匣是何用意，五皇子不似是會故意刁難人的。
五皇子銜溫榮頷首，又交代了侍立在旁的僕僮幾句，僕僮立即轉身出了內堂。
朝武太后銜五皇子笑道：「晟兒又是玩的什麼把戲？」
「回祖母，兒先前在後院見一婢子鬼鬼祟祟丟了物件至井中，那婢子行事鼠輩，故兒留了心，命人將婢子所丟之物取出。」李晟又望向溫榮道：「確實是塗金匣存放的畫卷，是口枯井，畫卷並未損壞。」
太后蹙眉問道：「是誰如此大膽，做出這等下作事？」
五皇子道：「只遠遠瞧見背影，未曾看清。」
德陽公主噗哧一笑。「第一次見五弟說了許多話，可又是託了榮娘的福了！」
聽言德陽公主的調笑，溫榮緋紅著臉跪拜在地，誠摯地向五皇子道謝。
「不必多禮。」五皇子未理睬德陽公主的調笑，依舊是往常的清冷模樣。
溫榮心下好笑，五皇子的性子真真有趣，怕是先前就已知道那幅畫卷是自己丟失的，可卻忍了許久才說出，難為他了。不多時，僕僮將塗金匣捧至內堂，重要之物失而復得，溫榮喜上眉梢。

二皇子爽朗笑道：「先前聽溫四娘子描繪畫卷，某是滿心期待，本以為只能是遺憾了，不想卻尋了回來，還真得好好感謝五弟！」

德陽公主格格直笑。「榮娘所作丹青是送與祖母的，獨樂樂不如眾樂樂，不如現在將畫卷打開了，祖母說可好？」

「妳可得去問榮娘，若是榮娘同意，我自當應允。」朝武太后笑得歡喜。

溫榮連忙說道：「奴豈敢藏拙？只望公主不棄。」

太后身旁伺候的兩名侍女史，上前接過了溫榮手捧的塗金匣。

待畫卷鋪開，場中人亦如先前林府的夫人與娘子一般，滿眼驚豔。

眾人傳閱相看，李奕盯著畫卷，一時愣怔。畫卷的薄霧裡，有一位正渡船過河灣的仕女，溫榮本意不過是借仕女的簪花與著裝襯托春意，可仕女扶舷回看的模樣令李奕心中熟悉感頓生。就如數月前，李奕腦海中突然浮起一味名喚衡山石廩的高山茶，那股子迫切與熟悉感逼得自己四處找尋，終於在東市仙客來茶樓尋到。分明是第一次嚐，可衡山石廩的茶香，卻似乎已陪伴了自己許久。李奕抬頭看了眼溫榮，溫榮的笑輕輕淺淺，與德陽說話時禮數周全，不卑不亢。一切再熟悉，都熟悉不過眼前這道蓮青色風景……

五皇子在命人自枯井取出塗金匣時，便打開看了，本以為是出自盛京的某位名家之手，除了精湛的畫技，畫卷裡綿延的山巒也令他嘆服，山巒景致變化有鮮明的南北之差，李晟對作畫人的意圖百思不得其解，直到先前聽聞溫四娘子所言，加之知曉溫榮善棋，李晟不得不佩服溫榮的內慧。

太后命人好生收起畫卷，榮娘如此年幼，已有這般心思與畫技，太后雖面帶笑意，卻狐疑地望著謝氏，莫非是婉娘對溫榮做了提點，而畫是請名家代作的？

謝氏看出朝武太后的疑惑，笑著搖了搖頭。

朝武太后了然一笑，懷疑婉娘實屬不該，自幼相識，理當瞭解婉娘性情，婉娘對不在乎的人可寬容大度，可對看中和認可之人，卻會吹毛求疵，容不得半粒沙。朝武太后明白了今日謝氏引溫榮前來的目的，溫榮的聰慧和容貌均屬上乘，從畫卷丟失一事可看出，溫榮已被人盯上，而朝武太后亦擔心有心人會利用溫榮介入宮中之事。不如自己先照拂了榮丫頭，不叫她被人太過欺負了去。

未時末刻，參加德光寺落成禮的夫人和娘子皆陸續回府。

至遺風苑大門處，溫榮小心地將伯祖母扶下馬車，正要作別，啞婆婆激動地指著府裡，眼神很是殷切。

汀蘭笑道：「禾嬤嬤是望娘子再去府裡陪陪老夫人呢！」

溫榮忙點頭答應，祖母與伯祖母同為長輩，與祖母在一起時，自己總是小心翼翼地戒備著，可是伯祖母卻如同阿娘一般，能任由自己撒嬌任性。溫榮亦知道，伯祖母定想問今日德光寺裡發生的事。祖孫二人坐上肩輿，過庭院時未向謝氏修了家寺的小山丘行去，而是往東走過月洞門，溫榮驚訝地望著伯祖母。

謝氏淡淡應道：「寺裡禪房小了，若是你們過來，禪房總侷促了些，遂命人將原先住的穆合堂收拾了出來。」

汀蘭笑道：「老夫人特意收拾了許多房間，就盼著娘子過來。」

溫榮明白汀蘭的意思。「只要伯祖母得空，兒與阿娘說了，就過來住上幾日。」

伯祖母展顏笑道：「妳阿娘怕是捨不得放了妳。」

穆合堂的紫檀架上擺著斗大的卷邊銀白邢窯花囊，幾株蝶落粉池粉白芍藥盛放其中。

謝氏牽著溫榮在矮榻坐下，命人伺候了茶湯和果餅，待溫榮休息了一會兒，才問道：「是怎麼一回事？」謝氏言語雖平淡沒有溫度，可望著溫榮的雙眼卻是滿滿的和煦暖意。

溫榮思及德光寺裡發生的事，此時才覺得委屈，濕了眼眶，將有人冒充德陽公主侍婢引自己去後院見太子一事，以及溫菡異於往常的舉動，一五一十地詳細說與伯祖母知曉。

謝氏端著青竹雪類銀瓷茶碗，凝眉思忖。今日德光寺之行，自己是早猜到不會太平的，嘉宜年輕時心術不正，如今子孫滿堂，富貴盡享，卻依舊不肯安生享福，溫榮非她親孫女，她是迫不及待地算計上了！太子好酒色，年紀不過二十，身邊卻已姬妾成群，絕非良人。謝氏沈聲問道：「榮娘可知背後之人為何要這樣做？」

溫榮垂首未立即回答，若自己信得過伯祖母，必將所知所疑之事全盤托出，坦誠相告，若只是貪念伯祖母身邊的溫暖和親情，便不要將伯祖母捲入黎國公府內的糾葛中了。溫榮決定賭一次，起身走至謝氏面前，大禮跪下。

謝氏看一眼啞婆婆和汀蘭，二人領著內堂裡伺候的婢子退了出去。

溫榮下拜道：「太子在德光寺後院草堂休息，必會令武衛看守，大伯父與上府果毅都尉等武官交好，故調開武衛是輕而易舉的事，而菡娘顯然是有意將兒帶至後院再鎖於舍居竹屋內的。」溫榮停了停。「府裡大房與二房相互提防，能令兩房通力協作的，怕是只有祖母了。」溫榮抬眼認真地望著伯祖母，伯祖母並不言語，只若有所思地看著銀邢窯茶碗上的大佛肚竹，溫榮再次叩拜道：「兒知這般說話是大逆不道，只是阿爺回盛京不多時，不論府內抑或朝中，都不曾站穩了腳跟，阿娘是實心眼的，軒郎與茹娘年紀尚幼，兒無他求，只盼家人安穩，故榮娘斗膽求了伯祖母庇護。」

溫榮雙眸如璞玉般通透，孫兒已如此坦誠，可自己卻不能將三十多年前的易子一事說出，因為還未到時候。謝氏頷首道：「過幾日，妳阿爺得空了，令他來見我。」又牽了溫榮起身。「孩子，只要我還留了一口氣，定不能讓你們受了委屈。」

聽言，溫榮心生傷感。伯祖母已年過半百，卻還要替三房操心繁雜紛亂的內宅之事。

溫榮一回西苑便聽說宮中女史送來了太后的賞賜，數只紅錦緞托盤裡端正放著柳然慧心累絲碧珠簪、金累絲嵌寶石雙鸞點翠步搖、金絳絲錦緞秦花香囊、墨色翡翠荷花墜子、一對和闐玉掐絲金鐲、數疋上好江南貢品錦緞，寶光熠熠的賞賜令人眼花撩亂。

林氏先前見溫榮要陪遺風苑伯祖母去德光寺時頗為擔心，擔心溫老夫人心生不滿，從此不待見溫榮了。後在德光寺，林氏知曉溫榮拜見了朝武太后，令許多貴家夫人和娘子羨慕，而溫榮必定是得了太后的喜歡，否則宮裡也不會來賞賜。如此看來，今日陪了伯祖母才是好的。

晚膳時溫世珩詳細詢問了溫榮拜見朝武太后一事的始末，溫景軒聽聞溫榮見到了三皇子與五皇子亦起了興趣。

溫榮知如今軒郎與兩位皇子關係匪淺，而兩位皇子又對自己有恩，若不是三皇子提醒，自己避不開太子，畫卷又是五皇子幫助尋回的。溫榮略過三皇子，笑著與軒郎說道：「多虧了五皇子，榮娘呈奉於太后的畫卷才能尋回。」

軒郎聽聞忙頷首道：「過幾日我見到了五皇子，一定要再好好答謝五皇子殿下！」

溫榮又與阿爺說了伯祖母交代過幾日去遺風苑一事，溫世珩亦表示後日就去遺風苑拜訪大長房老夫人。

溫世珩回盛京後，去過幾次遺風苑，只是伯母總對自己冷冷的，不過說些無關痛癢的話，遠不如兒時那般親近。看得出來，如今伯母是偏疼了溫榮的，自己這當姪兒的倒被放在一邊了。

祥安堂裡，溫老夫人知太后賞賜了溫榮，氣得差點背過氣去，再看到旁邊嚶嚶直哭的溫菡，更加煩躁。

「這點小事都辦不好，哭有何用？再嚎叫妳娘老子領回羅園去！」溫老夫人氣不打一處出，看著溫菡訓道。

溫菡被罵得愣住了，先前多多少少在假哭，這會兒真覺得委屈了。平白受了太子驚嚇，又被祖母訓斥，全都要怪溫榮！溫菡想到溫榮娘，眼裡是滿滿的惡意。

「阿家，今日畫卷一事，怕是令四丫頭起疑心了。」方氏謹慎地說道。

溫老夫人乜眼問道：「那婢子是家生子嗎？」

方氏恭敬回道：「阿家放心，是家生子。」

「尋個由頭，杖死了丟亂葬崗去！」溫老夫人冷哼一聲。辦事如此不乾淨，居然叫五皇子瞧見，還好不曾出來指認，白白打草驚蛇。

如今四丫頭入了太后眼，怕是不能任由自己擺弄了。

轉眼已是正秋八月，溫榮望著明媚而柔和的天空，只覺得心也隨著濃濃秋意開闊了起來。溫榮命人將書案搬至庭院桂樹下，庭院裡有幾盆新送的秋菊，為首的那幾株胭脂點雪和瑤臺玉鳳是大伯母特意命人送來西苑的，無數純白怒放的花葉，如冰壺濯魄的憐留白色一般。溫榮自是歡喜，前幾日請了林府兩位娘子來賞菊，不承想嬋娘除了好棋，詩興亦不淺，一句「秋來不與百花妍，瘦盡清寒入楚天」，令溫榮刮目相看。嬋娘並不貪天之功，老實說詩是一位翰林院學士做的，她看了喜歡這才借來了。而瑤娘不但人來了，還又抱來一盆菊花，粉白二喬，亦是菊中難得名品。二喬是林大郎得來，後送到林府琅園供兩位妹妹玩賞的，可瑤娘見到二喬第一眼，便說這二喬只配榮娘，遂巴巴兒抱了過來。

溫榮伏在書案前，這段時日難得的舒心，心情如天氣一般秋高氣爽，枯燥的棋譜畫起來也有趣了許多。棋譜是要送嬋娘做生辰禮的，嬋娘點名要了，也怪自己當初滿口應承，想著容易，寫寫畫畫起來可是繁雜。

專注於一件事情時，時間總過得很快，入秋後的傍晚夾帶了絲絲寒意，溫榮撿起一片飄落在書案上的枯黃落葉，正要放進一旁的魚藻紋罐裡，便見到滿臉笑意的軒郎向自己走來，衡山書院的絹衫還未換下。溫榮看了眼書案一角的箭木沙壺，早過了下學的時間，今日軒郎又遲回來了。溫榮將湘妃竹紫毫架在了蟬形青花端硯上，直起身子，望著軒郎笑問道：「何事如此開心？可是得了夫子嘉賞？」

聽溫榮說到這個，軒郎搖頭對夫子嘉賞一說不置可否，但眼睛卻亮了起來。「明日書院停一天學，三皇子答應帶我去籬莊練騎射！」

溫榮已不再多阻止軒郎與兩位皇子交好了，如今軒郎同兩位皇子和林家大郎是走得越發近，溫世珩亦因軒郎得到兩位皇子認可而感欣慰。溫榮未回答，垂首執起湘妃紫毫，輕放入海紋底青瓷墨洗裡攪動。

「明日林家大郎是在國子監上學，不會與我們一道去籬莊的。」溫景軒見溫榮不說話，慌忙補充道。溫景軒不慎聽到阿爺與阿娘的對話，阿娘似乎屬意林家大郎，林家大郎目朗眉清，與兩位皇子一樣都是翩翩的英俊少年郎，轉年林家大郎考中進士科，憑藉林大郎的才學和林中書令在朝中的地位，必能進那翰林院，想來與榮娘確實登對。故溫景軒猜測，榮娘定是知道了阿爺與阿娘的心思，所以擔心自己耽誤林家大郎的學業。

溫榮聽軒郎提到林家大郎，只覺得好笑，軒郎怕是誤會了什麼。墨汁在水裡化開，雖然會越變越淡，可那過程中的變幻莫測，令人猜不到它之後會是怎樣的形狀。這感覺，就如三皇子在自己心中一般。在聖朝，尤其是盛京，便連女子都精通騎射，可軒郎和自己偏偏不善此道，自己是女娘倒罷了，大不了被菡娘罵幾句田舍奴，可軒郎是該仔細學騎射的，三皇子與五皇子深諳此道，李奕肯教軒郎，自己感謝都來不及了。

溫榮遂笑道：「軒郎明日去騎馬可是要小心，不能大意了。」

聽溫榮鬆口，溫景軒總算安下心來，開心地說道：「阿爺送了我一匹綠耳，已是名馬了，但與三皇子的獅子驄和五皇子的皎雪驄比起來，卻矮了一頭。」溫景軒說得興起，不待溫榮回答，又自顧自地說道：「前日我聽林大郎說，那獅子驄是三皇子費了好大功夫才馴服的，如今除了三皇子，亦是無人能騎上獅子驄呢！」

軒郎少有的喋喋不休，溫榮洗淨了紫毫，掛於大葉紫檀雙桿雲頭筆架上，霍然抬眼看著溫景軒，雙眸如往常一片清明。「軒郎，阿爺說了今日要考你功課的，復習了嗎？」

溫景軒一時僵住，每次被阿爺和林家大郎考功課，他都要出一身汗。溫景軒訕訕地看著溫榮，自己那點小心思，在榮娘深潭般的眼眸裡，總無所遁形。溫景軒剛才是想替三皇子求一件事的，三皇子知曉榮娘善棋後，有與自己提過，希望有朝一日能同榮娘對弈一盤棋。三皇子雖有此想法，可又無機會親自和榮娘說，更擔心貿然請求會唐突了溫榮。溫景軒自問得兩位皇子與林家大郎相幫甚多，且不過是對弈一局棋而已，聖朝不拘男女之別，同席吃酒、一處玩樂是常有的事，故溫景軒想幫三皇子了這樁心願。先前想了許多三皇子的好話，可才說了一些，就被榮娘一句話給噎了回去。

溫景軒瞧見書案上攤開晾墨的棋譜，很是好奇，經得溫榮同意，拿起端詳。棋譜內容由淺到深，雖不致博大精深，但棋路也是千變萬化，溫景軒看得入迷，突聞有婢子送帖匣到西苑。帖子是給溫榮的，溫榮命碧荷接過，初以為是林府娘子相邀，可瞧見帖子上泥金印的「尚書左僕射府」字樣時，顰眉一怔。左僕射府就是趙府，那趙家二郎便是溫菡心心念念的如意郎君。

溫榮命人喚住前來送帖子的婢子，笑問道：「三娘子是否也接到了帖子？」

婢子福身回道：「趙府只來了一份與四娘子的帖子，今日羅園裡並無請帖與拜帖。」

溫景軒詫異地看著溫榮，問道：「趙府為何會送帖子與妳？」黎國公府與尚書左僕射府幾無來往，溫榮初來盛京，也不過同林府娘子交好，從未聽溫榮提起過趙府娘子。

溫榮搖了搖頭，送帖子的怕不是趙家二郎，而是二皇子李徵。二皇子請自己的由頭多半是太后，表面上看著二皇子是順太后心意，主動同黎國公府三房交好，可背地裡卻是趕著引黎國公府內訌。溫菡對趙家二郎的心意表現得明顯，溫榮自不信精明如二皇子，會不知道這事。凡事皆無所不盡其用，真真是二皇子的作風。黎國公府起了內訌，對於二皇子來說是百利而無一害。溫榮輕嘆了口氣，今日是不得安寧了。

個中利害關係，三言兩語是說不清的，溫榮看了帖子後，與軒郎說道：「趙府得了幾幅罕有字畫名帖，故特意請了去赴宴和欣賞，多半是因前日榮娘送了幅丹青與太后，二皇子和趙家二郎知曉了榮娘善墨寶，這才下帖子相邀了。」

溫景軒頷首笑道：「榮娘丹青畫技和棋藝少有人及。」

溫榮搖了搖頭，笑怪道：「一聽就知道這話假！榮娘的畫技相較宮廷畫師差了一大截，論棋藝，榮娘也不過是在井底觀天。」

「我可沒亂說，榮娘畫技和宮廷畫師是不相上下的，這話是三皇子和五皇子親口說的！」溫景軒信誓旦旦地說道，生怕溫榮不相信自己。

溫榮笑笑沒回答，見時辰已不早，收起棋譜和筆墨準備回廂房。兩人才走上遊廊，就聽見庭院裡吵鬧起來。

惠香和金霞瞧見氣勢洶洶直往娘子廂房裡闖的主僕數人，攔也攔不住。

「平日裡瞧妳端樣做喬的，還真以為妳是個什麼清高的了，沒想到就是個沒臉沒皮的狐媚子！居然這般不曉得規矩，國公府的臉面都要叫妳丟光了！」溫菡的聲音中氣十足。

溫榮知道趙家二郎單單送帖子與自己，溫菡娘定要不依不饒，不承想這麼快便來了。

溫景軒還未走，聽到溫菡娘辱罵榮娘很是不悅，綠佩更是氣得要衝上去為溫榮說話。

「罷了，由她罵。」溫榮喝住綠佩，冷冷地看著氣咻咻的溫菡。

溫菡見溫榮不回嘴，只道是溫榮心虛，聲音更大了些。「妳該知道國公府與趙府素無往來的，居然覥臉收下趙府帖子，簡直吃裡扒外，國公府白白養了妳這白眼狼！」

「三妹有話好好說，有誤會的地方說開了便是，如何這般咄咄逼人？」溫景軒聽不過耳，將溫榮攔在身後，不滿地說道。

「哼，你們不過是一丘之貉！我可不是你什麼三妹！當初你剛到盛京，我大哥那樣真心待你，處處為你著想，如今你傍上三皇子和五皇子了，就樂得獨自一人奉承他們去，別以為我不知道你們三房在背後打的什麼算盤！」溫菡怒氣上頭，早已是昏了腦子渾說亂道。

「妳……妳……簡直胡說八道！」溫景軒滿面通紅，卻又不知該如何反駁。溫景軒在杭州郡長大，江南女子多溫婉，溫榮雖好強些，但亦是知書達禮，凡事有禮有節的，故從未見過有女子能如溫菡娘這般陣仗，縱是平日裡脾氣再好，此時也氣得不行。

溫榮拉了拉軒郎的袖襬，向前走了兩步，看向溫菡的目光尖銳如剛過了磨石的鋒刃一般，嘴角一扯，冷笑道：「三姊可真是慧眼看得透澈，只不知我們三房到底打了什麼算盤，令三姊如此耿耿於懷？榮娘還望三姊不吝賜教了。」

溫菡一時呆住，平日裡阿娘和阿爺總在房裡說關於三房覬覦爵位一事，見阿爺和阿娘為此皺眉操心，再加上榮娘處處都比她得人憐愛，才到盛京不幾日就結交了許多皇親貴冑，如今更湊到太后跟前去了，溫菡一想到這些就恨得咬牙切齒。可覬覦爵位一事不能搬上檯面說，阿娘也千交代萬交代自己平日留心即可，勿要捅出樓子，剛一時氣急，卻不小心說漏了嘴。溫菡底氣沒先前足了，可依然嘴硬，死咬溫榮沒有規矩來說事。「我……我也是聽別人說的，身正不怕影子斜，怨不得別人！作為妳的姊姊，別怪我沒提醒妳了，好歹妳也是國公府的正經娘子，妳就該好好掂量掂量自己的身分，出去勾引趙家二郎，說出去全盛京都得戳我們脊梁骨，看我們笑話！」

溫菡說的話越來越直白難聽，溫榮撇嘴冷笑。妳溫菡娘將趙二郎當作了寶，可別人還未必看得上眼！到底是誰費盡了心思去勾引趙二郎，恐怕某人心裡該有數吧！

溫榮命綠佩去取先前趙府送來的帖子，壓著怒意，舉帖問道：「菡娘說我勾引趙二郎，可是因為這帖子？」

溫菡親眼見到了帖子是又怒又委屈。「那還不是？國公府與趙府往來甚少，若不是妳這狐媚子去勾引他，趙二郎憑什麼送帖子與妳？」

「三姊今日說的話，若是傳出去，怕才是真真丟了國公府臉面，毀我清譽不說，也白白糟蹋妳自己的名聲！」溫榮見溫菡一臉詫異，覺得很是可笑。「趙家二郎得了幾幅名畫名帖，這才下了帖子，請盛京裡諳此道的貴家郎君和女娘前往赴宴賞玩，不知菡娘是否善丹青？若是擅長，便是今日沒得，明日也能收到帖子了。」

「妳……」溫菡瞪著溫榮，半天說不出一句話。盛京的貴家女娘自小就有女先生和教養婢子，琴棋書畫多多少少都有學，可偏偏菡娘皆只會皮毛，沒有一樣是精通的，若是咬定了不會收到帖子，不過是承認了自己不善畫而榮娘善畫。可溫菡連這層意思都未聽出，只聽見溫榮說自己明日也可能收到帖子，心裡反升起了期盼。「今日我是看在妳是我妹妹的分上才來與妳說這些的，妳也該好好反思自己平日裡的所作所為！」溫菡接不下話了，只能擺出一副比溫榮年長的樣子，一邊訓一邊轉身向外走去。

溫榮也不攔著，望著溫菡的背影朗聲說道：「三姊好走，榮娘不送了。日後三姊若再聽見有人在背後嚼了三房舌根，煩請三姊先抓了那人，榮娘要親自去問個明白！畢竟都一府裡的，姊姊也不能看著別人平白汚了三房名聲，姊姊說可是了？」

溫菡腳步一滯，溫榮這是指著罵他們二房呢！不過是個破落田舍奴罷了，不但覬覦國公爵位，還妄圖和自己搶趙二郎，溫菡恨不能再回頭與溫榮吵上一架！

見溫菡走遠，溫景軒憤憤地說道：「居然這般沒教養！」

溫榮撇撇嘴，明日若溫菡得不到帖子，必不會善罷甘休。「軒郎，明日你與三皇子去籬莊學騎射，若是方便，幫忙問問三皇子與五皇子是否也會去，順便再提一提黎國公府三娘子未收到帖子的事。」

溫景軒蹙眉不解，溫菡娘將三房羞辱得如此難聽，為何還要去三皇子那兒幫她問帖子？溫景軒還憋著氣，見榮娘說得認真，雖想不明白榮娘的用意，可還是頷首答應了。

溫榮之所以讓軒郎詢問三皇子，是希望李奕能幫忙的，可李奕究竟肯不肯幫，溫榮心裡並沒有底。幫此忙對於李奕來說，暫時無任何好處，若是看在軒郎面上幫了，這份恩情自當記下，若是袖手旁觀……溫榮心裡閃過一絲不悅，那便可確定三皇子李奕並未真將軒郎當作朋友，只不知這般接近軒郎對他有何好處？

第九章

不過短短一個時辰，三娘子至西苑大吵大鬧的事闔府上下都知道了。祥安堂裡，溫老夫人蹙眉不耐。不過是一張帖子，收了便收了，本來無事卻生生被三丫頭吵出事來！她面色冷肅地向白嬤嬤問道：「二郎媳婦和三丫頭去西苑道歉了？」

白嬤嬤小心地為溫老夫人篦著頭髮。「二夫人帶著三娘子去了，聽說三娘子特意向四娘子道了歉，想來是無事的。」

溫老夫人嘆了口氣，三丫頭還是個未出閣的小娘就已如此刁橫潑辣，若二郎媳婦再不好好管教，總有一天三丫頭必要叫那不知好歹的性子徹底壞了名聲。

羅園裡，董氏知曉溫菡到西苑給溫榮難堪時，確實好生訓斥了溫菡一頓，更趕在晚膳前帶了溫菡到西苑。

三房裡溫世珩與林氏亦是在議論今日之事，見到二嫂子時頗為尷尬。算來才不過月餘，董氏已是第二次到三房道歉了，第一次是因為溫菡摔壞方氏送溫榮的宮制步搖，這次溫菡變本加厲直接衝到西苑橫罵。

溫榮坦然地受了溫菡娘不情不願的致歉禮，又聽了許多二伯母情真意切的說辭，好不容易捱到二伯母帶著橫眉豎眼、不斷給三房人臉色看的溫菡離開後，溫榮還以為可以回廂房歇息了，可不承想阿爺卻開始說教起自己和軒郎。

子不教為父之過，溫世珩不能代替二哥去教養祺郎和菡娘，但能未雨綢繆更加嚴厲地要求自己的三個孩子。

溫榮感覺到今日阿爺情緒不好，脾氣比往常要大上許多，不解地望向阿娘，可林氏也只是搖搖頭，壓根兒不知道是不是今日在衙裡受了氣。

前月阿爺去遺風苑探望伯祖母回來後，就有些悶悶不樂的，但不管是阿娘還是自己，不論如何旁敲側擊地詢問，阿爺都隻字不肯透露伯祖母究竟與他說了什麼。

次日卯時剛過，軒郎為了準備同三皇子去籬莊學騎射的事宜，早早起了身，比平日上學去書院還要積極。為騎馬便宜，軒郎特意穿了寶藍窄袖暗紋對襟開領錦緞胡服，纏宮條寶藍銀冠，腳蹬鹿皮馬靴，褪去了往日的書卷氣，顯得利索幹練，劍眉星目的，亦是個英俊少年郎。

林氏很是不放心，擔心騎射危險，軒郎會有個好歹，遂在為軒郎整理領衫時擔憂地說道：「往後再遇見書院停學，安生了在家休息才是，三皇子平日裡是很忙不得閒的，你也並非不會騎馬，平日裡穩穩的多好，何必去貪快？」

軒郎笑道：「阿娘，聖朝不是有這麼一句話嗎？好兒郎上馬能助聖主平天下，拉弓可為我朝驅韃虜。原先在杭州郡，阿爺為兒請的武功師傅雖也有名氣，兒也學了些騎術，可那騎術同三皇子、五皇子、林家大郎比起來，不過是花拳繡腿、勉強能用了，故軒郎下了決心，定要學好騎射，成為聖朝中能助聖主平天下的好兒郎。」

「說得好！」溫世珩起身拍了拍軒郎的肩膀。「好好同三皇子學，莫要叫三皇子和某失望了。」

林氏見狀，還想再說些什麼，卻被溫世珩攔住。

「三皇子好不容易得空了肯教軒郎，妳這當阿娘的，如何說些眼淺滅軒郎志氣的話？」前日裡溫世珩在皇林狩獵場見識到兩位皇子和林家大郎的騎射技藝，兩位皇子是沒得說了，而林家大郎不但博識強學、氣度清朗，騎術更是精湛，滿弓射箭能百步穿楊。林家大郎的出色令溫世珩讚嘆不已，相較之下，軒郎就要遜色許多。溫世珩希望軒郎趁年少多學一些，不求同林家大郎比肩，但至少不能與盛京裡的其他貴家郎君差太多了。

待卯時中刻溫榮懶懶起身，軒郎早已出府，綠佩伺候溫榮梳洗時一直苦著臉，眼睛也紅紅腫腫的，明顯是昨夜裡哭過。

溫榮關切地問道：「這是怎麼了？誰欺負妳了？」

綠佩紅著眼抬頭。「娘子，綠佩不過是個婢子，任誰欺負了都是不打緊的，可娘子是府裡的嫡出女娘，阿郎還是朝裡正四品要員，要婢子說，娘子要比三娘子好上不知多少，趙府送帖子與娘子，和她三娘子何干？憑什麼來西苑說那些作踐娘子的話？」

溫榮心裡一暖，知道綠佩是一心一意為自己的，只是綠佩說的話太過直白了些，叫人聽去又要生出好些是非，遂輕聲安慰道：「好了，別委屈了，昨日菡娘不是親自來道歉了嗎？我亦是早說過的，若有人平白與你添煩憂，不理之便能自敗之。菡娘昨日吃了軟釘子，她自己想來無趣，亦是不會再來了。反倒是我們，不要叫無關人的氣傷著了自己。」

「那這次算了，可若三娘子再敢來，娘子就莫要攔著我，我定是要為娘子出這口氣的！」綠佩凝眉認真地說道。

溫榮聽了覺得好笑。「罷了罷了，妳好生的為我準備了筆墨，今日還要繼續寫棋譜呢！」

溫榮抬眼突然瞧見紫檀帛畫妝奩上掛著的粗糙平安結，是洛陽陳府娘子送的禮物。仔細想來，今日至上封寄去洛陽陳府的書信已有近兩月了，一直未收到陳家娘子的回信。前封信裡月娘與歆娘說九月會舉家進京，溫榮回信時特意交代，待確定時日，定要來信告知，如今沒等到兩位娘子的回信，不知九月裡陳府是否會如時進京？還有陳家大郎，又是否會與軒郎一道入國子監學？不想倒也罷，想起了溫榮便覺得心慌，寫封信小半時辰都用不著，如何這點時間都沒有了？溫榮決定再修一封信與洛陽陳府的娘子，若是再未收到回信，便該問問阿爺是否有什麼消息了。

溫景軒趕在坊市閉門前回到了國公府，吩咐小廝伺候了洗浴，換去白日裡早已浸透汗水的袍衫，一切收拾妥當了才去尋溫榮。

溫榮正與碧荷在穿廊玩五彩絲線，遠遠瞧見一色素青絹紗錦服、嘴角含笑向自己走來的軒郎。別看軒郎練了一天騎射，筋疲力盡的，雙眼卻比往常更加神采奕奕。走至跟前，不待相問，溫景軒便迫不及待地說道——

「榮娘，趙府設宴請了三皇子和五皇子。」

溫榮笑著頷首，不過是意料之中的事。尚書左僕射府之所以做派大，不只是因為趙成榜為當朝從二品大員，更因為趙家大郎尚了宣陽公主，沾上了皇親國戚。

溫榮此時更關心三皇子知曉菡娘沒收到帖子時的回應。

溫景軒見溫榮著急，故意慢條斯理地討了茶湯潤嗓子，吃完了才慢悠悠地說道：「我與三皇子說了菡娘的事，榮娘，妳猜三皇子是如何回答的？」

溫景軒笑得得意，溫榮知曉這事必是解決了，笑道：「好生說了便是，如何還賣關子了？」

溫景軒終於正色，說道：「三皇子的回答令我可佩服了，三皇子說，許是趙府將溫三娘子的名帖漏了，他自會去提醒則個。」

溫榮噗哧一笑，好一個漏了！「如此甚好，只不知溫菡娘敢不敢接下帖子？」

李奕看似溫文儒雅，其實也是個嘴皮子厲害的，聽得出來，李奕對溫菡娘印象不佳，否則也不會暗諷了溫菡娘得不到他人重視。不過這些不重要了，關鍵是李奕肯幫忙。

「帖子該是早送到二房了，我與三皇子說完後，三皇子便遣了僕僮回宮……」

兄妹倆正說著話，瞧見綠佩和碧荷悄悄在庭院處咬耳朵，一邊說一邊幸災樂禍地笑個不停，溫榮忙喚住這二人。「兩人做什麼鬼鬼祟祟的？樂呵什麼呢？」

綠佩見娘子吩咐，忙神秘兮兮地走上前，與溫景軒道了好後，才壓低聲音與溫榮說道：「娘子，二房鬧起來了，鬧得可凶了！那三娘子果然是個不省心的，昨日才來咱們這兒找娘子麻煩，今日連自己院子都不放過。」

綠佩說的話沒頭沒腦，碧荷見溫榮和溫景軒一頭霧水，忙補充道：「尚書左僕射趙府今日未時送了帖子到羅園與三娘子，昨日三娘子以兩府來往少為由責怪娘子接下帖子，可婢子聽庭院的灑掃侍婢說了，三娘子接到趙府帖子時別提多高興了。二夫人倒是沒說什麼，可祺郎君回府知曉三娘子要去左僕射府，立時炸毛了，橫豎不同意，那陣仗和昨日三娘子來我們院子裡鬧的程度差不離了。」

綠佩嘲諷一笑。「娘子常說律人先要律己，可三娘子卻只知道律人不知律己，那三娘子才是真正的沒臉沒皮！」

「去，別胡說，聽聽便是了，千萬別在後面嚼舌頭。」溫榮心裡也是笑開了花。

以菡娘對趙家二郎的心思，一旦得了帖子，必定會賴著臉皮去，如此一來，昨日裡她罵的每一句話都是在搧自己嘴巴。而且溫榮對溫菡說的「三房在背後打算盤」一事起了心，與其讓他們閒得在背後胡亂議論三房是非，不如先令二房不痛快了，也可讓二房知道，別將眼睛一直盯在別人身上，是時候看看自己院裡的問題。

菡娘與祺郎的心思相左，是因為溫菡只想要爵位和富貴，卻不知道該如何爭取，而溫景祺知曉單憑二房，是鬥不過大房了，故希望借得太子這外力。若不是溫菡攪局，二房得到爵位是指日可待的。溫榮還好奇羅園會如何作決定？是同意溫菡去趙府赴宴，還是為祺郎著想，制止溫菡與趙家二郎越走越近？

擔心綠佩心眼直，溫榮細心叮囑道：「綠佩，這事到此為止，不許再提了。」畢竟不管二房決定如何，都與三房無甚關係，只悄悄命碧荷留心羅園。

而溫景軒總算是明白溫榮為何要在三皇子面前提菡娘未接到帖子了。溫菡娘的爆脾氣足夠讓二伯母和祺郎費許多功夫，只是溫景軒心裡依舊有一事不解。「榮娘，妳說三皇子是不是也猜到了那張帖子會令二房雞犬不寧？」

溫榮一愣，光顧著開心，倒忘記了幫忙的三皇子。表面上看不過是一句話的事，可溫榮知曉，三皇子會因此同時引起兩邊的注意。李奕如今爭儲之心未現，與太子、二皇子皆是兄弟之情。二皇子李徵很重視李奕同林中書令的關係，早想將三皇子與五皇子收入麾下加以利用，今日三皇子所言，會引起二皇子懷疑，懷疑李奕如此做是為了幫國公府三房，還是妄圖引溫菡接近趙二郎？太子那兒更不用說，惹得二房內訌，太子定心生不悅。

溫榮挑眉不再往深處想了，李奕隱藏極深，自己的心思怕是沒他周全。

一夜工夫，對於羅園是否同意溫菡去趙府一事出了結果。碧荷打聽到消息，溫菡娘被關在了廂房。溫榮不過玩味一笑。

碧荷每次見著娘子神情裡的從容與眼中的明慧，都暗暗嘆服。

溫榮正在看林府今早剛送來的家信，原來是林家大郎、瑤娘、嬋娘，幾乎和菡娘在昨日同一時候收到了趙府相邀赴宴的帖子。三皇子聲東擊西之計可真真是妙，還好自己不曾費心去替他想法子。

信中嬋娘特意提到了林家大郎，溫榮對林家大郎是感激的，只是想多了不免尷尬。

轉眼到了要去趙府赴宴的日子，溫榮不過隨意地穿一身丁香色素面襦裳，淺紅銀鷓鴣柳花裙，百合髻上簪了兩支玳瑁簪。見時辰尚早，便安安靜靜地靠在胡床上，翻看軒郎新近得來的《盛京名事錄》。

林氏不知從何處知曉了林家大郎今日亦會去尚書左僕射府，思及兩家心意，再想到對此事一絲也不上心的榮娘，心下覺得不妥，總不能一頭熱，弄得兩家孩子不開心了，遂決定到榮娘廂房裡開導開導溫榮。

見阿娘帶著茹娘過來了，溫榮笑著起身牽過茹娘，又吩咐綠佩新煮了茶湯。

林氏見到溫榮，心疼地說道：「若是叫妳祖母瞧見妳穿得這般素淨，怕是又要不喜歡了。」那日德光寺落成禮，溫老夫人因為溫榮打扮普通，訓了林氏好幾次，每日裡向溫老夫人問安，林氏都心有餘悸。

溫榮無奈地說道：「阿娘，前日菡娘為兒接下趙府帖子去趙府赴宴一事，到西苑好生鬧了一場，若是兒再著意打扮，怕是不知要生出什麼閒話，惹來什麼閒氣了。」

「說的也是，不知菡娘為何發那麼大的脾氣？」林氏頓了頓，猶豫了好一會兒又說道：「榮娘，妳可知今日林家大郎也會去趙府？」

溫榮合起書卷，輕放在了案首，認真地點了點頭。前世溫榮雖嫁與李奕做良娣，可從未見過林家大郎，只耳聞林家嫡子年少有為，乾德十四年中一甲頭元，入翰林院不多時又轉十三道監察御史任職，不過兩年為官外放，幾無回京。

見溫榮頷首，林氏嘴角才舒展開了，笑道：「見到林家大郎，可得好好答謝了人家，妳阿爺昨日剛誇了軒郎長進不少。妳也知道的，妳阿爺平日裡忙衙裡的事，書院裡功課又抓得不是很緊，若不是林家大郎時不時督促和教輔妳大哥，妳大哥哪能有這般快的進步。」

溫榮知道，三房和林府如今走得近，阿爺和阿娘喜歡林家大郎上進，早有了親上加親的想法，只是如今自己年紀尚小，林家大郎也還未考上進士科，故才沒擺上檯面。溫榮心裡輕嘆了口氣，阿爺、阿娘是在為自己著想了，畢竟親事越早訂下了越省心，若是到了身不由己、半分由不得自己作主的時候，怕是……溫榮想起太子，不自覺地咬住了下唇。

茹娘扯著溫榮裙衫，這才將溫榮喚回神。

茹娘指著邊牆上的字畫，叫溫榮教了是什麼字，溫榮逗問了茹娘一會兒，才不在意地與阿娘說道：「軒郎該自己去向林家大郎道謝，讓榮娘傳話，豈不是少了些誠意？」

「妳這孩子，阿娘與妳說認真的。妳雖才十二周歲，可再過上二、兩年……」林氏愣著不知該如何往下說了，想到溫榮再過一、兩年便可能要嫁去了別家，心裡驀地很不是滋味。故想來還是林府最好了，畢竟林府是自己娘家，可以常來往探望。

溫榮抬眼望著阿娘，知曉阿娘今日是想將事說開了去，與其躲著不願面對，不如將想法告訴阿娘。溫榮正要開口，突然聽見屋外婢子通傳，說二夫人帶著三娘子到了西苑。

林氏與溫榮面面相覷，溫菡娘被禁足鎖在廂房的事闔府盡知，為何又會與董氏一道來了西苑？母女二人詫異地迎了出去，只見一臉憔悴的董氏正拖著不情不願、濃妝精緻打扮的溫菡。

見到了林氏與溫榮，董氏忙牽著溫菡上前，嘆氣道：「這孩子玩心太重，實是讓人不省心。妳們也知道的，前日趙府送了帖子到羅園，可阿菡才與榮娘吵了一架，我與妳二哥為了懲罰她，也擔心她的性子到了趙府後會惹出事來，故反對她去，誰知道這孩子竟不依不饒……」董氏執起錦帕摁了摁眼角，一副愛子情深卻又怒其不爭的慈母模樣。

溫榮心下冷笑，二伯母倒是會說話，溫菡來西苑鬧了一場，卻說成了是自己與她吵架，而之所以不同意菡娘去趙府，也是因為兩人吵架才懲罰了溫菡。溫榮瞧了瞧菡娘，桃紅輕紗連草紋大袖衫，嫣紅瓔珞束胸長裙，髮髻上簪金背鴻雁紋嵌寶如意梳。不過幾日工夫，溫菡面頰消瘦了些，厚厚的脂粉也掩蓋不了那泛黑的眼圈。看得出，溫菡這幾日不好過，二伯母是真的因為心痛菡娘，才妥協的嗎？

董氏穩定了情緒後又說道：「阿菡比榮娘年歲長，照理該是阿菡照顧榮娘的，」董氏懇切地望著溫榮。「可這孩子不懂事，故今日阿菡去那趙府，還求了榮娘幫著二伯母看著阿菡則個。」

德光寺時溫菡來尋了自己，卻演出太子那一齣戲，今日再和菡娘一起，真不知是福還是禍？心裡雖不願，可二伯母已經親自來說，根本無法拒絕。溫榮朝溫菡走了兩步，笑著說道：「二伯母折煞榮娘了，榮娘與菡娘是姊妹，本就該相互照顧的。」

董氏聽著才收起了苦相，面色也好了些，拉著溫榮的手說道：「如此我就放心了。我已吩咐府裡備好了車馬，不叫妳們操心了去。」

林氏張了張嘴，礙於二嫂子和菡娘在身旁，只得將話嚥下去，可心裡卻非常擔心。今日是榮娘與林家大郎第一次見面，榮娘的打扮如此素淨，與菡娘比了，恐怕不討人喜歡，且榮娘一向不願與除自家人以外的郎君往來，若見到林家大郎時依舊一副不冷不熱的樣子該如何是好？林氏愁得恨不能自己跟了去！

尚書左僕射趙府和中書令林府都在興寧坊，故瑤娘和嬋娘不便再繞到安興坊黎國公府門前接榮娘，兩家娘子前幾日約好了在趙府裡碰面。

溫榮與溫菡同乘一輛馬車，溫榮好脾氣地望著溫菡，本想說些無關緊要的話，溫菡卻別過臉，顧自地望著簾子外，壓根兒不理人。興寧坊與安興坊皆在盛京東城，往日裡東城是莊重靜謐的，可今日興寧坊卻車水馬龍，黎國公府馬車不得已放慢了速度，緩緩前行。不知趙二郎得了什麼有名字畫，請了這許多人去赴宴和賞玩。

好不容易到了趙府烏頭門前，早有衣飾華麗的婢子前來相迎。

溫菡不屑地來回打量溫榮和趙府的婢子，嫌棄地衝溫榮說道：「穿得還不如人家府裡的婢子，盡丟國公府臉面！若不是阿娘吩咐，我才不願與妳這田舍奴在一道兒，平白低了我的身分！」

綠佩與碧荷見溫菡又對自己娘子不客氣了，很是不滿，只是溫榮交代今日在趙府凡事都必須謹慎，這才忍下這口氣。

溫榮置之一笑，聽了不但不生氣，反而放下心來。本來還擔心祖母與二房又在打什麼主意的，可溫菡不屑了自己，反而知今日無暗箭了。溫榮正要隨溫菡進府，轉頭遠遠瞧見了林府的馬車。溫榮望向林府馬車周圍，只有隨行的數十僕從和婢子，並未見到騎青海驄的少年郎君。聽阿爺與軒郎說過，林家大郎騎射技藝比起兩位皇子有過之而無不及，未見到人，溫榮心裡閃過幾不可見的一絲失望。

林府兩位娘子隔著簾子瞧見溫榮，急急地下了馬車向溫榮走來。

溫菡見溫榮立在原地不動，不耐地說道：「磨磨蹭蹭是要做什麼？我要進府了！」

溫榮蹙眉不悅，今日赴宴不比那日馬毬賽，馬毬賽不過是在場邊觀看，可今日宴席裡，與他人說話時若有個不慎或閃失，恐怕會連累到整個國公府。溫榮未打算好言細語地勸慰溫菡，更何況說了溫菡也是聽不進的，故只冷冷應道：「今日二伯母特意交代我照顧妳，可見二伯母對妳有多不放心了。若是妳離了我，獨自出去惹到事，我大不了跪在內堂裡認個錯，可妳呢？到時候漫說是否還能再見到趙家二郎，怕是連府門都不能出了！」

「妳怎麼知道我——」溫菡猛地打住，聽見溫榮用趙家二郎壓制自己，一驚嚇險些又要說漏嘴。為何她會知道這些？溫菡狠狠地握緊了拳頭，卻也不敢再多動半分。

若想人不知，除非己莫為。溫榮瞥了溫菡一眼，不再搭理。

二人說話間，林府的兩位娘子已走至跟前，瑤娘忽視了一旁挑眉瞪眼的溫菡，親熱地拉起溫榮的手說道：「本要將大哥說與妳認識的，可他一大早就與兩位皇子去練武了，估計得遲些才過來，我們先進去。」

過了烏頭門，十數戟架幡旗後是一座飛簷重樓、華麗氣派的白牆紅漆獸嘴銜環廣亮大門，先前引路侍婢退下，換了幾個高鼻深目的胡姬相迎。左僕射府比起中書令府還要大上了許多，溫榮等人好不容易走到了內院。內院正中引水環繞一處二層瓊臺樓閣，食案環樓閣臨水而設，趙府所得字畫存放在樓閣之中，賓客可自行前往賞玩。

溫榮等人入了席，胡姬為幾位娘子備了宴席前的酒食。瞧著上好澄清的宜城九醞，溫榮殷切地為瑤娘斟了一杯。「這稻米釀的清酒入口可是順的，瑤娘多吃些，榮娘為妳備好了那大紅芍藥花了！」

瑤娘今日著緗黃通紗織金牡丹束胸裙，一看便知道又是打定主意要去尋三皇子的了。瑤娘雙螺髻上簪一對嵌寶金草蟲花勝，這身裝扮若配上盤托絨花大紅芍藥定是人比花嬌。

嬋娘知道榮娘在打趣瑤娘前次吃醉酒胡亂簪花一事，早捂嘴嗤嗤笑個不停。

瑤娘粉臉飛紅，伸手就胳肢溫榮。「叫妳欺負我！叫妳欺負我！」

溫榮笑著連忙閃躲。「不敢了不敢了，我敬妳一杯自當賠罪如何？」

瑤娘聽了這才罷手。「如此賠罪倒還說得過去，但不能用這宜城九醖。」

瑤娘望向在一旁伺候的胡姬，道：「可有十年陳釀的齊地魯酒？」

「有，娘子稍候，奴這便去取來。」胡姬笑著躬身向後退去。

高粱糜子酒可是個烈的，漫說溫榮這平日裡幾乎滴酒不沾的娘子，便是可豪飲千杯的豪情郎君，怕也過不了十碗。見瑤娘認真，溫榮忙喚止正要去取酒的胡姬，轉而向瑤娘討饒，不想瑤娘故意擺著臉，還不依不饒了。

嬋娘樂得看熱鬧，在一旁搧著風。「榮娘吃個一碗，我們必將妳妥當送回府裡去！」

幾位小娘子揪扯笑個不停，突然身後傳來爽朗的聲音——

「蘭陵美酒鬱金香，玉碗盛來琥珀光。十年齊地魯酒可是難得佳釀，原來趙府有了，某等可不能錯過！」

溫榮錯愕地回頭，欲看是誰如此唐突？

嬋娘早已起身，面色緋紅，盈盈拜道：「奴見過杜學士。」原來是翰林院學士杜樂天。杜樂天詩名遠播，更得當今聖人的大力推崇，只是脾性古怪些，不想趙府連杜樂天學士都請來了。

溫榮與瑤娘亦起身見禮，溫菡只不過撇頭看一眼，依舊自顧自地望著瓊臺水廊處。

杜學士舉起玉碗，衝著幾位娘子點了點頭，將玉碗中的碧青佳釀一飲而盡，便轉身離開了。

「杜樂天學士名聲可謂如雷貫耳，原來是這般爽快的性子。」溫榮頷首讚道。瑤娘輕輕推了推溫榮，溫榮這才注意到嬋娘還呆立著，紅著臉盯著瑪瑙杯內漾著清紋的美酒。

溫榮衝瑤娘打了個噤聲的手勢，兩人剛想瞧瞧嬋娘這姿勢會保持多久，溫菡卻不合時宜地「哼」了一聲。

嬋娘意識到自己失態，慌忙坐下，也不敢抬眼瞧溫榮和瑤娘，生怕被榮娘看出了心思。

過了好一會兒，嬋娘才抬起頭，悶悶地說道：「如何大哥還不來？這席面都要開始了。」

嬋娘說罷，瑤娘亦跟著心事重重，生怕今日見不到三皇子。

兩位皇子與林家大郎其實早在興寧坊，只是騎著馬四處在街市裡散著，卻不著急去趙府。三位少年英俊郎君，錦衣駿馬，悠閒的姿態引了不少人注目。

「琛郎，你有事？」五皇子轉頭看了林子琛一眼，淡淡地說道。

林子琛愣了愣，蹙眉不解地望著五皇子李晟。「不是你們說的，太早去了那趙府亦無事可做嗎？」

「和去趙府無關。今早練騎射，你十支箭有七支脫靶，若不是心有旁騖，便是昨夜裡歌舞昇平沒歇息好了。」李奕調笑道。

林子琛勒住馬轡，想起數月前在這條街市上遇見的翩然女娘。從那日起，林子琛每日回府時都會特別留意，只可惜再未見到。府裡有意將表妹溫四娘子許給自己，溫四娘子確實是有難得的才情，且與阿嬋、阿瑤脾性合得來。自己雖未明著反對了，但心裡多多少少會有些失落和不安。

「你是為了溫四娘子。」五皇子冷不丁地說道。

不只是林子琛，就連三皇子李奕的心也跟著漏跳了一拍。

林子琛無奈地笑了笑，並不做回答。

五皇子接著冷聲說道：「若是溫四娘子，趁早訂了這門親事。」說罷，五皇子不再理會身邊皆變了臉色的二人，一揮馬鞭，揚塵向趙府而去。

趙府裡賓客已來得差不多了，三三兩兩聚在一處。

溫榮與幾位娘子用著酒食，看四處人來人往，好不熱鬧。坐著無趣，溫榮見席面還未正式開始，便想去樓閣裡欣賞字畫，只可惜三位娘子聽溫榮說要去瓊臺閣樓看字畫，皆意興懶懶。溫榮很是無奈，這三人哪裡是來賞字畫的？分明是來看人的。
「快看，是二皇子與趙二郎！」
溫榮正要起身獨自去那瓊臺閣樓，便聽見周圍不知哪位小娘的一聲嬌呼。
溫菡娘立即直起身子，不住地往水廊處張望。
二皇子一襲銀紅緞面錦袍，趙二郎廣袖罩衫下是精白團蟒長袍。二皇子雖不及趙家二郎俊朗，卻也生得端方。二人一路而來，席上的賓客皆整理袍衫，起身向二皇子見禮，並感謝趙二郎請了席宴。
二皇子與趙二郎走至溫榮等人面前時，溫菡娘早已盈盈起身，目光牢牢地黏在趙家二郎身上。「奴見過二皇子殿下，見過淳郎。」
趙二郎名喚趙淳，溫榮聽菡娘叫趙二郎叫得如此親熱，硬忍住笑，和林瑤、林嬋一道起身拜了拜。
趙家二郎調笑地一一與菡娘、瑤娘、嬋娘道了好，這才轉頭看向溫榮。
二皇子笑道：「這位便是某與你提起過的溫四娘子，極善墨寶丹青，今日你擺席請京中好此道之人賞玩字畫，自然不能落下溫四娘子。」
「久仰久仰！」趙二郎抱拳說道，望著溫榮的眼神更熱切了些。「不想娘子年歲如此輕，便已有此精湛技藝，令某等欽佩。」
溫榮忙捻裙屈膝下拜。「二皇子、趙二郎謬讚了，奴不過雕蟲小技，得二皇子與趙二郎高看，著實不安。」

「哈哈，榮娘不必謙虛，二皇子都誇了，那必然是好的！一會兒若是有幸，望能親見到榮娘的畫技。」說罷，趙二郎又與另外幾位娘子客套了幾句，見有賓客上前敬酒，便走開了去。

溫榮不明白先前趙家二郎所言是何意思，見人走遠，才向嬋娘問道：「一會兒是要請了人作畫嗎？」

只因趙二郎與溫榮多說了兩句話，溫菡看向溫榮的目光更無善意了，聽溫榮發問，冷冷一笑，很是不屑。「居然連這都不知道！淳郎是請了人來賞字畫的，一會兒必然要鬥畫。哼，妳不是盛名在外嗎？這會兒就怕了？」

「妳怎麼說話的？榮娘的畫技不只在女娘裡是數一數二的，就是放在全盛京，怕是也無幾人能及！」瑤娘見溫菡輕視溫榮，不滿地站出來替溫榮出頭。

「是嗎？那一會兒榮娘可別做那縮頭烏龜！」溫菡斜睨溫榮一眼，嘴角輕佻一撇，再癡癡地望向正與其他賓客高聲談笑的趙二郎。

「榮娘肯定會去的！」瑤娘怒目瞪著溫菡，卻也忘記了問問溫榮的意思。

溫榮很是無奈，今日趙府宴席，自己是黎國公府的娘子，引起了他人注意必然不妥，故才穿得素淨，若一會兒當眾作畫，便完全悖離初衷了。

嬋娘見溫榮面露為難之色，知道溫榮是不願顯山露水的，可瑤娘還在與溫菡娘較勁，遂蹙眉喝斥瑤娘道：「那鬥畫多是郎君去做的事，妳如何能開這口勉強了榮娘！」

「那有什麼了？不過是作畫而已，榮娘還擔心會輸給那些個附庸風雅的人不成？大不了我陪榮娘一塊兒去，反正我不介意給榮娘當了陪襯！」瑤娘不知曉嬋娘與榮娘的心思，涎臉挽著溫榮的手。

「妳那作畫的水平，還敢上去丟人現眼？也不怕傳了出去，往後叫他人當了笑話看！」嬋娘尖酸地說道。瑤娘的畫技實叫人不敢恭維，若只是丟了她自己的臉面便罷了，可若是因此令中書令府與大哥都被人指著笑話，那便是大不孝。

溫榮嘆了口氣，無奈道：「罷了，一會兒容我先看看是如何個比法，若合適，我去便是，妳就安生吃酒，莫要攪和了。」

「我說了榮娘是最好的，哪裡像妳這樣前怕狼後怕虎的！」林瑤娘失望地看了嬋娘一眼，再豪爽地舉起瑪瑙杯，將滿滿一杯宜城九醞一口飲盡。「瑤娘預祝了榮娘旗開得勝！」

「好了，別真又吃醉了。」溫榮雖然應下，可表情終究不自在。

三皇子與五皇子還未到，短時內宴席是不會開的，溫榮遂與嬋娘和瑤娘說了一聲，帶著綠佩和碧荷去了瓊臺閣樓賞字畫。宴席後若真要鬥畫，就需先知曉了趙府裡平日賞玩字畫的風格，知己知彼，不為百戰百勝，只為取中庸。

趙府的瓊臺閣樓足足近一畝地，第一層臨水層用厚實的雕花磚牆圍起；第二層四面通透，數根雕白鹿銜花紅底大抱柱做亭臺支撐，四面只掛了瑪瑙翡翠相間的珠簾做遮蔽。

趙府收集了的、供賓客賞玩的字畫裝裱後掛於一層，第二層亭臺雖有置畫牆，卻空空如也。隨行伺候的胡姬介紹了溫榮才知道，那二層亭臺的畫牆是只能掛稍後鬥畫勝出者的墨寶丹青。今日鬥畫將由趙二郎親自主持了，賓客可自願上瓊臺揮灑才情，所作墨寶優劣最後由宮廷畫師評斷，勝出的尚品丹青趙府將重金求買，求得後裝裱掛於此處畫牆，供賓客賞玩一月，再細心做珍藏。

溫榮覺得可笑，不過就是請人吃酒享食的筵席，卻打了如此風雅的幌子。

溫榮細細欣賞著牆上字畫，左牆首幅是「遊行圖」，丹青由左至右而作。前方數人緊湊相簇，後方卻寬鬆稀疏，為首馬匹仰頸嘶鳴，畫中郎君與馬的視線看向一處，畫風空曠遼遠，遠遊之意濃郁。溫榮已知此畫是出自誰家手了，不愧為善馬大家。而後的「照夜白圖」、「鎖諫圖」等，都令溫榮讚嘆不已，駐足賞玩，一時忘了時辰。

另一處，三皇子、五皇子、林大郎已進了趙府，早有下人通稟，趙二郎親自前往閣室後的遊廊處接迎。

一行人行至庭院，正在吃酒談笑的賓客見到兩位皇子，慌忙放下酒盞，上前拜禮，許多小娘子掩面捂口作那嬌態，心裡盼著能與三位郎君說上話。林大郎與趙二郎年歲相當，容貌俊朗如玉，皆精通騎射文采，在貴家郎君中是數一數二的出色，除卻希望當上皇子妃的貴家女娘，其餘大部分的女娘心思都繫在這二位郎君身上。

三皇子與賓客和煦笑道：「今日趙二郎是主，某與諸位都是客，故不必拘禮。」

瑤娘盯著三皇子出神，手中端的瑪瑙杯灑出了些許酒都不自知，嬋娘無奈地奪過酒杯放於食案上，轉頭望著瓊臺方向，想著榮娘如何還不回來，一會兒大哥便該過來了。嬋娘正要吩咐婢子去瓊臺尋溫榮，就見三皇子等人向此處徐徐而來，嬋娘輕嘆了口氣，此時去是來不及了，只得隨著瑤娘和溫菡娘起身，垂手而立，同二位皇子見禮。

林子琛見家妹與溫三娘子坐在一處，很是驚訝，家妹與溫三娘關係素來不佳，何時交情這般好了？林大郎餘光看了看四處，未再見到其他小娘子，心裡微微鬆了一口氣。若溫榮是郎君，自己定豔羨她的才情，與她做那拜把子的兄弟。

林嬋與兩位皇子見禮後，正想與大哥說榮娘去瓊臺賞畫一事，卻瞧見杜學士向他們走來，臉一紅，登時忘記了要說什麼。

杜學士是過來找林子琛的，二人互慕才華，私交甚好。林子琛與眾人作別，同杜學士去另一處說話了。

而李奕則在尋溫榮。那日軒郎與他說的、關於溫菡未收到帖子的事，他知曉必是溫榮懇請軒郎傳的話，他毫不猶豫地幫了忙，不求回報，可希望能聽到溫榮親口與他說聲謝謝。三皇子望著林嬋笑問道：「溫四娘未與妳們在一處？」

林嬋還未想好該如何回答，林瑤已急急接上。「榮娘去了瓊臺賞畫！」

嬋娘蹙眉補充道：「宴席要開始，榮娘怕是快回來了。」

李奕頷首，又與趙二郎笑道：「某亦正想去瓊臺，淳郎這般大張旗鼓地請了我們來，必然是得了罕世之作。」

「三皇子說得某惶恐，不過是幾幅寫意畫罷了，某還擔心入不了三皇子眼呢！」趙二郎朗聲笑道。「時辰不早，三皇子不如先入席，待用完席面後，某親自陪了三皇子與五皇子去賞玩字畫。」

「二哥已在水榭等候。」五皇子不理會周圍娘子的熱切目光，依舊冷聲冷語，眉眼肅冷。

李奕無奈，只能作罷。

林子琛與杜學士坐於一處顧自聊著，林嬋幾次想望過去，卻沒有勇氣。

杜學士蹙眉同林子琛說道：「在瓊臺裡，某見到了『二十八星宿神行圖』。」

林子琛一怔，「二十八星宿神行圖」為袁家所有，可袁府早在去年便已被查抄。府內男丁雖保全了性命，卻被悉數流放嶺南。

袁氏是書香大族，先幾年即因貪墨案受到牽連，後又牽扯到人命大案，在朝為官的翰林院袁大學士被罷了官，闔府抄檢，不過一月便定了罪。兩樁公案都是匆匆拍板，細想來疑點甚多，可朝裡卻詭異的一片噤聲。林子琛、杜樂天、袁家大郎早年以詩文會友，關係極好，林子琛曾就袁府抄家一案詢問了祖父林中書令，可林中書令根本不願意提及此事，更斥責林子琛不安心上學，總去鬧惹些不必要的麻煩。

「二十八星宿神行圖」是袁家珍藏之物，袁家輕易不會示人，而袁家大郎因同林子琛、杜樂天交好，故特意從藏室裡取出與二人賞看過，畫裡是天文三垣二十八宿，詳盡細緻，極其珍貴。照理在袁家被查抄後，此畫要麼被銷毀，要麼沒入了宮中，為何會在趙府裡？

林子琛詫異地說道：「會不會看錯了？或者是贗品？」

「你跟我一道過去看了便知！你可記得那畫左下角有指蓋大小的燒焦灰印？遠郎還曾指著那灰印與我們說過，瑕疵令此丹青成了那世間獨一無二的墨寶！」杜樂天見林子琛不相信自己，很是不悅。

林子琛凝眉頷首。「某這就去那瓊臺。」

二人不顧席宴即將開始，匆匆忙忙向瓊臺行去。

不遠處，趙二郎瞧見了二人背影，與三位皇子笑道：「不想林大郎如此焦急，連口酒都不肯吃，就先去瓊臺了。」

三皇子心裡有一絲擔憂，只是趙二郎已相邀入席，無法託詞離開。

溫榮仔仔細細地將趙府的墨寶逐一欣賞，幅幅佳作，件件尚品，確實是不虛此行了。唯一可惜的是那幅奇作「二十八星宿神行圖」有瑕疵，頗為遺憾。

「娘子是否要去二樓賞玩？已拉了簾子，風景是極好的。」胡姬殷勤地說道。

「不必了，怕是該開席了，我們該回去了。」溫榮後退了數步，依依不捨地再次端詳了那幾幅墨寶，這才帶著婢子向瓊臺外走去。行至通往庭院的月洞門時，突瞧見杜學士與另一位郎君匆忙迎面而來。那陌生郎君一襲沉香色大科蟒袍，不輸於趙二郎的俊朗，眉眼間卻比趙二郎多了幾分正氣，溫榮垂首側身讓過。

林子琛亦看見了溫榮，尋了許久的身影這般實實地出現在面前時，林子琛反而一時愣住，根本沒想好該如何上前相識。

杜樂天見琛郎停下腳步呆望前方的小娘子，那小娘子確實是難得的素雅清麗，可此時卻不是欣賞的時候，遂壓低聲音說道：「孰輕孰重該分清了，先去了瓊臺才是正事。自古紅顏多禍水，莫要迷了心性。」

林子琛被說得羞愧，雖不捨卻也只能暫時作罷，更何況林子琛素來鮮少與女娘往來，擔心貿然上前相詢太過唐突，想著若她是趙二郎請來的賓客，或許一會兒能再遇見，遂越過了溫榮，隨杜樂天進入瓊臺樓閣。相臨而過時，溫榮身上是淡淡的、如深谷幽蘭的清香，不濃郁、不尋常，林子琛胸口似有一股暖流漫過……

溫榮回到席上，見那三人和先前一般心不在焉、無精打采的，打趣笑道：「妳們是吃了多少酒？宴席還未開始便已犯睏了。」

瑤娘噘嘴望著溫榮道：「妳自認罰的酒還未吃呢，再渾說就再加一杯！」

溫榮慌忙閉嘴。順著瑤娘與溫菡的視線，見到了三位皇子，溫榮的目光落在李奕與李晟的身上，有幾分猶豫，是否該找了機會，親口向他二人道謝？

溫榮小聲地向瑤娘問道：「林家大郎沒來嗎？」

林瑤的心思早不在大哥身上，四處打量一遭後，悶悶地說道：「奇怪，剛明明來了的，許是去哪一處吃酒了吧。」

賓客已來齊，趙二郎遂命開席。胡姬捧上了渾羊歿忽、金齏玉膾、炙串脯、飛鸞膾、鯢魚炙、熱洛河等一道道精緻吃食。

嬋娘目光游移，不似瑤娘與溫菡娘一般只牢牢盯住一處，溫榮這才注意到那詩名遠播的杜樂天學士還未回到席上。想起先前自己出瓊臺時，才見到杜學士匆匆忙忙去賞字畫。她心下好笑，杜樂天學士脾性古怪，而嬋娘亦是個脾性古怪的棋癡，可是般配。

用過席面，鬥畫約莫在小半時辰後開始，其間是難得的清閒時間。

瑤娘與溫榮坐在石墩上玩著翻花繩，瑤娘小指勾錯了位置，好不容易翻出的滿天星，瞬間散盡。

瑤娘嘟嘴說道：「沒得意思！」

嬋娘笑道：「不如去那百花園走走？聽聞趙府裡擺了菊花臺。」

「好啊！」瑤娘拊掌讚道。趙府庭院裡有處百花園，百花園裡滿是平日難得一見的奇花異草，即使是到了枯葉與殘花交錯紛飛落土的時節，百花園裡依舊繁花盛開，花香撲鼻。

溫榮亦點頭應和，而溫菡只要是與趙二郎有關的事，她都心甘情願地加入，更何況此時趙二郎與三位皇子已離開去準備了鬥畫事宜。

百花園裡搭了幕牆一般的菊花臺，菊花按色而分，一處用殘雪驚鴻、白松針等白菊堆壘的花臺前聚了許多小娘子，妖嬈捲曲的花絲如銀瀑般垂下，襯得後方的大葉金紅交輝紅菊如殘陽映血般觸目。

百花園與白玉石堤相隔了一條青石子路，若是在盛夏，白玉石堤前的池子裡將遍開蓮荷，若是能頂得住驕陽，去那池裡搖船採蓮是再好不過的。此時池裡雖少了亭荷蓋蓋，卻有無數逢秋南飛的驚鴻踩水而過，亦有幾隻稍作停留，於池中嬉戲，別有一番景致。

池裡還是有不少郎君在划船賞景，瑤娘眼尖，瞧見了遠遠的那方，一襲沉香色袍衫負手而立、站於船首望著水天一線方向的大哥林子琛。瑤娘很是激動，迫不及待地拉著溫榮說道：「榮娘，快看，那是我大哥！」

溫榮望向林瑤所指的方向，是先前在瓊臺月洞門處遇見的、與杜學士走在一起的郎君。溫榮想起林家大郎那目朗眉秀卻不乏正氣的模樣，難得的是他與阿爺一般行走端正。

「可惜離得遠了些，無法看清了。榮娘，我大哥長得可俊朗了！」瑤娘遺憾地說道。

溫榮掩嘴一笑，先前她已經瞧清了，確實是俊朗不凡，卻也不點破，只調皮地順著瑤娘說道：「是了，實是太遠，只能模糊瞧見身影。」

「罷罷，我們去前處的萬壽竹林石亭坐坐，那兒有幾株綠水秋波翠菊開得很是漂亮。」

瑤娘挽著溫榮繼續向前走去，發現少了一人，回頭瞧見嬋娘還不捨地望著與琛郎同乘一船的杜學士，瑤娘嗤笑道：「嬋娘莫要瞧了，再瞧那水裡的驚鴻也到不了妳碗裡！」瑤娘平日裡總是被溫榮和嬋娘嘲笑，今日終得機會扳回一城，很是自鳴得意。

溫菡見幾位娘子笑個不停，一臉莫名地來回打量在湖中嬉戲的鳥兒和臊得滿面通紅的林嬋。

「大哥每次與杜學士在一處就喜歡聊些詩文辭賦……」瑤娘撇撇嘴，並不在意嬋娘的羞澀，顧自地笑說道。

「某與你說的可是記住了？」斜靠在船舷，一襲墨綠雲雷紋圓領袍服的杜學士與正望著湖面出神的林子琛說道。

林子琛一陣恍惚，回神後驚訝地望向杜樂天。

杜學士見林子琛心神不寧的，蹙眉說道：「罷了，我會先寫信與遠郎問了情況，你安心準備了轉年貢院之試。」

林子琛面容訕訕地應下，想起了那被放在書房裡、溫四娘子作的百花展翠瑤池春牡丹圖，以及今早五皇子說的那句話——若是溫四娘子，趁早訂了這門親事。

林子琛深嘆了一口氣，溫四娘子的才情確實令人佩服，可偏偏自己不稀罕。牡丹的天香夜染和國色朝酣，在自己心裡，及不上一抹素淨的身影。

不一會兒，趙府婢子到各處尋了郎君和娘子前往瓊臺二層。

溫榮四人隨婢子回到瓊臺，上三層後隨意在一處蓆子坐下。

早已落坐於對面席上的韓秋嬏，正一臉不屑地看著溫榮。

溫榮感覺到了那道不善的目光，不過清淺一笑，便將視線移開了去。

「秋娘的畫技在盛京女娘裡是數一數二的，妳還是好好掂量掂量自己的水平，莫說我這當姊姊的沒提醒妳，到時別失了臉面，出府就被當笑話！」溫菡衝韓秋嬏諂媚一笑後，斜翹著嘴角，輕蔑地與溫榮說道。

溫榮好笑地看了溫菡一眼。那世自己未聽說過韓秋嬏善畫，只知道韓秋嬏的詩寫得上不了檯面。

韓秋嬏帶著簇擁在她身邊的女娘，朝溫榮等人走了過來。

「聽說一會兒妳也要鬥畫？」韓秋嬏不屑地望著溫榮，滿眼譏笑。

「是，榮娘的畫技可比妳的三腳貓功夫好多了，識相的這次妳就別上臺了，省得丟人！」瑤娘那神情，彷彿善畫的不是溫榮，而是自己。

「哼，是嗎？那我可更要見識一番了！」韓秋嬏上下打量衣著寒酸的溫榮，乜眼說道：「不過光比沒意思，溫榮娘，敢和我打賭嗎？」

溫榮蹙眉不悅，韓秋嬏無事生非，過來找自己茬，因不想應承，遂轉頭望向別處。

韓秋嬏見溫榮面無表情，對自己的提議毫無反應，很是不滿，可為達成目的，只能強壓下怒氣，再看向林瑤說道：「前次樂園德陽公主擺宴席，妳贏了張三娘，得了三百疋絹，妳是樂得有好處，可張柔娘卻被妳害慘了，妳們該不會是都算計好了，只包贏，然後輸不起的吧？」

「妳！」瑤娘瞪著韓秋嬏卻回罵不了，她能勸榮娘去鬥畫，可卻不能幫榮娘隨便應下賭約。

溫榮終於正眼看向韓秋嬏，不在意地笑道：「榮娘作畫不過是消遣，從來無所謂輸贏，若是秋娘想贏，一會兒榮娘隨便畫畫便是，榮娘必不會叫秋娘為難的。」

韓秋嬏聽言，恨不得將案几上滾燙的茶湯向溫榮潑去！韓秋嬏討厭瑤娘，是因為瑤娘一心與她搶三皇子，而溫榮雖對三皇子無意，可韓秋嬏卻會不自覺地排斥她，每次對上溫榮的目光，她都想躲，越是想躲就越恨。溫榮的目光似乎能看透了人心，看透便罷了，偏偏還目空一切！韓秋嬏暗暗發誓，定要有那麼一天，將溫榮死死踩在了地上，令她跪服自己！

張三娘站出來譏笑道：「別以為我們聽不出妳這是在給自己的拙劣畫技找臺階下，輸了就大言不慚地說成是自己在放水！一句話乾脆了，敢不敢賭？」

「榮娘，與她們賭，誰怕誰了！妳的畫技是得到三皇子稱讚的，還怕會輸了她？妳只管畫，賭約由我來應，輸贏皆由我承擔！」瑤娘甩開了不斷拉扯她的嬋娘，又說出了逼溫榮妥協的豪言壯語。

韓秋嬏聽聞榮娘畫技得到三皇子誇讚，更是恨得牙癢癢。然這時三皇子與五皇子已向瓊臺二層走來，故不能再與瑤娘多起爭執了，只得捺著性子說道：「妳應也可以。」

「好！妳們要賭什麼？」瑤娘插著腰，有不輸於韓秋嬏的氣勢。

韓秋嬏暗示了張三娘一眼後，轉身先回到了坐席。

張三娘湊近溫榮等人，小聲說道：「賭約妳們聽好了，若是溫榮娘輸了，林瑤娘從此不能再糾纏三皇子；若是秋娘輸了，那從此我們不再接近三皇子。可應賭？」

瑤娘一時愣住，大哥和嬋娘都勸過她，叫她死了那顆心，嬋娘與她分析過利害關係，她自己也知曉三皇子妃多半會是韓秋嬏，為此她一人的時候沒少哭過，可若今日榮娘贏了鬥畫，韓秋嬏便會離三皇子遠遠的，那自己就可能成為三皇子妃了……

瑤娘雙眸閃爍，期冀地看著榮娘，可溫榮偏過頭，壓根兒不理自己，她遂咬咬牙，與張三娘說道：「好，我應了！」

「很好！」張三娘得意地回到韓秋嬏身邊。

對面席上幾位娘子眸光詭黠，溫榮覺得似乎有哪裡不對勁。

趙二郎與三位皇子走上瓊臺二層，三皇子一襲精白雲海紋大科錦緞袍服，與趙二郎談笑風生，正要去上座，轉頭瞧見了溫榮，遂笑著過來打了招呼。「榮娘，前次妳送與太后的春江景，太后越瞧越喜歡，如今掛在延慶宮了。某聽趙二郎說今日妳亦會上臺鬥畫，某很是期待。」

溫榮避過三皇子熱切的目光，因韓秋嬏與瑤娘一事而心生不耐，蹙眉拜禮說道：「三皇子謬讚，奴不敢當。」

李奕愣了愣，他的示好總是被溫榮冷淡地攔在門外。軒郎替溫榮傳話請自己幫忙，本以為二人關係會因此而近了許多，可不承想榮娘與自己還是這般疏離。李奕尷尬地笑笑。

五皇子李晟冷眼看了溫榮一眼，嘴角微微動了動。

見二人正要離開，溫榮突然想起一事，忙喚道：「三皇子殿下、五皇子殿下。」

「溫四娘有何事？」李晟未待三哥開口，已先問道。

李奕對到了溫榮的視線，溫榮娘的雙眸分明是兩彎深潭，偏偏卻能光華流轉……

溫榮繞過蓆子，捻裙下拜道：「奴謝過三皇子與五皇子。」

李奕心下一鬆，笑得和煦。「不過是舉手之勞，榮娘見外了。」

五皇子卻是眉眼不動，只與李奕說道：「三哥，走了。」

瑤娘見溫榮與兩位皇子像打啞謎似的，很是好奇，待二位皇子走遠，才問道：「榮娘，妳這是謝的什麼呢？」

溫榮會心一笑，聰明如他們，無須自己多說，便已心領神會。三皇子幫助溫菡娘得了趙府相邀赴宴的帖子，這事自不能當著溫菡娘的面說了，故溫榮想含糊遮掩了過去，無奈瑤娘糾纏不放，溫榮不得已說道：「前次在德光寺裡，皇子殿下為榮娘尋回了將奉與太后的春江景，那日匆忙，榮娘未來得及向兩位皇子認真道謝了。」

「原來是為了這事，確實是有驚無險，只可惜五皇子不曾瞧見了那偷畫賊，否則就該求了太后作主，非杖死那偷畫賊不可！」瑤娘蹙眉厲聲說道。

坐於一旁的溫菡聽到林瑤娘說要由太后作主杖死時，手不禁一顫，想起了那名神不知鬼不覺被杖死的祥安堂婢子，只覺得坐立不安，神情越發不自在。

溫榮目光若有若無地掃過溫菡，對溫菡的異樣只作不見，回到席上，笑著與瑤娘說道：「鬥畫要開始了呢！」

亭臺中間擺放了數張曲香書案，案上已備好宣紙、徽墨、白玉銅管銀毫以及各色顏料，每張書案旁立著三名伺墨婢子，畫牆前的紫檀八寶聯春高架上還放了一只插著許多竹籤的摩羯紋青花瓷甕。按照往常的鬥畫規矩，上場鬥畫之人，需先從瓷甕中抽取一支竹籤，竹籤上刻了一首小詩，鬥畫者根據竹籤上的詩句即興作畫。作畫只有半個時辰，書案一角的雲紋刻石沙漏記了時間，半個時辰後鬥畫者即須停筆，再由一旁的伺墨婢子將畫作呈於上席的三位皇子與宮廷畫師做評判。

韓秋嬏事先就與趙二郎說了她要上場鬥畫，於韓秋娘而言，縱是拋去那要與溫榮比高下的目的，她亦是要得到三皇子注意的。

趙二郎為照顧韓秋嬏，特意規定了郎君與女娘分開來比。

瑤娘拉著溫榮小聲說道：「先是郎君去比的，我們可得瞧仔細了，看看那宮廷畫師喜歡怎樣的畫風。」

溫榮望了一眼上席的宮廷畫師，形容白淨瘦削，一襲素青長袍，與三位皇子說話時不卑不亢，頗有幾分風骨。因為那賭約，瑤娘比將要上場鬥畫的溫榮還要緊張，那認真的模樣，好似一生幸福都繫在溫榮身上了。

溫榮開玩笑地低聲與瑤娘說道：「若是我輸了，妳會不會恨我？」

瑤娘一時愣住，許久才擠出一句話來。「榮娘，賭約是我應的，不論輸贏我都沒有資格怪妳。三皇子於我而言，不過是命罷了。」

溫榮聽聞心裡一緊，萬萬沒想到瑤娘會說出這般話來。溫榮深深地看了瑤娘一眼，輕聲問道：「妳這般傾心於他，若有天突然發現他不如妳想像的那般好，會後悔嗎？」

瑤娘怔怔地看著三皇子，李奕的笑容分明是雲淡風輕的，可為何會直直地闖進心裡？

瑤娘搖了搖頭，堅定地說道：「不後悔。若是不能與他一起，我便絞了髮，度牒做女冠。」

溫榮握緊了瑤娘的手。前世自己亦喜歡李奕，臨死時，因為那喜歡和在乎而悔不當初。重活的這一世，再見到三皇子李奕時，溫榮發現自己心裡不過是排斥而已，並無一絲恨意，這才明白了，前世只是喜歡他的俊朗和才情罷了，遠遠不及瑤娘那般願意用一生去追隨他的心意。溫榮心下思定，既然瑤娘不悔，那自己便盡全力地去幫她，至少此次不能令瑤娘失望。

瑤娘勉強笑道：「榮娘，沒事的，妳安心作畫便是。我雖莽撞，可亦知道幸福該自己爭取的理，今日我已拖上了妳，心下早是不安，若妳再因此有壓力，我是要無地自容了。」

溫榮笑著頷首，說道：「瑤娘，妳自管放心了，我們先安心看他們作畫吧！」

盛京裡不乏善風雅能作畫的郎君，就在溫榮與瑤娘說話間，已有五位郎君自告奮勇上場去抽了竹簽文，五位郎君看了竹簽上的詩句後，面色各異。

溫榮打量了一周，發現林大郎不在瓊臺二層，照理先前趙二郎該是使婢子去尋了今日赴宴的所有郎君與女娘了，難不成林大郎有事先離開了嗎？溫榮本想問問嬋娘，可又擔心二位娘子誤會了，遂壓下了心裡的好奇，認真地看場上鬥畫。

不消半個時辰，五位郎君皆完成了畫作。因是即興作畫，故不需要精雕細琢，關鍵在於是否領悟了詩句的意思，又是否將自己慣常的畫風、畫技與詩意融合適宜了。

有婢子將五位郎君所作的墨寶捧起與席上的賓客賞評，雖不算上乘之作，但如此短的時間裡已屬不易。

宮廷畫師與三位皇子在五幅畫裡評出了一幅相對最佳的，由一旁的婢子暫作保存。今日會先鬥上三局，最後每局的勝出者再參鬥上一回。

第二局韓秋嬏便按捺不住，主動請纓上場。照趙二郎先前所定，此輪只能由女娘參加了。

趙二郎笑問席上哪位娘子要上場，女娘皆交頭接耳，卻無人肯應。

韓秋嬏的性子在貴家女娘中是出名的，想去奉承她的早圍在了她身邊，而看不慣她那跋扈作風、亦用不著看禹國公府臉色的，則避而遠之，深怕與她接觸了惹上什麼晦氣。

趙二郎環視一圈後，目光落在了溫榮身上。

形勢已如此，溫榮輕嘆了一聲，站起身來。「我願與韓大娘子切磋了畫技。」

趙二郎望著溫榮笑道：「溫四娘子畫技某早有耳聞，今日終得償所願，可一睹榮娘作畫風姿了！」

趙二郎天生一對鳳目，笑將起來媚眼如絲，溫菡娘早已心如擂鼓，香汗隨著額角花鈿滑下，複雜的顏色好不滑稽。

溫榮無奈地上了場，隨意尋了一處書案。

第十章

韓秋嬏生得豐腴白膩，今日著翡翠綠幔紗、杏黃影金芍藥紋束胸裙，雙環髻上是金八寶如意纏枝對花釵。溫榮與著意打扮過的韓秋嬏比起來，少了幾分貴氣，多了幾分素雅清麗，席上那些見慣了女娘爭相鬥豔的郎君們，自是眼前一亮。

趙二郎又問了數遍，確定再無娘子肯上臺鬥畫後，才回身與溫榮和韓秋嬏說道：「本以為今日能欣賞到群芳爭豔，不承想只有魏紫姚黃了。」

那魏紫姚黃是牡丹中的名品，趙二郎說話向來輕佻，溫榮也不欲多做理睬。

韓秋嬏先去抽了簽文，只見韓秋嬏面露得意之色，看來此局是胸有成竹的。

韓秋嬏回書案後，溫榮才上前隨手拿了一支。竹簽上是一首虛實景皆具的寄情詩，溫榮雖讀懂了其意，卻也不敢大意。

此詩之意可意會難言傳，借此詩作畫，畫中若有實無虛，將顯得堆砌；有虛無實，則顯得空泛。只有化實為虛，虛實相生了，才能真正應此詩中的景。溫榮默記下了詩句後，便將竹簽交還給趙二郎。

趙二郎收齊了韓秋嬏與溫榮的竹簽，端正擺放在婢子捧著的紅錦托盤裡，婢子再將簽文捧至三位皇子與宮廷畫師跟前。

李奕拿起了溫榮抽到的竹簽，而韓秋嬏的那支不過是掃了一眼。初看韓秋嬏的詩較直觀，只是一首借物詠志的詩罷了，可縱是如此，亦是需要技巧的，若作畫者只簡單畫出梅花，怕是體現不出「清氣滿乾坤」的氣節，那便是失敗之作。榮娘將要畫的詩句……李奕不禁苦笑，若自己抽中，是要為難了。

船頭月午坐忘歸，不管風鬟露滿衣。橫玉三聲湖起浪，前山應有鵲鷺飛。

李晟見三哥執著竹簽發怔，蹙眉自李奕手裡接過竹簽，又順道拿起錦盤裡的另一支，恭敬地遞與宮廷畫師。

宮廷畫師看了後頷首說道：「兩首詩文皆不易，還望韓娘子與溫娘子用心而做。」伺墨婢子將雲紋刻石沙漏翻轉，兩位娘子之間的鬥畫正式開始了。

溫榮看了眼一旁的三十二色顏料，又回憶了一遍詩文，決定只作水墨畫。她嫻熟地研墨，化水調濃淡，待一切準備完畢，那應了詩景的丹青已在心中展開。溫榮輕笑，今日穿這身半臂窄袖襦裙倒是對了，畢竟作畫時要比韓秋娘的大袖衫便宜上許多。溫榮收回心神，凝眉執筆，周身散發著寧靜的氣息，還有令旁人一望便知的認真與沈穩。手腕輕轉，忘歸、起浪、驚鵲之景，行雲流水般在單宣上舒展開來。

另一處的韓秋嬏不似溫榮那般只用水墨作畫，而是毫不猶豫地連點了朱紅、銀紅、品紅等顏色，命伺候婢子調勻了，這才開始慢慢作畫。

轉眼半個時辰過去，溫榮落下最後一筆，韓秋娘依舊斂笑畫著一片片的花瓣。

溫榮將銀毫架回雕梅花冰紋端硯，再細細地端詳了自己所做的應詩畫。由於太過倉促了，故頗多細節還未處理好，但全而覽之，亦算差強人意。詩中有提到鷩鵲飛，可自己並未畫出鵲鳥，或許會有人覺得是漏畫了，可照溫榮對詩意的解讀，那鷩鵲不過是詩人的想像之景罷了，只不知宮廷畫師對此詩會作何理解。

另一邊的韓秋嬏拖延了約莫一刻鐘，才將最後一片花瓣畫出。席上已有人不滿，卻無人開口。韓秋嬏書案上的單宣，布滿了顏色深淺各異的豔麗梅花，唯一的對比色是黑褐枯黃的枝椏，倒襯得梅花更加嬌豔。

溫榮不過用餘光輕瞥了一眼，看得不甚明朗，只知那張揚的顏色如韓秋嬏一般，奼紫嫣紅地不甘寒冬裡的孤寂。

趙家二郎見二位女娘都已停筆，遂於席上起身，先走至韓大娘的書案前。待趙二郎看清了韓秋娘所做的「墨梅」圖時，不禁啞然失笑。趙二郎是京中具盛名的多情才子，此時亦起了詩興，謔笑說道：「胭脂鮮豔何相類，花之顏色使人媚。韓大娘所做『墨梅圖』著實令某驚豔，不但沒有了冬日的嚴寒，更令某感受到了濃濃春意，某佩服。」

韓秋娘得意地仰著頭，眉開眼笑的，不忘斜睨溫榮一眼。先前溫榮作畫時她便時不時地轉頭瞧了，瞧見溫榮只用了淡墨而已，很是瞧不起，心想那畫不過與溫榮本人一般，是小家子氣、根本不值得一看的。如此一來，此局自己是贏定了！

趙二郎對韓大娘實為明誇暗諷，席上有不少諳此道的娘子執扇掩唇暗笑，郎君們雖不會去嬉笑，卻也不屑地搖搖頭。趙二郎先前所唸的「胭脂鮮豔何相類，花之顏色使人媚」，是用於稱讚桃花的，與韓秋嬏抽到的「墨梅」一詩無絲毫關係，最後那句無冬日嚴寒，更是直白地諷刺韓秋娘偏離詩意甚遠。

趙二郎命人將韓秋娘所作墨寶小心捧入鋪瑞錦托盤後，才笑著走至溫榮面前。溫榮身旁的伺墨婢子捧起了書案上的托畫楠板，瞧見丹青的一瞬，趙二郎登時收斂了笑意，豁然抬眼對上的不過是溫榮淡漠疏離的雙眸。趙二郎頷首稱讚道：「虛實相生，空靈傳神，前山應有的驚鵲，已飛入了某腦海裡，實屬佳作！」

溫榮笑著屈身拜謝。

韓秋嬏惱恨地盯著溫榮，趙二郎對自己畫作的評價雖然很高，但對溫榮娘的評價也不低了。韓秋嬏心裡忿忿不平，那溫榮娘的畫作不過是用墨水粗糙畫的罷了，哪裡及得上自己費盡了心思、一朵朵精雕細琢的梅花圖？

趙二郎吩咐婢子將兩位娘子的丹青捧與席上眾人相看，席中之人瞧了後不過是消遣一笑，瑤娘卻是緊張地握著嬋娘的手，心虛地與嬋娘小聲說道：「那韓秋娘的畫作顏色豔俗不堪，宮廷畫師必然不會喜歡的吧？」

嬋娘心下雖知榮娘所做遠勝韓秋娘，卻依舊沒好氣地與瑤娘說道：「誰曉得畫師與三位皇子的喜好？實在不成，妳便願賭服輸了吧！」

瑤娘一時黑了臉，訕訕地歪坐於席上，心裡暗暗祈禱畫師能公正地做了評判。

待席上眾人相看完畢，趙二郎才吩咐婢子將畫奉至三位皇子與宮廷畫師身前的案几上。

韓秋嬏不過是畫了遠遠近近、密密層層的梅花罷了，倘若只是單獨寫實，這梅花倒也算得上栩栩如生，可那詩中分明寫的是「不要人誇顏色好，只留清氣滿乾坤」，三位皇子與宮廷畫師皆未看出詩裡暗喻的氣節與胸襟在何處，遂未多言，只先放至一旁。

李奕怔怔地望著榮娘畫作，許久嘴角才露出一絲笑來，抬頭瞧了一眼溫榮。她安安靜靜地立在書案前，雙手端方交放，姣美的側臉令人攏不開眼去。

溫榮的畫裡有一彎浩淼清湖，遠遠的還有幾處沒在薄霧裡、隱約可見的連綿崇山，那山水皆不過是用寥寥數筆勾勒出的，卻已將霧濕山重、江水湍湍入雲的意境展現得淋漓盡致。湖面偏左處是一位坐於船頭的清靈出塵的白衣飄袂女娘，女娘手執玉笛低眉吹奏，露水沾濕了衣衫亦未察覺。那份專注，漫說李奕，便是寡情的五皇子李晟，亦望著出了好一會兒神。

若說畫中山水展現的是作畫人的精湛畫技，那麼湖面上的女娘、小船，以及隱約可見的、三兩隻受到驚嚇而竄入湖水深處的小魚，則使人感受到作畫人的過人悟性與玲瓏心思。

宮廷畫師抬首仔細瞧了形容尚小的溫娘子，心下著實佩服。不消幾年，丹青造詣必然在己之上。宮廷畫師起身走至案几前，作揖道：「溫娘子畫技出群，若勤加練習，假以時日，畫技必能登峰造極，某自愧不如，不敢妄加評論。」

宮廷畫師此言一出，韓秋嬏大驚失色，席上更是議論紛紛。

溫榮娘不過是初來盛京、名不見經傳的一位尋常貴家女娘罷了，而康畫師卻是宮廷裡最受聖人器重的畫師，今日居然向她行禮，溫娘子與韓娘子之間的輸贏已不言而喻。

「分明是一幅粗糙山水景，連顏色都是沒得的，憑什麼說比我做的梅花圖好了？」韓秋嬏怒聲向宮廷畫師質問道。

宮廷畫師正要同韓大娘子詳細說明梅花圖中的問題，二皇子便已起身，先恭敬地請宮廷畫師回席，再看向眾人說道：「康畫師所言即為某心中所想，溫四娘畫技遠勝我與三弟、五弟，得康畫師高看，某等心服口服。」

韓秋嬏見連二皇子都站出來幫溫榮說話，自敢怒不敢言，委屈地看向三皇子李奕，心裡抱了一絲期望，可惜三皇子只是言笑晏晏地與五皇子一道賞玩溫榮娘的畫作。

「既然二皇子與康畫師皆這般說了，這局勝者非溫四娘子莫屬了。」趙二郎與眾賓客笑道。

瑤娘最是率真的，先見溫榮勝出，早欣喜若狂，更激動地跳將起來，溫榮要回席裡，立即起身迎接，拊掌大笑道：「我說了榮娘畫技是少有人及的，可惜某人不自量力！」說罷還不忘斜瞧了韓秋娘等人一眼。

韓秋嬏與張三娘等人已氣得愣怔，韓秋嬏更是恨恨地盯著溫榮，滿眼狠戾。

席上的其他女娘望著溫榮的眼神有欽佩的亦有不服的，更有幸災樂禍、等著看韓秋嬏如何報復她的。

趙二郎見席上氣氛頗為古怪，忖道如今禹國公權勢盛極，暫時不能得罪了韓秋娘，故打圓場地說道：「韓娘子與溫娘子畫技皆不凡，可謂各有千秋，只是今日溫娘子對詩意的把握更入微，故韓娘子惜敗了。」

韓秋娘聽聞趙二郎如此說，面色好歹緩和了些，席上眾人也漸漸安靜了下來。

待三局鬥畫結束，最後便是三位勝出者的角逐。

趙二郎正要請二位郎君與溫榮娘上場，溫榮已先起身盈盈拜道：「奴自詡技藝不及二位郎君，故不再上場獻醜了，奴此局認輸。」說罷，溫榮滿身輕鬆地坐回席上。

趙二郎未料到溫榮娘會棄賽，而席上的郎君和女娘多半對溫榮的畫技充滿好奇，自盼能再見溫榮一展畫技，溫榮棄賽，令不少人失望。

趙二郎挽留道：「榮娘的畫技才叫某等大開眼界，可謂是吊足了某等胃口，此時卻又深藏不露，便是某同意，怕是在場的眾人也要不答應了。」

溫榮無奈回道：「先前奴不過是突然來了靈感，才僥倖贏了韓大娘子的，韓大娘子的畫技奴仔細看了，用色與佈景上令奴很是嘆服，故如今心下惶恐。奴已黔驢技窮，再上場怕真真要貽笑大方了，還請趙二郎留了奴薄面。」溫榮之所以上場與韓秋嬏鬥畫，不過是想幫助瑤娘而已，並無心壓韓秋嬏一頭，更不想與韓秋嬏交惡，畢竟往後若她當真做了皇后，為了黎國公府的周全，只能忍氣吞聲與避而遠之。

溫榮娘的一番話令韓秋嬏的心裡更好受了些，雖然還是惱恨了溫榮，但覺得此人至少還有自知之明。

趙二郎正要再勸，五皇子冷聲說道：「罷了，人各有異，溫四娘子不願再比亦無須勉強。」

二皇子望著李晟，和煦地笑著頷首，心下卻是冷笑。李晟已是第二次出頭幫溫榮娘了，這溫四娘子果真不可小覷，只不知李晟幫溫榮是為了自己，還是為了他那一心維護的三哥李奕？

趙二郎大笑。「五皇子都開口了，若某再為難了榮娘，不免有人要說某不懂得憐香惜玉了！」說罷，趙二郎主持了剩下兩名郎君的鬥畫。

溫榮仔細看了最後勝出的丹青，因為那首詩同先前自己的有共通之處。

他時相憶還開看，雲樹平添幾萬重。溫榮瞧了，不禁感慨此詩叫人難下筆。那郎君在畫卷首尾兩處畫了冉冉出雲的群山，山中蒼松濛濛帶雨，兩處山巒間用連綿雲樹相接，以此體現了相思相憶，確也不易。

趙二郎欲用百金求購勝出畫卷，不承想卻被那郎君婉拒。

那拔得鬥畫頭籌的郎君形容並不起眼，身材瘦弱，面容乾淨，勉強可算是文雅，眉宇間頗有幾分文人的骨氣，正作揖與趙二郎說道：「某先前已至瓊臺一層欣賞了府內所藏字畫，拙作與趙府珍藏字畫相較著實是有天壤之別，不值一提，不配掛於趙府瓊臺，還望趙二郎見諒了。」

趙二郎聽言，爽朗笑了幾聲。「無妨無妨，某不過是求買，願不願意賣自然由賣主決定了。」趙二郎不似先前攛掇溫榮上場鬥畫那般，努力說服郎君留下墨寶，反倒是一口答應，最後也不過敷衍地再說幾聲遺憾。

溫榮有些好奇，若說能得趙府邀請赴宴帖子的郎君與娘子，不會差了賣畫的錢兩，可是能掛於趙府瓊臺，傳出去卻會令許多人羨慕，更能因此聲名鵲起，那郎君不需利又不求名，先前為何要三番兩次地上場作畫？

林嬋等人對此毫不在意，見溫榮有疑惑，遂與溫榮解釋道：「趙二郎所謂重金求購與掛瓊臺二層，不過是想要人覺得他們趙府重視鬥畫與鬥畫的人罷了。那些不願與趙府過多往來的郎君，上場只是為了滅滅趙二郎那派騷客的威風。」

溫榮聽言笑道：「原來是這個理，如此拒絕了才是在情在理的。」

林嬋頷首道：「是了，那拔得頭籌的郎君是盛京陳氏一族的，陳氏亦是大族，他與我大哥關係頗好。」

嬋娘說出的「陳氏」二字令溫榮留了心，遂問道：「那陪都洛陽陳知府，是否亦是出自陳氏一族？」

林嬋搖了搖頭。「這我卻不知了。榮娘可是與陳氏一族認識？若是有要打聽的人，我回府了問問大哥去。」

溫榮解釋道：「先前進京時，商船停在了陪都洛陽，是陳知府家的接待了我們，陳知府家的娘子與我等年齡相當，脾性亦相投，早先陳知府家來信說了這兩月要進京，可是後來又沒了聲音。」溫榮頓了頓又說道：「待陳府二位娘子來了京裡，我叫上妳與瑤娘一起了。」

「如此甚好！若是有了五人，便能一起蹴鞠了！」瑤娘不知何時竄了出來，聽見了榮娘與嬋娘的談話，立時來了興致。

「有好玩的，必定少不了妳！」溫榮捂嘴笑道。

待鬥畫結束，已是申時，趙府安排了車馬在府門處等候送賓客離開。

鬥畫時在書案旁立著的伺墨婢子，將今日鬥畫者所作丹青一一交還。

溫榮吩咐了綠佩接過，瑤娘正要討來仔細看，已走出瓊臺數步的三皇子突然折返了回來，望著溫榮，溫和地說道：「榮娘所作丹青，某見了甚喜，榮娘可願賜了墨寶？」

溫榮聽言心一沈，不知李奕這般請求是何用意，難不成是要自己成為那眾矢之的？此時韓秋嬏等人已駐足停步，一臉警惕、不善地望著自己。溫榮心生不悅，乾脆心一橫，面無表情地拜倒說道：「奴的拙作得三皇子高看，自當感激不盡，只是今日實是作得匆忙，畫中有許多不盡如人意之處，擔心污了三皇子的眼。」溫榮毫不遲疑地拒絕了李奕，若是應下，自己怕是要成為京中許多女娘——尤其是韓秋嬏等人的眼中釘、肉中刺了！

李奕頗為無奈，榮娘口說感激，可面上卻無一絲情緒，甚至都不願抬眼看自己。雖如此，李奕依舊不肯善罷甘休，說道：「榮娘太過謙遜，若此畫榮娘覺得不甚滿意，某亦不強求，只是某真心求榮娘墨寶，還望能得榮娘的得意之作。」

溫榮見李奕不是那般好打發，不得已應道：「他日奴作出了滿意的丹青，再奉與三皇子。」

滿意不滿意不過是作畫人的一句話罷了，若是溫榮不願意贈墨寶，怕是這輩子都畫不出令自己滿意的丹青。三皇子心裡如火的期盼已被冷水澆滅了一半，本想再向溫榮求個贈畫期限的，可眼見溫榮面色已沈，只得作罷，笑容和煦地說道：「那便有勞榮娘了。」

韓秋嬏見溫榮未答應贈畫，鬆了口氣，只是那溫榮娘怕已入了三皇子眼了，想到這裡，韓秋嬏腦子裡的弦被繃得緊緊的。姑母分明與自己說了，會叫三皇子娶自己的，為何一絲動靜都沒有？

三皇子已走遠，瑤娘瞧見韓秋娘還立在了遠處，忙一溜煙地跑過去，得意地與韓秋娘說道：「妳今日輸了，往後不許再接近三皇子。」

韓秋嬏一聲譏笑，一字一頓地說道：「我可聽不懂妳在說什麼。」說罷，看了張三娘一眼。

張三娘這才走上前說道：「既然打了賭，我自然願賭服輸。從今往後，我不會主動接近三皇子，絕不食言。」

「和妳有什麼關係？該是那韓秋娘來與我說了！」瑤娘不滿地看了張三娘一眼，就要繞開張三娘去叫住向府外走去的韓秋娘。

張三娘向瑤娘的方向移了一步，實實地擋住了瑤娘的去路。

兩人左左右右來回晃了那麼幾趟，瑤娘火氣上頭，怒目瞪著張三娘。「張柔娘，快快讓開了！我早說了此事與妳無關，妳莫要攪和！」

見瑤娘氣得眉心百結，張三娘更是笑得暢快。「如何與我無關了？先前與妳下賭的可是我，此事倒是真真和秋娘無關。我勸妳莫要鬧了，若是鬧得人盡皆知，再鬧到三皇子那兒，妳我都沒臉面。」

瑤娘氣怔了，一句話也說不出來。

溫榮與林嬋走近後，亦聽見了張三娘子的那番話。溫榮雖不齒韓秋嬏等人的小人行為，卻也知道是無可奈何的，先前立賭時無憑無據，且不似前次在樂園，有德陽公主那般位高之人做旁證。遇見韓秋娘她們此等厚顏耍賴之人，只能自認晦氣。瑤娘面憋得通紅，喘得急促，溫榮知曉她是又被氣壞了，輕輕拍撫瑤娘後背，輕聲勸慰。

嬋娘將張三娘打發走後，回頭看著瑤娘，輕嘆口氣。畢竟是胞妹，瑤娘三番五次被外人欺負，心裡亦不是滋味，可瑤娘也算活該，與那幫子人打了多少次交道，她哪次占到過便宜？總是吃虧，居然還不長心眼。

溫榮好言讓溫菡在馬車上稍等自己，此時溫菡心情大好，因先前出趙府時，趙二郎與她說了幾句話，故對溫榮的請求豪爽地一口應下。

溫榮陪著瑤娘上了林府的馬車，待放下馬車簾幔後，瑤娘才撐不住地哭將起來，溫榮正要勸瑤娘，瑤娘卻先道歉上了。

「榮娘，我不該強求了妳去鬥畫的。」

溫榮心中一動，瑤娘是知道的，可惜心裡總抱著那麼一絲期望。

「我不過是作了一幅畫，倒是妳，往後見到韓秋娘她們避開些，她們的心計與臉皮妳也不是沒領教過。」溫榮不厭其煩地多次勸了瑤娘。瑤娘的心計遠不如韓秋嬏她們，照此以往，瑤娘必定要吃大虧。

嬋娘對瑤娘不勸也不罵，只記掛著大哥與榮娘的事。兩姊妹赴宴之前，甄氏特意至琅園交代了嬋娘，令她幫襯大哥則個。可不知琛郎心裡在想什麼，今日不但遲來，而且一用完席面就去白玉湖搖船，鬥畫時更差小廝過來傳話，說是有事先離府了。雖然嬋娘知曉琛郎與趙二郎行事作風大相逕庭，一向不願多往來，可這連著幾件事串在一起，不免令人覺得琛郎似是在躲誰……林嬋望了眼言笑晏晏的榮娘，不禁感慨大哥沒福。

「榮娘，妳教了我作畫可好？」瑤娘好不容易緩過氣來，又想起三皇子向榮娘求贈畫一事。除此之外，瑤娘亦想學上一技傍身，說不得也能得三皇子高看了。

榮娘毫不猶豫地答應。

如今林府大娘與溫榮學棋，二娘子與溫榮學畫，溫榮真成了中書令府的小女先生了。

見瑤娘無事，溫榮遂起身告辭，再逗留，溫菡娘一人在馬車上怕是要等煩了。

回到黎國公府西苑，溫榮吩咐婢子準備了香湯，沐浴更換了絹衣後，一日的疲倦頓時散去了不少。溫榮才走至廂房外間，便瞧見阿娘已坐在了胡床上。

見到溫榮，林氏遂起身笑盈盈地向溫榮走來，命婢子擺了矮墩在妝鏡前。溫榮的矮髻已鬆，取下素紋白玉簪後，如瀑般的青絲傾瀉而下，林氏從妝奩中拿了溫榮慣常用的梳篦。

溫榮見狀慌忙阻攔。「阿娘與兒坐下說話便是，綠佩自會為兒篦髮。」

林氏笑著搖了搖頭，將溫榮輕按回了妝鏡前。望著溫榮，林氏笑得欣慰，家有小女初長成，已是天生麗質難自棄，有時真真想養在了深閨裡，不叫他人識。「妳小時候只肯讓阿娘替妳梳髻子的。」林氏一下一下地替溫榮篦髮，笑著說道，言語裡不免有幾分酸澀。

溫榮羞澀地笑道：「兒小時不懂事，辛苦阿娘了。」

「哪裡辛苦了？阿娘是想替榮娘這麼一直梳下去的，可是榮娘漸漸長大了……」林氏將溫榮的長髮綰成了兩個圓髻，又緩緩問道：「榮娘今日可見著林家大郎了？」

溫榮卻也不打算瞞阿娘，頷首笑道：「見著了，只是匆匆一瞥，未來得及相識。」溫榮兩靨已飛起了紅雲，自己卻還未曾發覺。

再在已綰好的圓髻上簪了一支細宮花後，林氏望著溫榮甜雅的笑容，好奇地問道：「林家大郎是否如妳大哥說的那般好？」

溫榮莞爾一笑，如今軒郎在家人面前，提起最多的就是林家大郎與二位皇子。對於林家大郎，軒郎常誇的是舉止嚴謹、學識淵博，是在學業上一絲不苟的難得才俊。今日溫榮見到在碧湖泛舟，負手而立看水天一景的林家大郎，便知他亦是個懂得生活的。

「不過是一面之緣，林家大郎都未曾認出了兒。」今日之行雖不圓滿，可來日方長。溫榮笑言道。

林氏聽得迷糊。「林家大郎不是該同林府的兩位娘子在一處嗎？」

自己最初也是這樣想了，溫榮不得已將今日瓊臺之行，包括與韓大娘子鬥畫一事，都說與阿娘知曉。

林氏聽聞榮娘鬥畫勝了韓大娘，頗為自豪，無怪珩郎最常誇的就是溫榮。母女二人又隨意地聊了些關於趙家宴席的事後，林氏突然鬱鬱地說道：「今日陳家來了帖子。」

溫榮抬眼，有幾分期盼。「可是洛陽陳知府家的？」

林氏搖了搖頭，旋即又點了點頭，解釋道：「陳氏在盛京是大族。陳知府的祖父一脈，在陳家大宗裡亦只能算在三房裡，不過今日來帖子的，確實是陳知府的嫡母陳老夫人，陳老夫人是與陳知府嫡親長兄陳少監住在一處。」

溫榮見阿娘面露難色，關切地問道：「阿娘不想去赴宴？」

想起珩郎的交代，林氏面色頗不自在，遮遮掩掩地糊弄了幾句，說陳家請了盛京裡的遠近親戚以及許多故交舊識，自己是擔心離盛京的時日太久，同陳家請的賓客早已生疏，見面了怕是要尷尬。

若說是十三、四歲的娘子聚在一處玩鬧，遇見了脾性不合的，吵吵鬧鬧的再見了確是尷尬，就如林瑤娘與張三娘一般。可到了阿爺與阿娘的年紀，早已知道該如何粉飾太平，普通交情的，宴席聚會不過是在一處閒話張家長與李家短罷了，只要不是太過出格，並無尷尬一說。溫榮知曉，阿娘有事瞞了自己。

「那日阿娘會帶了妳與軒郎一起去，軒郎也該出去見見世面，且軒郎理當拜見陳家長輩了，畢竟陳家與溫家祖輩的交情不淺。」林氏說罷，旋即岔開了話題，擺了張矮凳，與溫榮面對坐下。溫榮因疲倦，雙眼略顯迷濛，林氏心疼地說道：「今日出去了一天，想必是累著了。阿娘特意去廚裡為妳做了加綠節菜的雕胡飯，一會兒叫廚娘給妳送了過來。」

聽見有雕胡飯吃，溫榮漾起嘴角，孩子氣地皺了皺鼻子，笑得很是滿足，將隨阿娘去陳家參加宴席的事放在了一邊。帖子是送與長輩的，收誰家的帖、赴誰家的宴、最後又是與誰家深交，阿爺與阿娘自是有他們的想法。

溫榮只開心阿娘即使是在左右為難有心事時，都不忘關心自己。那雕胡飯是用生長在水邊的菰草做的，曾有詩人特意為菰米詠詩一首——結根布洲渚，垂葉滿皋澤。匹彼露葵羹，可以留上客。溫榮甚喜這五味道洽、餘氣芬芳的紅曲之飯，原先在杭州郡，溫榮每每沒有胃口時，阿娘就會親自去下廚，為溫榮做雕胡飯。

菰草生在水邊，溫榮亦是在水邊長大，如今盛京已不再流行雕胡飯了，平日裡貴家的主食多是精白米飯。精白米飯雖軟糯香甜，可卻及不上那看起來漂亮、吃在口裡亦能暖進心裡的雕胡飯。

溫榮掰起手指算了算，加上記憶裡前世的日子，居然已有近十年不曾吃到雕胡飯了！那世花去許多精力追求自以為是的幸福，殊不知，本唾手可得的幸福，已被自己遺忘……

到了用晚膳的時辰，林氏才回廂房。今日珩郎亦是不會回府用晚膳，珩郎特意遣了僕從回來告知林氏。只是林氏早已習慣與夫郎相對而食，故食不知味，且擔心珩郎會去吃酒，若是再如那日喝得酩酊大醉……林氏心一緊，慌忙起身去看了看日子，明日不逢一、五、九，不是珩郎的參朝日，林氏這才放下心來。

戌時初刻，溫世珩緊蹙眉頭回到西苑，直接坐在了廂房外間的胡床上。

林氏見溫世珩一副滿腹心事的模樣，慌忙斟了碗茶，端與珩郎。

溫世珩移開蓮花浮紋茶蓋，將溫度適宜的茶湯一口飲盡後，長舒了一口氣。

林氏這才關切地問道：「今日可是衙裡公事多？」

溫世珩透過拉了簾紗的鏤空隔扇向裡屋看了看。「榮娘他們可是回屋歇息了？」

林氏頷首道：「今日幾個孩子皆是在自己屋裡用的晚膳。對了，珩郎是否還需用些飯食？我見榮娘精神疲懶，便做了雕胡飯，知曉夫郎也喜歡菰米的味道，特意多做了些，還放在廚裡熱著。」

溫世珩頷首笑道：「一會兒嚐嚐，回盛京後，再沒吃過了，不說倒罷，一說饞得慌。」

林氏掩嘴一笑，見溫世珩起身，忙上前親自為溫世珩取下腰間銀魚袋，又鬆開了溫世珩平日在衙裡著的緋色繡雪雁紋補服。

「今日我是與彥郎在外用的晚膳。」溫世珩帶著林氏進了內室後才說道。

林氏一愣，溫世珩口中的彥郎是她的大哥林鴻彥，林中書令嫡長子。「可是為了陳知府的事？」林氏吶吶地問道。

溫世珩鮮少與家裡人說朝中政事，只是陳家夫人與林氏交情頗深，故溫世珩才將此事略微告知了林氏一二，以免陳家突遭不測，林氏一時難以接受。

「是。」溫世珩頓了頓，猶豫了好一會兒才說道：「善郎一事已被鬧大，怕是……」溫世珩本想說「怕是後面有人故意為之」，可瞧見林氏已一臉驚怕，想來還是不說的好。

善郎便是陪都洛陽知府陳清善。林氏焦急地說道：「聽聞陳知府一向清廉奉公，陪都亦是年年風調雨順、富庶民安，這可都是陳知府的功勞，如何會有了麻煩？」

溫世珩嘆口氣，林氏對家裡人是最細心與貼心的，可對政事卻是一竅不通。外官做到知府是頂了天的，就是因為陪都洛陽富庶民安，陳知府才被推至風頭浪尖，畢竟盯著肥差的人多了去。

數月前，溫家三房一行在洛陽落腳時，陳清善與溫世珩說了幾句掏心窩子的話。在外為官不易，在富庶之地為官更是難上加難，他人看起來是風風光光了，可背後不知有多少人等著你往懸崖邊上走，好毫不費力地推你一把。陳清善有回京的想法，本不算艱難，可偏偏被人在關鍵時候抓住了不算錯的「錯處」。

林氏是一條筋的，看溫世珩不再說話，認定是自己說錯了什麼。難不成是陳知府真的犯了錯，這才有了麻煩？遂又惋惜地說道：「不承想陳知府那般細心的人也會濕了鞋。」人在河邊走，哪有不濕鞋的？林氏被自己的想法嚇了一跳，若要這般說，那珩郎亦是在朝為官的，豈不是……

「唉，罷了，早生歇息吧！」溫世珩瞧見林氏面上表情急驟變幻，這就是他不願與林氏說政事的原因。不但不懂，還喜歡自己嚇自己。終歸只是婦孺，能將內宅打理好、照顧好子女已屬不易。說到屋裡的三個孩子，溫世珩便想到溫榮，心裡有些許慰藉。這孩子太過聰明，凡事一點即通，心思比起自己還要通透上幾分，可惜了是女兒身，若是男兒，必然前途無量。

在朝為官，並非正身即可避禍，關鍵是跟對了人，不能得罪上峰。溫世珩為官多年，自然懂得這個理，只是自己不願意去迎逢。而說到陳清善一事，就不得不提起那樁案子。

鄭家是洛陽的大戶人家，前朝出了幾位進士郎，到聖朝後退出官道，轉而從商。商戶雖也屬良籍，但卻是良籍中最低等的，可鄭家並不以為恥，如今已是洛陽城裡一等一的富貴人家。鄭家作為前朝文士，手中有不少珍貴的古籍字畫，鄭家與陳知府家交好，少不了互贈些名貴字畫墨寶。本是再正常不過的交情，不承想鄭家名利皆全，看似圓滿，卻偏偏出了個不肯安分守業的嫡子。鄭家大郎為了一樂戶歌伎，與人起爭執，誤殺了對方。

經過查證，此案是對方先動的手，故鄭家大郎牢獄之災不可免，但性命卻是保住了。本已公正結案，不承想御史做巡按巡查洛陽時，將此事揪了出來。原來鄭家財勢雄厚心也善，見那沒了孩子的莊上人家可憐，給了一大筆的撫恤錢，不料心善的撫恤錢卻成了有心人口中的消災買命錢。把柄是大是小不重要，重要的是把柄值不值得人利用？已有數名御史將彈劾洛陽知府的奏摺遞了上去……

「夫郎與大哥在一起是商議如何幫助陳知府嗎？」林氏心下暗暗祈禱陳家能化險為夷，這一次事件能有驚無險。若是陳知府獲罪，陳夫人與陳家娘子便孤苦無依了，陳氏一族不知是否肯收留罪臣親眷？林氏想到那些罪臣人家夫人和娘子的悲慘境遇，便禁不住地紅了眼。陳知府無事自然好，可若大哥和珩郎都被牽連了進去……

「此事尚不明朗，我與彥郎也不過就事論事地聊了一些。」溫世珩頓了頓又說道：「此事莫要讓榮娘知曉，若是榮娘知道陳家娘子的回信叫我們扣了，以她的性子，怕是要鬧的。」

「夫郎亦是不想榮娘擔心了。」林氏頷首說道。

擔心和無可奈何，有時會比太過聰明了要來得好些。

溫榮的第二封信，陳府的二位娘子確實因為煩惱家父的事情而沒有回覆，且那時陳府平日裡交好的貴家親眷朋友都為了不沾惹到腥，而對他們避而遠之。

果然是在患難之時才能見到人心。

陳家娘子不知榮娘是否也想遠遠躲開了，故沒有心情回信與溫榮商量九月進京賞花一事，陳大郎至盛京上學之事自然也被耽擱了下來。直到溫榮再次去信詢問陳家娘子九月作何打算時，陳家娘子才從信裡看出溫榮娘尚且不知曉他們府裡出了事。心裡雖苦悶，兩位娘子思量後還是提筆寫了一封短信與溫榮，大意便是如今家中諸事不順，進京一事作罷了。

陳家娘子的回信在送至黎國公府之前，彈劾陳清善的奏摺就已先呈於聖人。

奏摺在朝堂上引起了不小爭論，對此事的定論可大可小，聖人不過是聽忠臣各抒己見，從始至終不曾說過一句話，下朝後更未留下任何重臣，而是一甩明黃五爪龍紋錦袍，獨自回了書房。這次連個可以打探的人都沒有。

與此同時，還有一件巧合的事。往日前院閣室接到信件或是請帖，皆是照了信封的署名，將信直接送至各個房裡，可那日洛陽陳家娘子的信未送至溫榮廂房，而是被送給了溫世珩。溫世珩見溫榮娘與陳府二位娘子來往頗為密切，不禁猶豫再三。溫榮知曉了陳家有事，定會過來詳細詢問，可正如先前同林氏所說的，此事尚不明朗。聖人接下彈劾奏摺，卻不做回應，到底有何用意？

林家彥郎也交代了，若是真心要幫助陳知府，那麼此事還是越少人知道越好。即使是家妻林氏，也只知曉陳清善被彈劾，而不知曉自己與彥郎究竟在做何打算。

溫世珩還有一事擔心。他曾就此事去詢問了伯母，即大長房老夫人謝氏，亦告訴了伯母自己的想法，可伯母聽後蹙眉責怪了自己太過想當然和自私了，該多考慮考慮房裡的弱妻以及尚且年幼的三個孩子。對於謝氏所言，溫世珩是服氣的。

謝氏直言指出了如今朝中勢力對於異己的打壓，是早已有了套路的，而此套路聖人必定已看透，故不要誤以為聖人會被那些權臣牽了鼻子走。可縱是如此，聖人依然會依時依勢地選擇裝聾作啞，畢竟有時犧牲一些人，才更有利於朝政的平衡。溫世珩親自調查的鹽政官一案，以及得到聖人嘉賞並迅速被調入盛京一事，便是最好的、聖人為維持朝政平衡的例子。聖人還不願意做決定的事情，若有人想強迫了聖人，那下場只會有一個。

溫世珩聽了伯母所言，只覺脊背一陣陣的發涼，原來這事遠不似表面看的那般簡單。可讓自己眼看著故交好友被人誣陷身陷囹圄卻無動於衷，卻也辦不到，遂最後雖聽進了伯母的話，但依舊不改變決定，只是求了伯母，若是自己被此事牽連，做最壞打算就是結黨營私……只求伯母庇護弱妻幼子。

之所以要託付伯母，而非溫老夫人，亦是溫世珩心裡一個死結。前月榮娘傳了伯母的交代，溫世珩過了一日便立即去了遺風苑探望謝氏，謝氏令他細細想了至盛京後發生的事，一件是巧合，可是連著兩件、三件……最重要的是，所有的事情追溯後才發現源頭皆指向一處。溫世珩是感謝伯母的，前些時日二哥拉了自己去平康坊吃酒聽曲，說是要介紹京中好友與自己認識。若在以往，溫世珩雖不願意去平康坊那煙花之地，可因二哥盛情，他會不好意思拒絕，如今多了伯母的提醒，他便多留了個心眼。望著二哥閃爍的目光，溫世珩只說衙裡事情尚未忙完，婉言謝絕了二哥的「好意」。

溫世珩與謝氏還有一個不情之請，即不要讓溫榮知道了陳知府一事。以溫榮的心思，有了第一層便能猜到第二層，伯母的勸慰尚且理智，可溫世珩害怕會看到林氏與溫榮等人哭哭啼啼。在事情徹底明朗後，不管是福是禍，溫世珩都會一五一十地告訴榮娘。

林氏吩咐婢子端來了今日做的新鮮雕胡飯，溫世珩滿意地頷首，又與林氏問道：「盛京陳家送來的帖子可是接下了？」

「已經接了，我亦與榮娘說了，那日要帶了榮娘與軒郎一道赴宴的。」林氏照珩郎的吩咐接了帖子，可心裡還是有疑問。「只是有一事不明白，陳家這時為何會去辦這宴席？」

此時辦宴席，才可以最簡單地看清旁人的意思——願不願意赴宴，便知是幫還是躲？

「那日陳府宴席，妳留心了都有誰去。」溫世珩知與林氏多說無益，只作了簡單交代。

當日申時末，嬋娘與瑤娘亦回到了中書令府。

瑤娘未先回琅園，而是直接去了林子琛的書房，更找到了前些日子借給大哥賞玩的、榮娘作的百花展翠瑤池春。

嬋娘跟著瑤娘進了書房，見瑤娘不經過大哥同意，就要將畫直接拿走，蹙眉說道：「妳是越發大膽了，私自進大哥書房不說，還偷偷摸摸拿了大哥的字畫。」

瑤娘詫異地望著嬋娘。「我不過是拿回了屬於我的畫而已，待大哥發現牡丹圖不見了，若覺得重要，自會再來尋了我，若是毫不在意，我得了機會要將畫送與三皇子。」

「胡鬧！榮娘今日已明言拒絕了贈畫與三皇子，妳如何能自作了主張？叫榮娘知曉了，必定是要生氣——」嬋娘嚴厲喝斥到一半時突然頓住，難道瑤娘也看出大哥是故意躲著不肯與榮娘相見？

「榮娘是因為擔心我誤會，所以才不肯贈畫與三皇子！」瑤娘言之鑿鑿。

嬋娘心下好笑，瑤娘一心只想著三皇子，哪裡顧得了那麼多？只是不知瑤娘口中所說的「榮娘的擔心」又是從何而來？「榮娘與妳說的？」

「如何要說了？明眼人一瞧便知！我知道，三皇子是個惜才和愛畫之人，如今我已拜了榮娘為師，待他日我有了榮娘那般精湛的畫技，三皇子亦是會求了我贈畫的！」瑤娘雙眼熠熠生輝，滿是期待。

嬋娘輕嘆了口氣。待聖人賜婚與三皇子，瑤娘自然而然地就會死了那條心的。

林子琛今日之所以提前離開趙府，卻是因為在搖船時與杜學士由袁府一事談到了洛陽知府陳清善被彈劾一事。陳氏與袁氏皆為京中大族，又都是由貪墨一案做了開端，似是巧合。林家大郎與杜欒天決定直接去那袁氏老宅，畢竟留在趙府看趙二郎嬉笑調侃實是沒有意思。袁氏老宅雖被查抄，但是並未被查封，故老宅裡還留了幾位老人看守門戶院落。

林家大郎臨走時向趙二郎要了賓客名單，誇讚了趙府的宴席，只說自己府裡亦得了幾幅字畫，而趙二郎的賓客名單必定是涵蓋了盛京裡所有好賞玩字畫之人，如此正好求了，待到自己辦宴席時可省了不少心，直接照那名單下帖子便好。對此趙二郎倒未多想，因為今日的宴席實無特別之處。

林子琛回到府裡時已過了晚膳時辰，甄氏心疼琛郎辛苦，吩咐婢子提了盛滿熱騰騰飯菜的食盒，親自去了琛郎書房。

林子琛一進書房就發現書櫥叫人動過了，問了在書房外伺候的婢子，才知道是嬋娘與瑤娘來過，瑤娘走時，手中還拿著一幅丹青。仔細查看，發現少的不過是溫四娘子作的那幅牡丹圖，林子琛淡然一笑。

林子琛直接坐至書案前翻看趙二郎給的名帖，看至最後一人，林子琛將目光移至黎國公府溫榮的名字處。名單裡除了溫四娘子，其餘縱是不能說相熟，但都是打過照面的，名字與人皆能夠對起來。林子琛心裡一驚，發現自己一直忽略了一種可能——他那日見到的娘子，就是表妹溫榮娘！林子琛猛地拋下名帖，興奮地在書房來回踱步。雖猜到了這層可能性，可人海茫茫……自是該先確認了，林子琛突然想起被瑤娘拿走的牡丹圖，哂笑地拍了拍腦袋。平日裡覺得自己還算機敏，如何這時訥了？只要去問了嬋娘與瑤娘，今日溫四娘子穿的何樣式的衫裙便可！雖唐突，可事出有因。

林子琛立即轉身出書房，匆忙間差點撞上了前來送食盒的甄氏。

「這是怎麼了，這般火急火燎的？才剛回來，休息一會兒再去看書。」甄氏說罷，命人將食案擺在了外間。

林子琛不好意思地笑道：「阿娘，兒有事要先去與阿嬋與阿瑤說了，飯食擺在這兒便是，我一會兒回來了再用晚膳。」說罷，腳下生風地向琅園而去。

「一會——」見琛郎已走得沒影，甄氏無奈地嘆了口氣，也不知這孩子是著了什麼瘋魔？

瑤娘提出了要拜師溫榮學作丹青後，溫榮便規定了每到逢雙的日子，若是無事，兩位娘子可一道至國公府，弈棋與作畫各一個時辰。

對於溫榮的安排，兩位娘子自沒有異議，且很是勤勉。只是甄氏心裡頗為過意不去，今日吩咐了兩位娘子帶信與林氏，說過兩日會親自登門拜訪與探望溫老夫人。

「此處要用另一支蘸清水的中毫將顏色拖染開去，如此才會有顏色濃淡的變化效果。」

溫榮手把手地教瑤娘作畫技巧，只是不論瑤娘畫了多少遍，那最簡單的單瓣單色牡丹都形神俱無，更少了靈魂。不知瑤娘少的是作畫天賦，還是少了一顆肯放在丹青上的心。

瑤娘亦是頗為洩氣，鬱鬱地咬了一口果子，蹙眉說道：「榮娘，能不一片一片葉子地學嗎？直接教作妳房裡的那幾幅牡丹可好？」

房裡的那幾幅牡丹是溫榮的得意之作，數十形態各異、栩栩如生的牡丹相簇成輝，三兩粉蝶或立於牡丹花蕊處，或撲稜著彩翅，環繞最豔麗的一朵，真真假假叫人難辨。

溫榮聽瑤娘說想直接學作那幾幅八寶牡丹圖，是又好氣又好笑，搖了搖頭說道：「路都還未走穩了，如何就要去跑？比如妳最喜歡的三色牡丹，不只要用到基礎的染色之法，還需難度更大的復勒、立粉、水線……不論哪一種技法，都不是一朝一夕能練成的，若是不一步一步學紮實了，只會畫虎不成反類犬。」

嬋娘本在認認真真地看溫榮寫的棋譜，聽到二人說話，抬頭笑著說道：「她哪裡是學作畫的料？肯安安靜靜地學這幾日已屬不易，只可惜到現在連最簡單的單瓣牡丹都畫不出。叫我說了，榮娘也別費了那精力，她不過就是心血來潮，不到半月，熱度過了必犯懶不肯再學了。」

瑤娘聽罷，啐了嬋娘一下。「如何能說我沒耐性了？那時我學騎馬與擊毬，可是幾日幾夜不知疲倦，阿爺都誇我比妳學得快和好呢！」瑤娘突然想起了什麼，拉著溫榮說道：「榮娘，我教妳擊毬可好？昨日韓大娘子送了帖子到府裡邀擊毬，可我推了，再不想見著她了。」

「罷了罷了，我可不敢擊毬。不過只要妳肯學一日丹青，我便教妳一日，哪日妳想去打馬毬了，我便去場邊看妳擊毬。」溫榮笑著說道。人無完人，每人都有自己的喜好與天賦，溫榮並不貪心，只要有一隅安靜角落讓自己能弈棋與作畫就很好。

正說鬧著，院裡的婢子通傳二夫人帶著三娘子來了。

說話間，董氏和溫菡娘已進了外間，溫榮與林府兩位娘子起身向董氏見了禮。

董氏笑著點頭道：「快別多禮，是我們突然過來，攪擾了妳們。」

溫榮忙說道：「二伯母千萬別這麼說，我們亦不過是在一處玩鬧罷了。」

董氏見到林府兩位娘子很是歡喜，先是問了林瑤幾句話，旋即目光略過林瑤，落在了林嬋身上，仔仔細細地打量了個遍，而後拉起林嬋的手，喜笑顏開地說道：「不過幾年，出落得越發可人了，又有福氣又漂亮，叫人好生喜歡！」

溫榮幾不可見地皺了皺眉。董氏在人前雖是一貫的一團和氣，可卻少有極力誇讚人的時候，溫榮知曉董氏在打什麼主意，只可惜光一人聰明了還不夠。

溫菡娘在後頭冷冷地哼了一聲，本被誇得紅了臉的林嬋，臉有些掛不住，差點誤以為溫榮的二伯母是個好相與的了。

董氏只得轉頭與溫榮說了幾句家常話。

溫菡娘閒來無事，顧自地打量溫榮掛在牆上的字畫，確實畫得很好，難怪能得趙二郎美言。她望著三色牡丹，心下又升起幾分妒意，可今日是有目的而來的，只能少說兩句話。

三色牡丹圖中的百花展翠瑤池春，數月前已贈與瑤娘了，溫榮見牆上只餘下了紅雲硃砂壘與胡粉藍田玉，心中不免有缺憾之感，遂得空時又補了一幅。新畫的不再用綠色，而是耀眼的金玉交輝翎羽黃，畫中姚黃金盞，雍容華貴，令人嘆為觀止。

好一會兒，董氏才與榮娘說了今日的來意。「菡娘自從趙府赴宴回來後，就直誇榮娘畫技好，羨慕榮娘能得到宮廷畫師的認可，心生拜師之意。只是因為前幾日鬧了不愉快，菡娘仔細想後自知理虧，故雖有拜師的念想，卻不敢來。」董氏頓了頓又說道：「難為的是妳這孩子心眼寬，不但不生氣，還肯陪同菡娘一道赴宴。」董氏話說半滿，卻還不忘堵一堵溫榮的路。見溫榮正要開口，董氏先命婢子捧上了兩只楠木朱漆匣。「這是妳大哥前幾日得來的柏岩福茶，伯母知曉妳是好茶道的，遂想著用這薄禮做菡娘的束脩。」

溫榮與林府的兩位娘子皆很是驚訝，柏岩福茶是難得的貢品南茶。

溫榮慌忙推辭。「二伯母，柏岩福茶如此名貴，兒是萬萬不能收了，束脩一事二伯母更是莫要再提，這是要羞煞兒的。不過是幾位小娘子在一處作畫為樂罷了，三姊若是喜歡，逢雙的日子，一道過來西苑。」二伯母下如此重的禮，是真心要自己教溫菡娘作畫，還是擺樣子與誰相看？

「傻孩子，不過是一份茶而已，哪有什麼名貴不名貴的？妳也不是不知道，你們祖母喜歡峨眉雪芽與恩施玉露的清醇淡雅，可南茶的味要更厚苦些，我私下想來，府裡善茶道的也就榮娘妳了，縱是菡娘不來拜師，我亦是要將南茶送與妳的，好歹不叫埋沒了這貢茶。」董氏終於將話說圓滿。

推託不過，溫榮只好惶恐接下。「兒謝過二伯母盛情，兒卻之不恭了。」

董氏笑道：「這才是了！我便先回了羅園，免得我這做長輩的，令妳們不自在了。」說罷，董氏又交代了溫菡幾句，多是叮囑菡娘不能使性子，不能給榮娘和林府兩位娘子添麻煩。見溫菡板著臉點了頭，董氏才放心離開。

溫榮先前就注意到溫菡盯著牆上的牡丹一頓好瞧，故笑著問道：「菡娘是否也想學畫牡丹？」

溫菡並不回答，轉身看見書案上的、先前瑤娘畫了一半的單瓣牡丹，撇嘴說道：「畫的可真是難看！」

「如何這般說了？妳我不都是因為不會畫才來求榮娘教的嗎？」瑤娘聽了心下不喜。榮娘的批評與指正，她能洗耳恭聽，可一無是處的溫菡娘有何資格嘲笑她？

溫榮見二人又要鬧上，岔開了話題說道：「我吩咐廚裡用哀家梨煮了湯水，一會兒再加了桐花蜜，那蜜梨湯在秋燥的時節吃是再好不過的。」見二人還是噘嘴大眼瞪小眼的，溫榮又說道：「剛好給妳二人降降火不是？」

瑤娘先板不住笑了一聲，面上表情鬆了下來。

綠佩按照溫榮的吩咐，特意選了四只松綠地粉彩蓮托茶碗，去廚裡盛了蜜梨湯來。

哀家梨水本就入口甘甜，再加上了桐花蜜的清香，吃下後確實令人心情舒暢了不少。

嬋娘欣喜地說道：「不承想哀家梨煮水再加了花蜜能這般好吃，待我回去了也要試試！」

溫榮聽言，笑著將蜜梨湯的做法教了嬋娘。「……卻也不難，不過就是三兩道的工序罷了。」

嬋娘細心地記下。

吃完茶湯後，溫榮又同幾位娘子講了丹青中最基礎的知識。

溫菡也在一旁聽，只是許久不得要領。她心不在焉地翻看溫榮慣常用的顏匣子，足足三層，幾十種顏色，還有大小各異的銀毫、紫毫，就連平日裡常見的宣紙，那厚薄、顏色都不甚一樣。溫菡不耐煩地說道：「直接教如何畫了，莫要說那些有的沒的，白白浪費了時辰！」溫菡是比那瑤娘還要沒有耐性。

溫榮不氣不惱，指著菡娘正在翻看的顏匣說道：「菡娘可能一一辨認出這是何顏色？」

溫菡一時愣住，不過就那麼幾種顏色罷了，可有深有淺……

「這橙色介於紅黃之間，茶色又比那栗色稍紅，豆綠、豆青、石青……皆不一樣。若是不知，作畫的顏色怕是要混雜不堪。」溫榮耐心地說道。

溫菡被說得啞口無言，只好憤憤地在一旁聽著。溫榮正在回答瑤娘的疑問時，溫菡冷不丁地又插了一句話。「榮娘，妳認識洛陽陳府的娘子？」

問得突兀，但也實實地引起了溫榮的注意，詫異菡娘是如何知道的？溫榮頷首道：「是，我與洛陽陳府的娘子關係頗好。」說來前日裡，溫榮去找阿爺問了關於陳府的事，阿爺卻含糊其辭，只說這幾日公事繁重，忘了與陳知府聯繫，待他得了準信後再與自己說。

「喔，難怪了，上月我瞧見了有封與妳的信，信封上落的是洛陽府的章，遂好奇問問。」菡娘不在意地說道，卻瞥眼直看溫榮的表情。

若溫菡上月有見到洛陽府與自己的信，那必定是陳家娘子的回信了，可為何自己沒有收到？溫榮想起阿爺與阿娘聽自己提到信時，面上表情頗為古怪……縱是如此，也不過是三房裡的事情，無須他人過問。溫榮的表情一絲不動，依舊是淡淡地笑著。「是了，我與陳家娘子偶有書信往來。」

見溫榮面色不改，好似聽到的不過是一件再稀鬆平常不過的事情罷了，溫菡心中不免失望。原來阿娘也有算錯的時候，壓根兒沒有他們想的那麼嚴重嘛！

——未完，待續，請看文創風315《相公換人做》2

2015年7月出版

生財棄婦

文創風 312～313

穿越到古代就算了，還得背負剋夫、被休棄的名聲？
不過誰說棄婦就只能悲慘度日？那可不一定。
且看她如何巧用前世知識，生財致富，逆轉悲劇人生！

清閒淡雅　耐人尋味　／半生閑

這也太倒楣了吧 ?! 被陌生人撞下樓昏過去的秦曼，
一睜開眼竟成了剋死丈夫、被趕出門無家可歸的棄婦，
前途茫茫的她，聽從好心大嬸的話，想去大戶人家找份幫傭活計，
還沒尋到差事，竟先餓昏在姜府大門旁，幸好蒙姜府小少爺搭救入府，
而後藉著前世的幼教知識，成為小少爺的西席，總算有了安身之處。
但在姜府裡雖然吃得好、住得好，卻非久留之地，
除了姜家主人姜承宣懷疑她想圖謀家產，總對她冷言冷語外，
更有視她如情敵的李琳姑娘，想盡辦法欲攆她出姜府。
原本待西席合約到期，她便打算離開姜府，隨著商隊四處看看，
不料在離開前，卻誤陷李琳設下的圈套，引起了姜承宣天大的誤會。
心碎的她不想辯解，手裡捏著他羞辱人般撒在地上的銀票，
決意遠走他鄉，反正靠著製茶、釀酒的技術，她必有活路可走！

為流浪貓狗加油 和貓寶貝 狗寶貝

廝守終生(一定要終生喔！)的幸福機會

對人來說，貓寶貝狗寶貝只是生活的一部分，但妳（你）對牠們來說，卻是生活的全部，領養前請一定要考慮清楚——

▲ 聰明Viru尋找有緣人

性　　別：女
品　　種：拉不拉多
年　　紀：7歲多
個　　性：乖巧聰明愛撒嬌
健康狀況：已結紮
目前住所：新北市

本期資料來源：http://www.meetpets.org.tw/content/60560

『Viru』的故事：

Viru是我6年前認養的狗狗，那時候牠才一歲多，之後看著牠愈來愈大，直到現在體重約28公斤，已經完全長成了。Viru很聰明，能聽懂一些簡單的指令，例如起來、過來、走開、坐下、趴下、等等、開動等。洗澡或吹毛的時候，Viru更會聽令坐好，是讓人喜愛的乖狗狗。

然而，前陣子家母帶牠去樓下散步時，牠因為看到一隻流浪狗想跑去和牠玩，一時興奮暴衝，家母於是不慎跌倒。她本來右腳就小兒麻痺，走路不大方便，加上又骨質疏鬆，這一摔不得了，開刀住院至今還在療養中。我現在既要上班，又要照顧家母，壓力真的很大，無奈之下只好送養Viru。

我們每天會帶牠出門走走1到2次(假日甚至3次)，牠都會在外出時便溺(記得用塑膠袋撿)；至於平常在家時，如果牠想便溺就自動去陽台解決，除非陽台門關起來，牠才跑去浴室。只要教會Viru，牠就不會隨便大小便。而每月5號我都固定餵牠吃預防犬心絲蟲的藥，每年10月打狂犬病疫苗，平日除了狗飼料外，偶爾也讓牠吃少量水果，其他人類食物則沒讓牠碰。所以Viru身體相當健康，體重控制得不錯。

雖然捨不得，更可惜不能持續和牠的緣分，但也只能希望Viru找到更好的有緣人照顧牠。屆時我會附送Viru的相關用品，也會配合晶片更名，有意者歡迎來信nicelife@kiss99.com，或來電0922329765(黃先生)，謝謝。

P.S. 在未辦妥寵物晶片變更前，本人保有選擇認養人與最後送養權利。

認養資格：

1. 認養者須年滿20歲，有獨立經濟能力，並獲得家人與同住室友的同意。
2. 學生情侶或單獨在外租屋的學生，須提出絕不棄養的保證。
3. 同意送養人日後之追蹤探訪，對待Viru不離不棄。

來信請說明：

a. 個人基本資料：姓名、性別、年齡、家庭狀況、職業與經濟來源等。
b. 想認養「Viru」的理由。
c. 過去養寵物的經驗，及簡介一下您的飼養環境。
d. 若未來有當兵、結婚、懷孕、畢業、出國或搬家等計劃，將如何安置「Viru」？

文創風
314

相公換人做 1

國家圖書館出版品預行編目資料

相公換人做 / 麥大悟著. --
初版. -- 臺北市 : 狗屋, 2015.07
冊 ; 公分. --（文創風）
ISBN 978-986-328-475-8（第1冊：平裝）. --

857.7　　　　104009188

著作者	麥大悟
編輯	黃淑珍
校對	黃亭蓁　馮佳美
發行所	狗屋出版社有限公司
地址	台北市104中山區龍江路71巷15號1樓
電話	02-2776-5889～0
發行字號	局版台業字845號
法律顧問	蕭雄淋律師
總經銷	知遠文化事業有限公司
電話	02-2664-8800
初版	2015年7月
國際書碼	ISBN-13　978-986-328-475-8
原著書名	《荣归》，由起點女生網（www.qdmm.com）授權出版

定價250元
狗屋劃撥帳號：19001626
網址：love.doghouse.com.tw　E-mail：love@doghouse.com.tw